혼자가 되는 책들

혼자가 되는 책들

© 최원호 2016

초판 1쇄 인쇄 2016년 2월 22일
초판 1쇄 발행 2016년 2월 29일

지은이 / 최원호

발행인 편집인 / 윤동희

편집 / 김민채
편집위원 / 홍성범
디자인 / 제너럴그래픽스

펴낸곳 / (주)북노마드
출판등록 / 2011년 12월 28일 제406-2011-000152호

주소 / 10881 경기도 파주시 회동길 216
전화 / 031. 955. 2675
팩스 / 031. 955. 8888
전자우편 / booknomadbooks@gmail.com
페이스북 / booknomad
트위터 / @booknomadbooks
인스타그램 / booknomadbooks

ISBN / 979-11-86561-18-8 03810

이 도서의 국립중앙도서관 출판예정도서목록(CIP)은
서지정보유통지원시스템 홈페이지(http://seoji.nl.go.kr)와
국가자료공동목록시스템(http://www.nl.go.kr/kolisnet)에서 이용하실 수 있습니다.
(CIP 제어번호: CIP 2015031442)

www.booknomad.co.kr

혼자가 되는 책들

최원호 지음

북노마드

일러두기

- 단행본은 『 』, 단편소설·시 등은 「 」, 잡지·신문은 《 》, 영화·곡명 등은 〈 〉로 묶어 표기했다. 인명·지명 등의 외래어 표기는 ( ) 안에 넣어 병기했다.
- 발췌 문장 중 작은 글씨로 쓰인 것은 앞뒤 맥락의 이해를 돕기 위해 저자가 덧붙인 것이다.
- 구성상 '들어가는 문'이 두 개인 것은 의도된 것으로 '나가는 문'의 오기가 아님을 밝힌다. 문이란 상대적인 기준이며, 문을 열고 나가는 것은 결국 또다른 세계로 들어가는 것과 같다. 『혼자가 되는 책들』이라는 작은 문을 통해 당신도 어느 세계에 도달하기를 바란다.

우리의 예술이란 진실에 의해 눈이 부셔진 상태이니
뒤로 물러서는 찡그린 얼굴 위에 내린 그 빛이 진실하다.
그 밖에는 아무것도 그렇지 않다.

― 프란츠 카프카

이 책은 《프레시안북스》에 연재했던 예술 도서 추천 코너인
'미미(美美)하우스'를 바탕으로 한다. 연재한 글들을 모두 고쳐 썼고
그중 두 편을 제외했으며 새로 여섯 편을 써서 더했다.

　연재를 시작할 무렵에는 그저 예술 분야를 낯설어하는
독자들에게 좋은 책을 권하자고 생각했을 뿐이었다. 특별한 방향을
추구하지는 않았다. 그러나 글이 점점 쌓이면서 반복적으로
등장하는 주제가 눈에 들어오기 시작했다. 독자가 어떤 책을
읽음으로 인해 무엇을 (새로이) 발견할 수 있는지에 대한
이야기였다.

　나는 책을 권하기 위해 내가 그 책에서 발견한 좋았던
것들에 대해 썼다. 동시에 그 책의 어떤 지점이 읽는 이로 하여금
세상을 새로이 발견하도록 이끄는지에 대해서도 썼다. 말하자면

독자들에게 보물섬의 좌표를 알려주고, 거기에 보물이 있다는 증거로 내가 먼저 그 좌표에 다다라 찾아낸 작은 보석들을 보여준 것이다. 그래서 글을 읽은 독자들 역시 내가 다다랐던 지점에 도착해 자신만의 보물을 발견하고 싶어하게끔 이끌고 싶었다. 소개하는 책의 성격에 따라 보물섬의 좌표를 안내하는 데 주력하기도 하고 반면에 내가 찾아낸 것들(또는 3장에 등장하는 '그들'이 발견한 것들)에 대해 더 많이 이야기할 때도 있으나, 기본적인 체계 자체는 거의 달라지지 않았다. '여기, 보물을 숨긴 섬이 당신을 기다리고 있다.'

다만 나는 다른 이들이 그 섬에서 무엇을 발견할지는 알 수 없다. 사람은 자신의 시야 안에 들어오는 것들만 발견할 수 있기 때문이다. 우리 모두는 서로 다른 사람들이다. 서로 다른 시야를 가진 이들은 보물의 좌표 근처에서 각자 다른, 자신만의 좋은 것들을 발견하게 될 것이다. 이 책의 제목은 그런 의미로 지어졌다. 혼자가 되는 책들. 마치 수많은 평행우주처럼, 똑같은 책 속에서 서로 다른 삶의 단서들을 발견하고 그를 통해 더 멀리까지 자신만의 여정을 나아가는 사람들. 이 책을 읽는 이들이 그간 그러했기를, 앞으로도 그러하기를, 독서를 통해 언제나 기꺼이 혼자되기를 바란다.

책에 실린 글들은 크게 네 개의 장으로 나누었다. 그러나 이는 읽는 이의 편의를 위한 구성이므로 목차의 순서는 따르지 않아도 무방하다. 어떤 이유에서건 호감이 가는 글을 먼저 읽는 쪽이 더 나은 방법일 수도 있다.

책 한 권을 쓰기 위해 새로 글을 쓰고 또 고쳐 쓰는 일은 생각보다 어려웠다. 예상보다 많은 시간과 활력을 이 작업에 쏟아부으면서 몇몇 소중한 것들을 잃어버렸다. 그래서 지금 나와 함께 있어주는 이들 모두에게 감사를 전한다. 가급적 모두 직접 인사를 전하려 한다.

다만 직접 전할 수 없는 이들에게는 지면을 빌려 감사를 전하고자 한다.

사랑하는 조카 서윤이는 지금은 너무 어려서 직접 감사를 전해도 알아듣지 못하기 때문에, 나중에 확인하라고 여기에 쓴다. TV 애니메이션 〈마법소녀 마도카 마기카〉의 등장인물 토모에 마미에게 감사를 전한다. 나는 이 슬픈 표정을 가진 소녀의 기일을 기념하고자 수년간 머릿속에서만 맴돌던 생각을 글로 옮겨내기로 했다. 『침묵의 뿌리』에 대한 글은 마미가 아니었다면 아마 평생 엄두를 내지 못했을 것이다.

이제는 만나거나 연락할 수 없을 만큼 멀어진 사람들에게 감사를 전한다. 당신과 함께 기뻐하고 배우고 슬퍼하고 미워했던 모든 일들이 내 일부가 되었기 때문에 이렇게 감사의 말을 남길 기회를 얻었다고 생각한다. 그 모든 일들을 겪었음에도 지금의 내가 당신이 알고 있던 시절의 나보다 더 나은 사람이 되었는지는 모르겠다. 그러나 우선 오늘은 내가 할 수 있는 일을 다 한 것

같다. 우연히 이 책을 읽게 된, 직접 감사를 전할 수 없는 당신도
그러하기를 바란다.

2016년 겨울을 보내며
최원호

차례

006 들어가기 전에

들어가는 문

014 언젠가 혼자가 되더라도 ──── 『마이너리티 클래식』

1장. 문을 두드리는 마음

032 파랑새가 사는 곳 ──── 『내 사진을 찍고 싶어요』

042 물결에 닿은 마음 ──── 『혼자 가는 미술관』

054 사랑에 임하는 어떤 방법 ──── 『음악의 기쁨』

066 모두가 신의 아이들 ──── 『신화, 영웅 그리고 시나리오 쓰기』

076 세잔과 농활 ──── 『우연한 걸작』

2장. 문이 서 있는 곳

092 사랑이 당도하는 곳 ──── 『사각형의 신비』

108 초상의 파편들로 만든 초상 ──── 『내가, 그림이 되다』

118 에디슨, 베토벤, 그리고 플로베르 ──── 『월터 머치와의 대화』

134 이 남자 이상하다 ──── 『천재 아라키의 애정 사진』

148 소망에 점거당한 거리 ──── 『모두를 위한 예술?』

3장. 문을 열고 들어간 사람들

164 신이 없는 세계의 사제 ──── 『리흐테르』

178 어떤 소설가의 실종 ──── 『침묵의 뿌리』

200 바보 같은 사랑 ──── 『휴먼 선집』

212 흥이 많은 사람(들) ──── 『한국의 재발견』

224 어둠의 대항해시대 ──── 『미야자키 하야오 출발점 1979~1996』
　　　　　　　　　　　　　　　　『미야자키 하야오 반환점 1997~2008』

4장. 문과 바깥

244 회의주의자를 위한 좀비 서바이벌 가이드 ──── 『국제정치 이론과 좀비』

256 에로에로 오디세이 ──── 『일본 섹스 시네마』

270 귀여운 프로페셔널의 기록 ──── 『차이코프스키 콩쿠르, 그 숨겨진 이야기』

290 야생신비보호구역 ──── 『안톤 체호프 사할린 섬』

306 폐허에서 별들에게로 ──── 『프루스트와 기호들』
　　　　　　　　　　　　　　　『헤아려 본 슬픔』

들어가는 문

324 버려진 빛들의 우주 ──── 『한 장의 사진, 스무 날, 스무 통의 편지들』

336 부록

들어가는 문

언젠가 혼자가 되더라도

『마이너리티 클래식』

클래식 음악의 낯선 거장 49인

이영진 지음

현암사

주위 사람들이 종종 클래식 음악을 듣고 싶다며 추천을 구하는
경우가 있다. 그럴 때면 나는 그 사람의 취향을 되물은 뒤에
거기에 가깝다고 여겨지는 곡과 연주를 고르려 노력한다. 내가
좋아하는 연주를 추천하는 경우는 거의 없다. 그와 나는 다른
사람이기 때문이다.

　누군가 내게 클래식 음반을 추천해달라고 부탁했을
때, 말하자면 그는 바다에 가고 싶다고 말한 것이다. 그러면
나는 내가 가본 유명한 바닷가를 말해줄 것이다. 그가
관광지를 원했다면 그걸로 충분하다. 대부분의 추천 요청은
거기서 끝난다. 그런데 그가 내게 어떤 바다를 좋아하느냐고
되묻는다면 나는 머뭇거릴 것이다. 거기에는 볼만한 게
아무것도 없기 때문이다. 내가 좋아하는 바다는 어디어디
근처라고밖에는 설명할 수 없는 곳들이다. 가보기 전에는 그런
곳이 있었는지조차 모르고, 다녀와서도 그곳이 왜 자신의
마음을 이끌었는지 정확히 설명할 수 없는 장소들. 나의 바다들.

　일례로 안드레이 니콜스키(Andrei Nikolsky)가 연주한
쇼팽 전주곡은 내가 무척 좋아하는 연주임에도 거의 입 밖으로
꺼내는 일이 없다. 니콜스키의 연주는 객관적으로는 추천하기
어렵다. 대체로 느린데다 저음의 울림이 무척 어둡고 둔중하며,
완급 조절에서도 감정의 기복이 크게 느껴진다. 전체적으로
울림이 과도해 답답한 감이 있다. 무엇보다도 우울하다. 덥고
어두운 연주다. 그러나 나는 니콜스키의 쇼팽을 좋아한다.

주체하지 못하고 여기저기 퍼져 부딪히는 우울함과 그 배경에
드리워진 어둠을 좋아한다. 특히 2번 전주곡에서 다른 어딘가에
정신이 팔린 듯이 기계적으로 반복하는 왼손 파트는 지금까지
들어본 다른 어떤 연주보다 더 좋아한다. 그러나 이 무더운
어둠이 모두의 마음에 가닿을 수는 없다는 것도 잘 알고 있다.
많은 사람들이 이름조차 들어보지 못한 피아니스트, 안드레이
니콜스키의 쇼팽은 나의 쇼팽이다.

어쩌면 내게 추천을 부탁한 이도 관광지가 아니라
자신만의 해변을 찾고 싶었던 건지도 모른다. 만약 그렇다면
일은 간단하지 않다. 나는 거기까지는 도와줄 수가 없다.
그게 가능하려면 나는 그를 나 자신처럼 알아야 한다. 그러나
대부분의 인간은 자기 자신을 완전히 표현하지도, 심지어
제대로 알지도 못한다. 우리가 자기 자신에 대해 하는 말은 거의
무의미하다. 그는 자신을 설명할 수 없다. 설혹 그가 제대로
설명했다고 해도 내가 그의 '말'을 받아들이는 과정에서 분명히
뭔가를 놓칠 것이다. 누군가 자신에게 어울리는 그 무엇을
골라달라고 한다면 나는 그저 그의 어깨를 두드리며 행운을
빌어줄 수밖에 없다.

그렇지만 나는 불가지론적인 입장에서 멈추고 싶지는
않다. 언어의 불완전함이야말로 사람들이 음악을 찾아 듣는
이유 중의 하나라고 생각하기 때문이다. 정말로 어떤 음악은
언어 너머에 있는 것처럼 느껴질 때가 있다. 그런 음악을 만났을

때 우리는 망연한 침묵 속에 머문다. 이 낯선 경이에 어울리는
단어를 알 수 없기 때문이다. 그때까지 갖고 있던 언어로는 방금
다가온 감동을 설명할 수가 없다. 그때, 말하고 싶지만 말할 수
없는 순간에 세계는 확장된다. 우리는 언어를 뒤늦게 발명하고
재조합해 세계의, 음악의, 감동의 뒤를 좇아야 한다.

그 추적은 여정의 형태를 띨 것이다. 클래식 음악의
한 곡 한 곡이 바다라면 각 곡들의 수많은 연주들은 사람들에게
알려진 각각의 해변들이다. 이 수천 개의 바다와 수만 개의 해변
중에서 '나의' 바닷가를 발견하고 거기에 마음을 누였다가 그때
떠오른 상념을 단서 삼아 다시 다른 영토를 찾아 떠나는 것.
이는 점진적으로 세계를 넓혀가는 모험이다. 한 장의 음반은
하나의 여정이다.

이 여정에는 여러 방법이 있다. 가장 기본적인 방법으로는
클래식 음악 방송을 자주 들으며 마음에 와 닿는 곡을 종종
한 곡씩 낚는 '낚싯대 드리우기'를 권한다. 만약 주위에 음악과
'당신'에 대해 잘 아는 사람이 있다면 행운이다. 함께 듣고
움직이면 좋다. 그러나 그런 행운은 좀처럼 만나기 어려우므로
곧바로 차선책에 대해 말해보겠다. 음악에 대한 책을 읽는
것이다. 여기서도 언어가 관건이다. 바로 음악을 어떻게 말할
것인가라는 문제다.

음악 교양서들을 살펴보면 음악을 표현하기 위해
비유법을 사용한 경우가 흔하다. 언어가 음악을 직접 지시할

때, 사실 비유 말고는 다른 방법이 없다. 문제는 그게 주관일 뿐이라는 점이다. 인상비평은 정보의 전달이라는 측면에서는 대체로 좋은 점수를 주기 어렵다. 반면에 악보와 사료를 바탕으로 가능한 한 객관적인 분석을 시도하는 (준)전문 음악서들도 있다. 이런 책들은 풍부한 정보 전달을 보장하지만, 일반 언어와는 다른 체계를 갖춘 음악 이론-언어를 배우지 않고서는 이해 자체가 불가능하다는 난점을 안고 있다. 보통 음악 교양서는 이 두 부류 중의 하나이며, 그 사이에서 균형을 잡은 경우는 드물다.

또다른 종류의 책도 있다. 언어가 음악을 직접 지시하지 않고 자신만의 구조물을 세운 뒤에, 그 플롯의 형태로 목표하는 음악의 구조 또는 분위기를 모사하는 책들이다. 이 '문학적으로 음악 말하기'는 대단히 인상적인 사례들을 남겼는데, 문제는 그 성취를 이해하기 위해서는 문학적 소양을 필요로 한다는 것이다. 많은 독자들은 은유에 가까운 문학적 구조를 알아채기가 쉽지 않다.(예를 들어 토마스 베른하르트(Thomas Bernhard)의 『몰락하는 자』가 오스트리아 부르주아-인텔리겐차 그룹에 대한 자멸적인 예언일 뿐만 아니라 글렌 굴드(Glenn Gould)라는 음악가의 분열적인 내면에 대한 오마주일 거라고 생각하는 사람은 많지 않다. 베른하르트는 『몰락하는 자』 이후에 발표한 『옛 거장들』에서 『몰락하는 자』에 등장한 굴드를 난파선의 조각을

붙들고 있는 사람으로 그렸다고 말했다. 그런데『몰락하는
자』에 나오는 글렌 굴드는 범접 불가능한 천재이며 불안을
용납하지 않는 빛과 같은 존재다. 그렇다면 난파한 굴드는
어디에 있을까? 이 질문을 통해『몰락하는 자』는 다시 읽힐 수
있으며 마땅히 그래야 한다.)

음악을 다룬 책의 마지막 부류는 데이터베이스
유의 책이다. 이런 책들은 지시가 아닌 정보의 집합체로,
각종 백과사전이나 연대기, 일화들의 모음 등을 제공한다.
작성자의 입김이 인상비평의 형식으로 삽입되는 경우가
많지만 데이터베이스라는 본연의 목적을 넘어서지는 않는다.
정보가 우선하고 독자들은 그 안에서 자신이 원하는 자료들을
취사선택할 수 있으므로(즉, 자기 내면의 목소리를 따라갈 수
있으므로) 초심자의 음악 여행에는 이쪽을 가장 권하고 싶다.

데이터베이스 유의 교양서에는 장점이 하나 더 있다.
어떤 음악 또는 음반을 소개할 때 거기에 실화에서 기반한
스토리라인을 덧붙임으로써 음악에 더욱 집중할 수 있도록
만들어준다는 점이다. 인간은 스토리를 좋아한다. 영화에
삽입된 음악 때문에 클래식에 입문한 사람들이 많다는 점을
생각해보면 '스토리 만들기'가 음악 감상의 강력한 동인임을
부정할 수 없을 것이다. 다만 여기에도 주의할 점이 있다.
크게 두 가지다. 하나는 알렉스 로스(Alex Ross)의 현대음악
연대기『나머지는 소음이다』처럼 일정 이상의 선행 지식을

필수적으로 요구하는 경우다. 다른 하나는 불행하게도 별 쓸모없는 가십거리 나열에 불과한 경우들이다. 안타깝지만 후자가 훨씬 많다. 굳이 읽을 필요가 없는 책들이다.

이영진의 『마이너리티 클래식』은 대중을 위한 데이터베이스형 음악 교양서가 빠질 수 있는 위의 두 가지 문제에서 비교적 자유롭다. 연재 형식으로 쓰인 글들을 바탕으로 해서 각 챕터의 호흡도 짤막하고, 어려운 표현도 거의 없다. 덜 유명한 연주자들과 그들이 남긴 음반들을 선별하고 추천한 목록에서도 정성이 느껴진다. 각 음반에 대한 평을 짤막하게 남기는 과정에서 불가피하게 묘사에만 의존해야 하는 경우가 있으나, 분량상 어쩔 수 없었다고 생각되며 그 표현 자체도 납득할 만한 경우가 대부분이다.

『마이너리티 클래식』의 구성은 단순하다. 작곡가 또는 연주자의 삶을 간략히 다룬 뒤에 그들이 남긴 음반들을 살펴보는 식이다. 녹음된 음반들을 주로 다룬 책이기 때문에 음반 녹음의 부흥기라 할 수 있는 20세기 중반의 역사가 자주 등장하는데, 아시다시피 이 시기는 양차 세계대전과 이후의 냉전 시대를 포함하고 있다. 따라서 비극적인 상황이 자주 등장한다. 그리고 비극은 '스토리'의 좋은 소재다.

폴란드의 유대인 강제수용소 소장 앞에서 아코디언을 연주해야만 했던 소년 알렉시스 바이센베르크(Alexis Weissenberg)는 역경을 보란 듯이 이겨내고 굽힘 없는 인생을 구가하며 서릿발 같은 피아노 연주를 들려주었다. 반면에 공산주의 체제의 압력도 그 체제가 붕괴한 뒤의 공허도 모두 견디지 못한 지휘자 헤르베르트 케겔(Herbert Kegel)이 말년에 남긴 녹음들은 절망 속에서 비명을 지르는 듯하다.

특히 케겔의 전성기 시절 녹음 중 하나인 바그너의 〈파르지팔〉과 그의 말년 녹음 중에서 손꼽히는 도쿄 연주회 실황을 비교해 들어보면 그 강렬한 대비에 넋을 잃고 만다. 빠르고 단호한 템포 속에서 바그너가 선사한 협화음과 불협화음 사이의 긴장을 마술사처럼 저글링하던 남자는 어느새 바흐의 〈G선상의 아리아〉를 충격적일 정도로 느리고 슬프게 해석하는 이로 바뀌어 있다. 끝나지 않을 것처럼 느리게 이어지는 바흐의 애가(哀歌)는 정말로 지휘자가 이 연주가 끝나지 않기를 원하지 않았을까 하는 생각을 불러일으킨다. 이제 음악 역시 처절할 만큼 구슬픈 것이 되어버렸지만, 그래도 이렇게 음악을 만들 수 있는 순간 외에는 살아 있을 이유를 발견하지 못한 사람. 한때 동독의 관료들에 맞서 현대음악을 수호했던 강인한 신념의 예술가는 통일된 조국의 한편에서 서서히 사라져가고 있었다. 그저 음악을 만들 수 있는 짧은 시간 속에서만 자신을 확인하고 쓸쓸한 안식을 취할 수 있었던 사람. 케겔은 이 탄식과도 같은 〈G선상의 아리아〉를 남기고 얼마 되지 않아 스스로 목숨을 끊었다.

그러나 격동의 역사 외에도 '스토리'를 만들 소재는 무궁무진하다. 피아니스트 윌리엄 카펠(William Kapell)과 유리에고로프(Youri Egorov)가 보이는 선명한 대조도 인상적이다.
둘 다 요절한 피아니스트지만 삶의 색깔은 극명하리만치
달랐다. 자신감 넘치는 삶을 살았던 카펠은 자신의 인생처럼
힘과 결기로 가득찬 연주를 선보이다가 갑작스런 비행기 사고로
그 죽음마저 강렬하고 극적인 형태를 띤 반면, 에고로프는
망명자와 동성애자라는 이중의 소수자 입장을 견디지 못하고
약물 과다로 무너진 섬세한 영혼의 소유자였던 것이다.
단호하고 강렬한 터치를 자랑한 카펠과 둥글고 영롱한 울림의
에고로프, 둘의 연주가 얼마나 다른지 실제로 들어보면 마치
그들의 인생이 건반 위에서 재현되고 있는 듯한 느낌마저 받을
수 있다.

　물론 음악 감상에 음악 외적인 부분이 개입한다는
이유로 '스토리'에 대한 관심을 권장하지 않는 사람들도 있다.
그러나 이는 자연스럽게 해결될 문제이므로 강제로 물리칠
사안이 아니다. 나는 앞서 음악 감상의 여정이 자신의 내면이
찾으려는 풍경을 향해 가는 것이라고 말했다. 자신이 실제로
어떤 음악 또는 음악가를 좋아하게 될지는 겪어보기 전에는
알 수 없다. 알 수 없어서 더 좋다. 예기치 못한 감동일수록
우리를 더 먼 곳으로 데려다줄 것이기 때문이다. 따라서 우선은
어느 해변에라도 당도해 여정을 시작하는 게 중요하다. 그러니
두려움 없이 자신이 혹하는 스토리를 찾아 그 스토리를 품은
음악과 함께하기를 권하는 바다. 『마이너리티 클래식』은

거기에 필요한 소재들을 풍부하게 제공한다. 최종적으로
승리를 구가한 유명 음악가들이 아닌 그 아래 단계의 음악가들,
잔인한 운명에 휘둘렸거나 몸과 마음이 재능을 버티지 못해
사라져버린 음악가들의 사연이 가득하다. 워낙 기구한 사연들이
많아 읽는 사람의 마음에 '걸릴' 확률이 크다. 자기 음반사 소속
여성 아티스트들에게 잠자리를 요구하는 프로듀서(EMI의
월터 레그)의 강요를 거절했다는 이유로 음악계에서 순식간에
매장당한 바이올리니스트 요한나 마르치(Johanna Martzy),
서슬 퍼런 스탈린 치하의 소련에서도 독실한 신앙을 버리지
않고 라이프치히에 방문했을 때 바흐의 묘소까지 맨발로
걸어가는 등 자신의 목소리대로 살아간 '순례자' 피아니스트
마리아 유디나(Maria Yudina)처럼 그 자체로 한 편의 드라마
같은 이야기들이 즐비하다.

　　여기에 더해 이 책은 덜 유명하지만 좋은 음반들을 많이
소개한다. 역시 명백한 장점이다. 『마이너리티 클래식』에
소개된 음악가들이 남긴 개성 넘치는 연주들은 보통의
명반 리스트에서는 좀처럼 만나기 어려운 경우가 많다.
독보적인 만큼 귀중한 목록이다. 자신만의 여정을 떠난
음악 순례자들에게 다양한 개성을 가진 음반들의 목록만큼
소중한 것도 없다. 예를 들어 ECM에서 발매된 발레리
아파나시에프(Valery Afanassiev)의 〈슈베르트 피아노
소나타 D. 960〉을 추천하는 책은 이전에도 없었고 앞으로도

만나기 어려울 것이다. 깊은 페달링을 통해 긴 꼬리를 남긴 소리들이 유성우처럼 서로 겹쳐 퍼지는 모습은 듣는 이를 밤 또는 꿈속의 어딘가로 이끈다. 자신만의 세계관을 가진 은둔자 아파나시에프가 아니고서는 펼칠 수 없는 연주다.

　　심지어 책에서 추천하지 않는 음반들도 눈여겨볼 필요가 있다. 추천되지 않는 이유가 도리어 누군가에게는 마음속에 새겨질 특징이 되기도 한다. 따라서 언급된 이름들과 음반들은 모두 소중하다. 일례로 나는 이 책에서 악기의 상태가 나쁘다는 이유로 추천에서 제외한 아나톨리 베데르니코프(Anatoly Vedernikov)의 베토벤 후기 피아노 소나타 음반을 좋아한다. 들어보면 실제로 피아노의 컨디션이 엉망이다. 특히 저음 쪽에 무슨 문제가 있는지 소리가 작고 답답해서 연주의 밸런스가 깨져 있다. 그런데 나는 이 열악한 피아노 소리를 들을 때마다 소비에트 치하에서 자신의 뜻을 제대로 펼치지 못했던 베데르니코프의 삶을 떠올린다. 절망적인 수준의 피아노 앞에 앉아서 녹음을 진행할 수밖에 없었던 세계 최고 수준의 피아니스트가 품었을 상념들은 어떤 것이었을까. 저음이 완전히 먹혀버린 상태에서 오른손만이 홀로 빛나는 〈베토벤 피아노 소나타 32번〉의 아리에타*는 기괴하리만치 아름답다. 강제된 침묵 속의 노래. 피아니스트를 둘러싼 운명이 만들어낸 이 이상하고도 슬픈 음반은 '명연주 명음반'이 보여주지 못하는 세계 속으로 감상자를 이끈다. 더 깊은 밤이

보여주는 더 넓은 세계. 『마이너리티 클래식』은 음악가들의
삶 자체가 내뿜는 빛을 제외하면 책 자체가 특별히 반짝이는
문장이나 성찰을 제공하지는 않는다. 게다가 음반 추천에
있어서 태생적인 문제를 안고 있다. 연재 형식으로 작성된
원고이다보니 연재 당시에 국내에서 입수 가능했던 음반과
책이 발간된 시점에서 구할 수 있는 음반에 차이가 생긴 것이다.
일례로 책에서 구할 수 있다고 언급한 루에드 랑고르(Rued
Langgaard)의 교향곡집을 위시한 Dacapo 레이블이 국내에
수입되지 않은 지 벌써 수년이 지났고, 반면에 절판되었다고
언급된 알렉시스 바이센베르크(Alexis Weissenberg)의
쇼팽 야상곡은 최근 라이센스로 재발매되었다. 어쩔 수 없는
문제다. 다만 클래식 음반들은 다시 재발매되는 경우가 많은
편이므로, 지금 구할 수 없게 된 음반들도 기다리다보면 다시
만날 수 있을 것이다. 인내심을 가질 필요가 있다. 이 작은
문제는 『마이너리티 클래식』이 선사하는 목록의 가치에 비하면
아무것도 아니다.

　　좋은 대상들을 선별하고 그에 대한 충실한 자료들을

- 아리에타(Arietta)는 규모가 작은 아리아를 뜻하는 말로, 베토벤
  <피아노 소나타 32번(작품 번호 111)> 마지막 악장인 2악장의
  애칭이다. 제2악장 아리에타: 아주 느리게, 단순한 마음으로
  노래하듯(Arietta: Adagio molto semplice e cantabile).
  (편집자)

수록한 뛰어난 데이터베이스의 역할을 수행하는 책은 정말로 만나기 어렵다. 게다가 그 목록이 개성적이라면 더할 나위가 없다. 이 책을 읽고 마음에 드는 스토리를 찍은 다음에 그 인생에서 펼쳐진 음반들을 골라 청취해보자. 당연히 실패할 수도 있고, 때로는 현재의 자신이 아직 그 음악의 진가를 발견하지 못할 수도 있다. 아무것도 보장할 수는 없다. 세상의 수많은 명곡들과 위대한 연주들 속에서 우리 각자에게 맞는 한 장의 음반은 정말로 예기치 않은 곳에 있는지도 모른다. 아니, 분명히 그런 곳에 있을 것이다. 기대하지 못했던 놀라움만이 기존의 세계에 균열을 일으키고 더 넓은 세계로 우리를 이끌어주기 때문이다. 그 낯선 영토는 홀로 나아가야 하는 곳이다. 나의 쇼팽. 나의 바다. 무언가를 사랑하는 사람들은 자신의 사랑을 끝까지 밀고 감으로써 멀리 떠난다. 모두 언젠가는 혼자가 될 것이다.

　『마이너리티 클래식』은 이러한 고독의 성취다. 쉽게 접할 수 없는 낯선 영토를 헤매며 기록한 지도다. 이 책을 읽고 저자의 여정을 지도 삼아 각자의 길을 떠나길 바란다. 우리는 그 여정 중간에 몇 차례 만날 것이다. 좋은 음반들은 많고 명소는 붐비는 법이기 때문이다. 그렇게 만났을 때는 웃으면서 이야기 나눌 수 있기를 바란다. 그러고 나면 다시 떠나기를, 계속 다시 떠나기를 바란다. 그래서 최후에는 아무도 없는 장소에서 자신의 영혼을 닮은 집을 찾기를 바란다. 너무 거창한 이야기인가? 아닐 것이다. 음악 감상은 좋은 취미다. 그리고 좋은 것들이란 언제나 삶을 한 걸음 더 나아가도록 이끄는 법이다. 비록 그 목적지가 더욱 멀고 고독한 곳이라 하더라도.

무언가를 사랑하는 사람들은
자신의 사랑을 끝까지 밀고 감으로써
멀리 떠난다. 모두 언젠가는 혼자가
될 것이다.

1장
문을 두드리는 마음

파랑새가 사는 곳

『내 사진을 찍고 싶어요』

전 세계 아이들과 함께한 사진과 글쓰기 교육

웬디 이월드·알렉산드라 라이트풋 지음, 정경열 옮김

포토넷

나는 먹고 살려고 진학을 포기한 사진학도였다. 대학을 졸업하고 회사에 들어가면서 다시는 사진을 찍지 않겠다고 생각했다. 실제로 일 년 동안은 카메라를 쳐다보지도 않았다.

상황이 바뀐 건 막다른 길에 다다라서였다. 이런저런 일이 겹쳐 불면증에 시달리던 어느 주말, 회사를 그만두고 서울 생활을 접기로 했다. 짐을 싸던 중에 구석에 처박아놓았던 카메라가 튀어나왔다. 나는 가만 앉아 그 물건을 바라보았다. 십 분 정도를 그렇게 쳐다만 보다가 밖으로 가지고 나와 사진을 찍었다. 조금 덥고 구름이 낀 날이었다. 사진을 찍고 돌아와 컴퓨터로 보정하는 작업은 딱히 행복하다는 느낌을 가져다주지는 않았다. 다만 평온함이 있었다. 하루의 일과를 마치고 비로소 집으로 돌아왔다는 안도감 같은 것이었다. 사진 작업은 내게 집과 같은 역할을 해주었다. 나는 자신도 모르는 사이에 어느 날 집을 나와 일 년이 지나고서야 돌아온 셈이었다. 그날 나는 몇 달 만에 술을 마시지 않고 잠들 수 있었다.

그때부터 나는 사진으로 특별한 무엇을 보여주거나 성취하려는 욕심을 품지 않았다. 돌아다니다가 마음에 드는 장면을 보면 서둘러 담을 뿐이었다. 나는 반쯤은 그저 미련을 떨치지 못해서, 나머지 절반은 자가 미술 치료의 일환으로 사진을 찍는 취미 사진가였다. 그래서 알고 지내던 사진가 선생님께서 일반인 대상의 사진 교양 수업에 참관해보라고 제안하셨을 때, 거기는 딱 나를 위한 자리인 것처럼 보였다.

참여해보니 실제로도 취미 동호회 특유의 호의로 가득한
편안하고 즐거운 수업이었다. 어느 날 사진을 찍기 시작한 지
얼마 되지 않은 중년 여성이 숲에서 찍어온 사진들을 보여줄
때까지는 그랬다.

그녀는 인화한 숲 사진을 늘어놓으며, 예쁜 사진을 찍고
싶은데 생각처럼 되지 않는다고 말했다. 실제로 그 숲 사진들은
철조망을 두른 벽이나 장막처럼 보였다. 위장막 같은 그림자가
날선 잎과 뾰족한 가지들과 함께 프레임을 채우고 있었다.
햇빛마저 예각의 피사체들 사이에서 날카롭게 튀어나왔다.
강렬하다기보다는 지나치게 공격적인 사진들이어서
되레 슬픈 느낌을 안겨줄 정도였다. 나는 이 사진들에서
느껴지는 날카로운 분위기가 의도된 것인지 물었다. 그녀는
아니라고, 별로 예쁘지 않은 풍경들만 찍혀서 좀 속상하다며
쑥스러워했다.

그러나 찍은 사람의 의도와 다르다고 해서 사진이
실패하지는 않는다. 이 숲 사진들은 공격적인 형상들을
배치함으로써 일종의 방어막을 구성하는 독특한 감각을
드러내고 있었다. 하나의 일관된 주제라고 보아도 좋을 정서를
정작 그녀 자신은 알아채지 못했다는 점이 자꾸 주의를 끌었다.
스타일은 우연히 만들어지지 않는다. 그렇다면 이 장면들은
단순한 풍경이 아니라 자신도 모르게 열어젖힌 내면의 풍경이
아닐까. 사회적으로 강제되거나 약속된 '말'을 의식적으로

발화하는 대신에 의식 아래의 무언가가 기표들을 이용해서
암호를 발사한 게 아닐까.

그때부터 사진 속의 사물들은 낯설어졌다. 그곳은
이제 평범한 숲이 아니라 밝혀지지 않은 이야기들로 가득한
인생의 단면이었다. 나는 여러 겹의 가시와 커다란 그림자들로
뒤얽힌 사진 속으로 걸어들어가 그 덤불 뒤에 파묻힌 이야기를
캐내고 싶었다. 그러나 '사진을 찍어봅시다' 유의 캐주얼한
수업에서 누군가의 인생을 파고들 수는 없는 노릇이었다.
수업을 듣는 이들은 뾰족한 숲 사진을 앞에 두고 합의된 침묵
속으로 빠져들었다. 그저 특별한 개성을 가지고 있으니 한번
발전시켜보는 것도 좋겠다는 흔한 조언이 오갔을 뿐이다.
나는 아주 오래 살아남은 고슴도치를 떠올렸다. 마음속에
고슴도치를 키우면서 자신이 무엇을 키우는지를 모르는 조용한
사람에 대해 생각했다. 그리고 나 역시 마찬가지일 거라고
생각했다.

이후로 저 숲 사진은 내 마음속에 빚더미처럼
자리잡았다. 우리는 저 마음의 바리케이드를 가장 중요하게
다루고 거기에 대해 이야기했어야 하지 않을까. 사진 수업은
마음에서부터 시작해야 하는 게 아닐까. 결국 복잡한 감정에
휩싸이게 되더라도 나를 응시하는 것에서부터 시작해야 하지
않을까.

물론 철학자나 사상가들의 사진론이나 에세이에는

이런 이야기들이 가득하지만, 그런 책들은 대개 탐독가를
위한 것들이다. 실제로 과제를 통해 사진의 형식으로 삶을
담아내도록 훈련시키는 책, 롤랑 바르트(Roland Barthes)나
수전 손택(Susan Sontag)을 모르는 사람들에게도 사진과
인생 사이의 비밀스러운 연결을 학습시킬 수 있는 책이
필요했다. 어지간한 예술 책들을 죄다 가져다 파는 서점
종사자로서, 내가 알기로 그런 책은 없었다. 『내 사진을 찍고
싶어요』가 나오기 전까지는 그랬다. 표현을 달리해보겠다.
『내 사진을 찍고 싶어요』는 사진을 찍을 때 무엇이 가장
중요한가를 쉽고 정확하게 지시하는, 우리가 구해볼 수 있는
가장 확실한 한 권이다.

　인터넷 서점 등에서 『내 사진을 찍고 싶어요』의 소개
글을 보면 고개를 갸웃할 수도 있다. "사진과 사진을 통한
글쓰기를 통해 (…) 자기 삶의 주인공이 된 아이들의 놀라운
경험 (…) 새로운 교육법." 게다가 실제로 책의 도입부
역시 미국 초등학교에서 실시된 자기표현 프로그램에 대해
소개한다. 그렇다. 『내 사진을 찍고 싶어요』는 사진을 통해
아이들에게 보다 폭넓은 표현력과 관찰력을 길러주는 교육
프로그램 안내서다.

　이 프로그램의 이름은 LTP(Literacy Through
Photography)다. 즉, 사진을 통한 글쓰기다. 초등학생 정도의
아이들은 문자를 통해 자신을 드러내는 능력이 아직 부족하기

때문에 시각 매체인 사진을 함께 이용하는 것이다. 그러나 이 프로그램은 어른들에게도 유효하다. 사진은 타성에 젖어 점점 좁아지는 어른들의 언어 바깥까지 자신을 확장해 드러내 보여준다. LTP는 유소년 교육 프로그램 이름이기 이전에, 사진이 언어와 상호작용하면서 선사하는 표현 확장의 가능성을 축약한 단어인 셈이다.

그 확장성은 크게 두 가지 방향으로 나눌 수 있다. 하나는 말하고 싶었던 것을 말 이외의 방법을 통해 더 잘 표현하는 것이다. 나머지 하나는 더욱 중요하다. 사진을 찍고 그 결과물을 관찰하고 표현하는 과정을 통해 자신이 무엇을 말하고 싶었는지를 '비로소' 발견함으로써 '드디어' 말하기 시작하는 것이다.

대부분의 사람들은 결코 사진을 마음대로 찍을 수 없다. 물론 이는 카메라를 다루는 기술의 문제일 수도 있다. 그러나 대개의 실망은 결과물이 기대와 다른 모습이기 때문에 일어난다. 틀린 게 아니라 다르기 때문이다. 사람들은 대개 자신의 기대를 의심하지 않기 때문에 기대와 다른 양상의 결과물을 실패로 간주한다. 앞서 소개한 위협적인 숲 사진은 촬영자의 입장에서는 실패작이었다. 그러나 기대가 틀렸을 가능성은 없을까? 기대의 방향이 잘못되었을 수도 있지 않을까? 무의식적으로 끌리는 사물들을 애써 뿌리치고 예쁜 파랑새를 찾아 세계를 돌아다녀봐야 별 소용이 없을 것이다.

파랑새는 언제나 찾는 이의 곁에 있다. 파랑새는 '파랑새는 어디에 있을까'라는 질문 속에 서식한다. 나는 누구인가. 나는 무엇이 찍고 싶은가. 『내 사진을 찍고 싶어요』는 '말하기' 위해서 '무엇을 말하고 싶었는지를 발견'하기를 권한다. 아래는 이 책이 그 발견을 위해 제안하는 여러 과제 중의 하나다.

- 실제로 사진을 찍기 전에 무엇을 사진에 담을지 써본다. 찍을 대상에 대해 미리 글을 써보는 것은 찍게 될 사진에 대해 집중하게끔 도와준다.
- (디카 시대에는 참기 어려운 일이지만) 일단 찍은 사진은 나중에 보고, 사진을 보기 전에 그 피사체의 실체를 보았을 때 어떤 느낌인지를 써본다.
- 위 두 과정을 연결한다. 쓰기, 찍기, 쓰기의 순서로 이뤄지지만 순서는 바뀌어도 좋다.

이 과제는 지금 당장 해볼 수도 있다. 수첩을 펼치고 자신에 대해 다섯 줄만 써보기 바란다. 외모 묘사건 인생 이력이건 상관없다. 그러고 나서 곁에 있는 핸드폰을 꺼내 셀카를 찍는다. 딱 한 장만이다. 그 사진을 다시 보기 전에 "나는 사진에서 무엇을 보고 싶었는가?"를 한 줄 쓴다. 그 내용을 자신에 대해 쓴 다섯 줄 뒤에 붙인다. 그런 다음에 사진을 다시 본다.

메모장 위의 나와 사진 속의 나는 같은 사람으로

느껴지는가? 나는 보고 싶은 것을 보았는가? 만약 사진이
불만스럽다면 내가 무엇을 기대했기 때문인가? 만약 글이
허전하다고 느껴진다면 무엇을 놓쳤기 때문인가? 사진과 글이
모두 흡족하다면(이런 일은 거의 일어나지 않는다) 그것은
어떻게, 무엇 때문에 가능했는가? 여러분이 쓰고 찍을 다음
대상은 바로 그 '무엇'이다. 그간 미처 표현하지 못했거나
떠올리지조차 못했던 그 '무엇'은 지금껏 완전히 밝혀진 적 없는
내면을 향한 이정표가 된다.

　　이제 『내 사진을 찍고 싶어요』의 가장 큰 난점을 고백할
때가 왔다. 눈치챈 사람도 있겠지만, LTP는 혼자서 해낼 수 있는
과제가 아니다. 위에 제시한 과제만 하더라도 다른 사람들이
자신의 글과 사진 사이의 차이를 발견할 확률이 훨씬 높다.
특히 사진들 속에 반복적으로 등장하는 무의식적인 패턴은
본인이 발견하기가 무척 어렵다.

　　앞서 언급한 사진 수업 시간에 내 사진들을 본 어떤
분이 내게 물었다. "왜 사진들 속에 유독 십자가나 마리아 상만
반복적으로 나오나요?" 나는 대답하지 못했다. 그때까지 그
사실을 전혀 알아차리지 못했던 것이다. 그분은 내게 종교를
믿느냐고, 아니면 구원 같은 걸 기다리는 거냐고 물었다.
나는 아무래도 구원이 있으면 좋을 것 같다고 말했다. 그리고
솔직히 지금까지는 그걸 전혀 의식하지 못했다고, 이제부터
생각해보겠다고, 아무래도 나는 그 문제를 중요하게 느끼는 것

같다고 말했다. 구원에 관한 질문은 그때 내 마음속에 들어와 지금까지도 머물러 있다. 그리고 내가 사진에 대해 생각할 때 늘 같이 떠오르는 단어가 되었다. 어떻게 작용하는지도 모르는 채로 말이다.

LTP가 집단 작업인 이유는 이처럼 효과적인 학습을 위해서다. 이게 최선이다. 그렇다면 커뮤니티를 만들 수 없거나 커뮤니티에 참여하기 어려운 사람들을 위해 홀로 이 작업을 수행할 수 있도록 기획된 버전은 없을까? 현재까지는 찾아볼 수 없다. 있다고 해도 난이도가 훨씬 높을 것이다. 한 명의 인간이 세계라는 이름으로 자신의 주위에 쌓아올린 벽은 대개 생각보다 두껍게 마련이다. 따라서 LTP에서 '조직하기'는 사진 찍기만큼이나 중요한 과정이다. 만나고 이야기하고 때로 고백하기를 두려워하지 말아야 한다.

이게 말처럼 쉬운 얘기가 아님을 잘 안다. 그러나 어쩔 수 없다. 발견하기 위해서는 그에 앞서 말하고 보여주어야만 한다. 『내 사진을 찍고 싶어요』는 다른 어떤 사진 실습서도 말하지 못했던, 혹은 알아채지도 못했던 '보여주고 발견하기 위한 용기'에 대해 말한다. 조리개가 어떻고 구도가 어떻고 하는 다른 모든 기술적 요소에 선행하는 하나의 굳건한 태도를 확인할 수 있다는 것. 바로 이 점이 내가 이 책을 최고의 사진 실습서라고 생각하는 이유다.

파랑새는 언제나 찾는 이의 곁에 있다.
파랑새는 '파랑새는 어디에 있을까'라는
질문 속에 서식한다.
나는 누구인가.
나는 무엇이 찍고 싶은가.

물결에 닿은 마음

『혼자 가는 미술관』

기억이 머무는 열두 개의 집

박현정 지음

한권의책

여섯 살 때였나, 물에 빠져 기절한 적이 있다. 여름 휴가철이라 인파가 가득한 부곡하와이의 어린이 수영장에서였다. 아이들은 대부분 튜브를 타고 있었는데, 어차피 수영장은 수면이 제대로 보이지 않을 정도로 아이들로 꽉 차서 튜브를 타고 떠 있는 것 외에 다른 물놀이는 엄두도 낼 수 없었다. 아이들은 큰 흐름을 따라 한쪽 방향으로 천천히 돌아가고만 있었다. 나는 그 대열에 끼어 있었는데 어느 순간 튜브 아래로 몸이 빠졌다. 다시 올라가려고 위를 쳐다보았을 때가 선명하게 기억에 남아 있다. 동그란 튜브의 구멍들마다 들어찬 아이들의 허리와 다리 수십 개가 마치 달려가듯이 하염없이 앞뒤로 흔들리는 모습이었다. 아이들이 너무 빼곡히 들어차 있어서 물속은 거의 그림자로 가득했다. 나는 본능적으로 한 아이의 다리를 붙잡았지만 그 다리는 경련을 일으키듯 퍼덕거리며 내 손을 떨쳐냈다. 한두 번 더 눈앞의 다리를 붙잡으려 했지만 모두 떨어져나갔다. 그 뒤로 나는 포기했던 것 같다. 마음이 편안해지면서 다시 시야에 들어온 물속 풍경이 그렇게 아름다울 수가 없었다. 그림자들의 틈바구니를 화살처럼 비집고 들어온 빛줄기들이 여기저기서 반짝였다. 구름처럼 드리워진 플라스틱 튜브들과 그 틈으로 삐져나온 수십 개의 하반신들이 허공을 딛는 듯 천천히 꾸물거렸다. 그 이후는 기억나지 않는다. 다시 눈을 떴을 때 나는 물 밖으로 건져진 뒤였다. 옆에서 엄마가 울고 있는 모습이 내가 정신을 차린 뒤 처음으로 본 장면이었다.

2003년 아트선재센터에서 열렸던 〈야요이 쿠사마〉전을
보러 갔을 때였다. 시커먼 방 안에 반짝이는 금속들을 수없이
매달아 놓은 작품이 있었다. 그 방에 들어가자마자 나는 물에
빠져 기절했던 순간을 감각적으로 복구해냈다. 이미지와 서사로
남은 기억이 아니라 현재의 감각이 즉각적으로 호출하는
체험이었다. 천장 어딘가에서 내려온 조명에 비친 사물들은
예전에 물속에 갇힌 채 쳐다보았던 빛줄기들 같았고, 허공에서
반짝이는 그 빛들을 보고 있노라면 주위를 둘러싼 검은 방이
천천히 넓어지는 듯했다. 나도 모르게 숨을 참았다. 물속에
있는 것처럼 압력을 느꼈고 바닥에 주저앉고 싶었다. 다른
관람객들이 그 전시물 안을 지나가려고 기다리고 있지 않았다면
정말로 퍼져 앉았을지도 몰랐다. 나는 주저앉은 나를 그
자리에 떨궈버린 기분으로 걸어 나왔다. 덫에 걸린 기분이었다.
분열하는 패턴이라는 둥 화려한 색조의 키치적 요소라는 둥
작가의 특징이랍시고 알아두었던 사전 지식은 그 검은 방
안에서는 아무런 효력을 발휘하지 못했다. 나는 거리를 두지
못하고 멱살을 붙잡힌 채 분열 운운하는 해설이 지시하려던
'야요이 쿠사마'를 향해 곧장 끌려 들어갔던 것이다.
　　작품을 이해하고 분류하려는 두뇌의 오랜 욕망에 앞서
몸과 마음이 먼저 작품과 연결되는 순간은 각별한 데가 있다.
전시물이라는 매개를 통해 관람자인 '나'의 일부와 작가의
일부가 만나서 예기치 못한 방향으로 감상을 이끈다. 일종의

공명 현상이다. 누군가가 자기 삶의 일부를 떼어 만든 작품은, 그 떼어진 삶이 가지고 있던 인식 및 감정의 파장을 품고 있다. 이 파장은 감상을 통해 다른 이에게 전달된다. 이때 작품의 파장이 관람하는 이의 삶이 갖고 있는 다양한 파장 중의 일부와 비슷한 형태를 그리면, 관람하는 이의 내면은 공명 현상을 일으키면서 크게 출렁이는 것이다. 출렁인다. 예상치 못했던 체험 또는 인식을 향해 자기도 모르게 떠밀려간다.

따라서 이러한 감상은 관람하는 이로 하여금 답 대신에 질문을 선사한다. 왜 그 작품을 본 순간에 하필 그 기억이 떠올랐을까? 작품의 어떤 점이 기억을 불러냈을까? 관람자는 자신과 작품 사이에 서서 이 수수께끼를 고심하게 된다. 관람자는 수수께끼의 상태를 추적하고 재구성하는 과정에서 이전의 지적 체계를 혁파하고 재개발하며 전진한다. 나와 연결된, 그러나 지금까지의 내가 발견하지 못했던 미답의 땅으로 향하는 걸음이다. 세계는 수수께끼를 통해 앞으로 확장될 영토를 관람자에게 미리 선보이는 것이다.

대부분의 교양 미술 교육이 실패하는 지점이 여기다. 작품들을 범주화시키고 거기에 인덱스를 붙이고 정리 가능한 데이터로 만들어 주입하는 방식은 질문이 던져질 가능성을 높이기는커녕 일축하려고 애쓴다. 이는 근대에 들어 발생한 '일반 대중'이 만들어낸 중산층-교양-지식의 부작용이다. 부르주아를 향한 계급적 열망이 투영된

'교양'은 당혹하기를 두려워한다. 미술에 대한 '당혹하기'는
교양-지식의 미달, 따라서 자격 미달의 신호로써 (숨기고
싶었던) 본래 계급의 발각으로 인식되기 때문이다. 그러니
'이해시켜주고 조직시켜주고 분류시켜주는' 지식만이
당혹스러움을 두려워하는 이들을 구원할 수 있다. 이 지식들은
작품을 대면했을 때 그것을 질문의 대상이 아니라 이미 알고
있는 것들의 세계, 섭렵하고 정복한 세계 안에 구겨넣으려
애쓴다. 이때 지식은 수렴과 착취의 도구로 전락한다. 이런
마음가짐으로 임하는 전시 관람은 작품 앞에 '가서' 발견하고
탐험하는 모험이 아니라 작품을 이미 구획지어진 자신의 좁은
박물관 안으로 '데려와서' 수탈하는 행위로 변질된다.

종종 '예술 애호가'들과 이야기를 나눌 때 늘 받는 질문이
있다. 무슨 책을 읽어야 하느냐는 질문이다. 나는 그럴 때마다
몇 권의 책을 언급한 뒤에 그게 지금 당신에게 무슨 소용이냐고
되묻곤 한다. 푼크툼이니 인덱스니 하는 비평 언어를 가져다가
자신의 부족한 작업 또는 비평 감각을 메꿔보려는 부질없는
시도를 수없이 봐왔기 때문이다. 굳이 원한다면 서점에 가서
해당 장르의 비평집을 뒤져보면 될 일인데 왜 당장 몇 권의 추천
목록이 필요한가? '신뢰할 만한 사람'으로부터 '신뢰할 만한
이론-비평'을 소개받아 머릿속을 손쉽게 정리하기 위함이다.
그러나 비평은 신뢰가 아니라 의심과 걱정에서부터 출발해야
하며, 비평 언어는 질문에 접근하기 위한 도구로 조심스럽게

다루어져야 한다. 나는 책을 추천하기에 앞서 말하곤 한다.
"먼저 인생을 돌아보세요. 내가 뭘 해왔고 뭘 하고 싶고 뭘
두려워하는지를 아는 게 먼저입니다. 열쇠는 내가 그걸 손에
쥐고 문을 열라고 주는 거지, 그걸 모셔다 놓고 백날 치성을
드려도 문은 알아서 열리지 않습니다."

미술을 궁금해하는 사람들을 위해 만들어진 많은 책들
역시 교양의 함정에서 벗어나기 어렵다. 저 멀리 타국에 있는
미술관 소개, 압축하고 추려낸 서양 미술사, 유명 화가들에
대한 감상적인 에세이들…… 적절한 분량으로 떠먹기 좋게
구성한 지식 뭉치들이 독자들을 기다리고 있다. 이 지식들
자체가 나쁘지는 않다. 아는 만큼 보이는 법이다. 그러나 지식의
흡수에 앞서 그 지식을 사용하는 방법을, 즉 어떻게 볼 것인가를
말해주는 책은 그에 비해 턱없이 모자라다. 어떤 작품이 어떻게
수수께끼를 불러일으켰는지를 보여줄 사례집이 필요하다.
미술에 대한 이야기가 저자 자신의 고백 또는 질문으로
치환되는 책들이다. 퍼트리샤 햄플(Patricia Hampl)이
앙리 마티스에 대해 쓴 에세이, 미셸 슈나이더(Michel
Schneider)가 일부러 허구를 섞어 쓴 예술가의 전기 등이
여기에 속한다. 그러나 이 책들을 무턱대고 권할 수는 없다.
특히 '예술을 좀더 잘 이해할 수 있는 책'을 찾고 계신 분들께는
더욱 그렇다. 방금 언급한 책들은 이미 예술이 질문에서
시작된다는 점을 전제로 하기 때문이다. 그에 앞서 어떻게 이런

질문들이 던져지는지 그 과정을 좀더 자연스럽게 서술한 책, 질문이 생겨나는 순간을 친근하게 서술한 책이 필요하다. 이렇게 주제를 좁혀보면 가장 먼저 떠오르는 책은 박현정의 미술 산문집 『혼자 가는 미술관』이다.

『혼자 가는 미술관』은 감상자와 미술 작품이 사적으로 소통하는 순간들로 이루어져 있다. 특정 작품이 어떤 체험을 부르거나, 반대로 어떤 체험이 특정 작품을 호출해 저자의 내면 안에서 즉각적인 교감을 이룬다. 한 남자가 끝없이 쏟아지는 물줄기를 맞다가 천천히 하늘로 올라가는 모습을 담은 빌 비올라의 영상 작업 〈트리스탄의 승천〉을 본 저자는 감상 도중에 느껴진 현기증을 언급하면서 지금껏 자신이 의식을 잃었던 두 번의 경험을 불러낸다. 기원전 3세기에 만든 닭 모양 토기를 감상하면서는 닭의 눈 위치에 뚫린 구멍을 바라보다, 아주 오래전 자신이 사온 병아리가 닭이 된 뒤 서로를 주시했던 순간을 떠올린다. 온통 금색으로 빛나는 링 위에서 백현진이 옛날 노래들을 잘라 붙여 부르는 퍼포먼스를 보면서는 '그때 우린 분명 함께 링에 올랐다'며 재수학원을 함께 다녔던 이들을 생각한다.

이 책에 담긴 열두 편의 이야기는 기본적으로 한 사람의 인생이 쌓아온 기억과 감각들이 그와 조응하는 작품을 만나 어떻게 다시 살아났는지를, 즉 '공명 현상'이 발생하는 순간을 보여준다. 그뿐이다. 저자는 더 나아가지 않고 그저 반짝이는 순간들을 전달할 뿐이다. 이론도 해설도 없다. 오직 예술의 어떤 순간에 떠밀려 물결치는 마음만이 맑게 빛난다.

더불어 박현정의 글 씀씀이 역시 잔물결처럼 부드럽고
친근하다. 구성도 잘 되어 있다. 예를 들어 '대학동의 B양에게'
라는 글은 시점을 적절히 옮겨가는 솜씨가 돋보인다. 이 글은
저자가 카페의 옆 테이블에 앉은 커플을 관찰하면서 시작한다.
저자는 네댓 살 연하로 보이는 남자의 호기심에 가득찬
태도와는 달리 어딘가 노곤해 보이는 젊은 여자의 이야기에
관심을 기울인다. 여자는 이 동네가 좋은 이유는 딱 하나,
걸어서 십 분 거리에 미술관이 있기 때문이라고 말한다. 바로
서울대미술관이다. 저자는 옆 테이블의 여자가 서울대미술관의
어디를 좋아할지를 궁금해하며 미술관을 둘러싼 경관과 미술관
건물의 인상적인 점을 떠올린다. 그러다 거기서 있었던 한
전시를, 다시 그 전시에서 기억에 남았던 작품을 떠올린다.
생명력을 박탈당한 듯한 엘리베이터 걸들이 초현실적인 배경
앞에 앉아 있는 모습을 담은 야나기 미와(やなぎみわ)의 연작
〈천국의 파라다이스 II〉다. 기억 속의 미술관을 거닐다가 마주한
야나기 미와의 작품 속 여자들은 어쩐지 옆 테이블의 여자와
닮아 있다.

다시 시점은 카페로 옮겨온다. 옆 테이블의 여자는 하고
싶은 공부를 하지도 못했고 이제는 다른 시도를 하기에도
늦었다고, 이제는 그저 떠나고 싶다고 말한다. 아직 사회생활을
시작하지 않은 듯한 남자는 그런 얘기를 듣고도 속 편한 반응을

보일 뿐이다. 이제 저자는 다른 작품을 떠올린다. 저 여자는 어떤 삶을 살까, 당신은 어떤 '여자'가 될까. 역시 야나기 미와의 작품 〈마이 그랜드마더스〉다. 일반 공모로 뽑은 여성들에게 당신은 어떤 할머니가 될 것인가를 물은 다음에 그 답변을 사진으로 담아낸 작품이다. 특수 분장을 통해 각 답변의 당사자를 할머니처럼 만든 뒤 답변 속의 장면들을 연출하는 것이다. 피사체들은 늙은 할머니가 되었지만 〈천국의 파라다이스 II〉와는 달리 좀더 따뜻하고 활기차다. 작은 소망들이 들어가 있어서다.

또다시 시점은 카페로 돌아온다. 저자는 매일 같은 일을 반복하는 삶에 대해 수십 분째 토로하는 옆 테이블의 여자가 〈천국의 파라다이스 II〉 앞에 서는 장면을 떠올린다. 그녀가 직관적으로 작품과 소통하고 그녀의 남자친구 역시 그 작품을 통해 자신의 연인이 처한 상황을 비로소 마음속 깊이 이해하게 되는, 소망에 다름없는 상상이다.

이런 따뜻한 시선을 『혼자 가는 미술관』 곳곳에서 만날 수 있다. 오래 키웠던 개, 허름한 여관 근처에서 발견한 고양이, 집을 구하러 다니다 들어간 신림동의 작은 방에 살던 두 여자, 어머니, 종군위안부로 끌려갔던 여성들…… 이들 모두가 저자의 마음속에서 잊히지 않은 채 잠들었다가 예술 작품과의 조응을 통해 재출현하고 재발견된다. 『혼자 가는 미술관』은 기억이 예술 작품을 마주하는 과정에서 어떤 식으로 마음에 반응을 남겼는지를 반복해 서술함으로써 박현정이라는 사람의 세계관을, 이를테면 측은지심이라고 표현할 수 있는 마음의 필터를 보여준다. 작고 상처 입기 쉬운 것들에 대한 지속적인 관심이 박현정의 기억을 구성했고, 그렇게 살아남은 기억들이 때로 눈앞의 작품들과 조응하는 것이다.

박현정이라는 사람이 지금 모습으로 살아오기까지 쌓아왔던 삶의 흔적들이야말로 그녀가 미술을 이해하고 받아들이는 근본적인 토대다. 책 뒷면을 가득 채운 서경식 교수의 추천사에도 비슷한 내용이 언급돼 있다. '이 책은 현대 한국사회를 살아가는 한 여성이 혼자서 미술과 나누는 대화의 기록이자 그녀 자신의 자화상이기도 하며, 그녀가 살아가는 이 사회의 풍경화라고도 말할 수 있다. 미술이란 갖추어야 할 교양이라기보다 이렇듯 자연스레 마주하며 이야기하고 싶은 대상이다.'

이렇듯 『혼자 가는 미술관』은 어떤 작품이 갑자기 상념의 비경을 펼쳐보였을 때 그 안으로 걸어들어가는 일이 얼마나 소중한지 알려주는 책이다. 왜냐하면 그 비경의 절반은 나 자신의 세계이며 나머지 절반은 그렇게 소중히 간직해왔던 세계가 조금 더 나아가야 할 미지의 풍경이기 때문이다. 이 혼재된 내면의 풍경이야말로 '예술 감상의 기초'를 말할 때 우리가 가장 먼저 발견해야 할 지점일 것이다.

그뿐이다. 이론도 해설도 없다.
오직 예술의 어떤 순간에
떠밀려 물결치는
마음만이 맑게 빛난다.

사랑에 임하는 어떤 방법

『음악의 기쁨』

제1권 음악의 요소들

롤랑 마뉘엘·나디아 타그린 지음, 이세진 옮김

북노마드

제2차세계대전이 끝난 직후의 프랑스 파리. 라디오에서 남녀의
대화가 흘러나오고 있다.

> "내가 담배 파이프에 숨을 불어넣을 때 나는 소리 (…)
> 타그린 씨, 담배 피워요?"
> "유감스럽게도 파이프 담배는 안 피워요."
> "그래도 그냥 담배는 피우죠?"
> "뭐, 누가 굳이 권하면요."
> "그럼 자주 피운다는 뜻이군요. 좋아요."
>
> 『음악의 기쁨』 제1권 88쪽

이 부분만 본다면 누아르풍의 라디오 드라마 대본으로
착각할지도 모르겠다. 그러나 이어지는 이야기는 다음과 같다.

> "좋아요. 혀끝에 남은 담뱃잎을 털어내고 싶으면 어떻게
> 할까요?"
> "푸으, 하겠죠."
> "호른이나 트럼펫을 부는 사람의 입 모양이 딱 그겁니다."
>
> 『음악의 기쁨』 제1권 88쪽

『음악의 기쁨』은 작곡가 롤랑 마뉘엘과 피아니스트 나디아
타그린이 대화 형식으로 진행하고, 당대의 음악인들이 매회

게스트로 참여한 라디오 방송을 엮은 책이다. 책의 제목이나
금관악기를 부는 입 모양을 설명하는 데서 느낄 수 있듯,
『음악의 기쁨』은 음악 전문가보다는 클래식 음악에 막 관심을
가진 일반 애호가들을 대상으로 한다.

　　총 네 권으로 이루어진 『음악의 기쁨』 제1권의 부제는
'음악의 요소들'이다. '음악이 어떻게 시작되었을까'에
대한 질문에서 시작해 서양음악의 개념과 분류, 그리고
각 개념들의 근거를 확인한다. 이 분류 및 확인 작업들의
요지는 '왜'와 '어떻게'다. 이 화성은 왜 매력적인가? 왜,
어떻게 클래식 음악은 현재의 형식을 갖추게 되었는가? 마치
프랑스의 바칼로레아 관련 기사에나 나올 법한 내용이지만,
지금으로부터 반세기도 더 전에 방송되었던 라디오 프로그램
역시 그런 식으로 진행되고 있었다.

　　이렇게 '왜 음악은 매력적인가?'라는 질문에 대응하는
방식이 『음악의 기쁨』의 빼어난 점이다. 기존의 교양 클래식
음악서들은 수필에 가까운 음악 감상이나 인상비평에서
크게 벗어나지 못했기 때문이다. 묘사와 비유로만 이루어진
인상비평만을 접한 독자들은 음악을 감상하는 방법이 주관
이외에는 없다는 인상을 받을 수밖에 없다. 이런 식으로 감상이
굳어지면 음악 감상은 소비의 경험으로만 남는다. 그냥 아,
좋구나 하고 들을 뿐이다. 그래서는 음악은 해석 불가능한
낭만주의적인 신비에 머무르고 만다. '내 마음을 흔드는

천재들의 위대한 미스터리'. 그러다보면 결국 '어차피 음악은 글로 표현하기가 불가능하다'라거나 '내가 좋아하는 게 가장 좋은 거다'라는 쓸쓸한 결론에 이르고야 만다.

좋은 게 좋은 거라는 말은 쓸쓸한 말이다. 왜 쓸쓸하냐면 질문을 던지(고 싶)지 않(아지)기 때문이다. 상대에게 더 해주고 싶은 말도 더 알고 싶은 점도 없다. 오직 아름다운 모습을 바라보는 걸로 만족할 뿐이다.

물론 사랑에는 여러 방식이 있다. 개중에는 직관적이고 즉각적인 호감을 사랑의 원동력으로 삼고 그에 대해 질문을 던지지 않는 사람도 있을 것이다. 역마살과 손재수를 타고난 이들처럼 말이다. 그러나 대개는 뭔가를 좋아하게 되면 그 대상을 더 알고 싶어지고 이해하고 싶어진다. 사랑은 자신의 세계 바깥에 존재하던 객체를 자신의 세계 속으로 포섭하려는 욕망과 그에 따른 노력의 과정이기 때문이다.

따라서 사랑의 대상을 향해 던져지는 질문은 자신이 질문을 던지는 대상에 대한 깊은 애정 표현(나는 그를 내 안으로 초대하고 있다)이며, 그 결과로 떠오르는 감상이란 자신이 앞서 던졌던 질문에 대해 성의껏 구한 답으로서 도출되는 것이다. 감상은 즉흥적인 찬사와 짧은 시적 흥취만으로는 절반도 이루지 못한다. 그건 시작에 불과하다. 감상이란 찬탄에서 촉발된 기도와 응답의 체계다. 사랑의 신비는 비록 나중에 오해에 불과하다고 밝혀지더라도(또는 응답받지 못하더라도) 우선

이해하려고 시도할 때만이 비로소 그 사람 안에서 세계의 한 부분으로 기능한다.

요는, 공부를 하면 좋다는 이야기다.

물론 이러한 지성주의(?) 감상론이 다소 공격적으로 느껴질 수도 있겠다. "그럼 그저 즐기면서 들어서는 안 된다는 건가?" 그렇지는 않다. 그냥 마음에 드는 곡들의 세계에서 익숙한 선율들과 함께 살아가는 게 비난 받을 일은 아니다. 다만 선택의 여지는 있어야지 않겠는가 말이다. 명곡을 감상하며 반사적으로 터져나온 찬탄과 천재들의 재미있는 일화를 담고 있는 간단한 음악 교양서는 이미 많다. 지금까지 나온 거의 모든 책이라고 해도 좋다. 그러니 몇 권 정도는 음악을 이해하고자 시도하는, 사랑에 빠져버린 사람들을 위한 책이 있어야지 않을까.

『음악의 기쁨』이 그런 책이다. 이 책은 음악에 대한 이해를 구하고자 하는 일반 애호가들을 위해 기초적인 정보를 제공한다. 따라서 중학교 수준의 화성학마저 까먹은 상태로 클래식 음악의 감상 경험조차 일천하다면 약간의 악보와 수많은 작곡가들의 이름이 오르내리는 이 책을 읽기가 꽤 고통스러울 것이다. 그러나 최소한의 지식 없이 어떤 시스템의 체계를 이해하기란 불가능하다. '일반 독자'를 배려한답시고 난이도를 낮추다 못해 기초적인 수학 공식마저 배제한 수많은 교양 물리학 책들이 이미 그러한 실패를 증명한 바 있다.

도구에 대한 이해 없이 어떻게 시스템을 이해할 수 있을까? 언어로 이루어지지 않은 철학 입문이 세상 어딘가에 있다면 모를까……. 요는, 역시 공부를 하면 좋다는 이야기다. 분명히 감동의 폭이 커진다. 'E=mc²'에서 제곱되는 C값의 어마어마한 숫자를 대략적으로나마 연산해보는 것과 '쉽게 말해서 질량이 곧 에너지라는 뜻인데 이게 엄청난 에너지입니다'라는 설명만 들을 때의 차이는 클 수밖에 없다.

음악도 마찬가지다. 〈트리스탄과 이졸데〉 전주곡의 불안한 매력이 집요한 반음계 화음에서 온다는 점을 확인하고 온음계에 비해 반음계가 어떤 식으로 미완의 느낌을 주는지를 대략적으로나마 이해하고 나면 반음계 화성이 〈트리스탄과 이졸데〉의 이교도적인 주제를 어떻게 펼쳐내고 있는지를 알게 된다. 작품의 주제와 선율이 반음계에 대한 이해를 통해 하나로 합쳐지는 순간은 특수상대성이론 공식 속의 에너지 변환값을 바라볼 때처럼 경이롭다.

그러니 마음만 먹으면 된다. 알고자만 한다면 『음악의 기쁨』은 여러 종류의 장점을 펼쳐 보여줄 것이다. 이 책이 음악을 설명하듯 이 책의 매력을 크게 '구조와 표현' 두 가지로 나누어보자.

우선 구조의 매력. 『음악의 기쁨』은 어지간한 대학 교양 수업과는 비교를 불허하는 질 좋은 커리큘럼을 제공한다. 제1권인 '음악의 요소들'에서는 음악이란 무엇인가에 대한

질문을 통해 음악의 탄생과 역사를 체크하면서 시작한 뒤,
각 악기군과 화성 및 리듬이라는 음악의 기본 구성 요소들을
일별한다. 그러고 나서 각론에서 다루었던 주제들을 통합해
음악의 형식과 작곡이라는 작업에 대해 알아본다. 책의 처음과
끝을 '음악이란 무엇인가'라는 질문과 답의 형태로 구성하고
그 사이에 들어간 각론들은 결론에 이르기 위한 단계적인
지식을 제공하는 유기적인 구조다.

이어지는 제2권 '베토벤까지의 음악사'에서는 1권에서
배웠던 기초적인 지식을 토대로 고전주의까지의 서양 음악사를
전개해나간다. 이때 단순히 연대별 나열에 그쳤다면 질 좋은
커리큘럼이라 할 수는 없을 것이다. 짜임새가 유기적이다. 예를
들어 각국의 서로 다른 음악적 색깔을 소개할 때 스페인 음악에
이어 러시아 음악을 소개하는 이유가 있다. 두 나라의 지리적
요건과 정치경제적 상황의 유사함, 그로 인한 국민들의 기질과
그 기질에 기인하는 음악적 개성의 '따로 또 같음'을 비교해서
보여줄 수 있기 때문이다. 이렇게 각 지역별 특색을 제시한
다음에 음악사 탐방이 본격적으로 시작되는데, 동시대 각국의
음악들이 서로 어떻게 영향을 주고받았는지를 읽다보면 앞서의
선행학습이 얼마나 유용했는지를 깨닫게 된다. 이런 식으로
『음악의 기쁨』은 음악의 한 요소가 자연 발생한 것이 아니라
어디서부터 영향을 받아 다시 어디에 영향을 끼쳤는지를
밝힘으로써 음악사적인 지식들을 유기적으로 배열한다.

그리고 표현의 매력. 앞서 언급한 좋은 짜임새의
커리큘럼도 참고서처럼 딱딱하게 쓰여 있다면 애호가를 위한
입문서라고는 볼 수 없을 것이다. '일반 청취자'를 대상으로
만든 라디오 프로그램 대본은 보다 풍부한 인용과 유머를
사용해서 가능한 한 접근성을 높인다. 예를 들어 리듬을 다룬
꼭지에서 '루바토(Rubato)'라는 음악 용어를 설명할 때,
『음악의 기쁨』의 진행자인 롤랑 마뉘엘은 전문 용어들을
나열하기보다는 쇼팽과 리스트라는 두 천재 라이벌이 루바토에
대해 남긴 말들을 인용하면서 직관적인 이해를 제공한다.
게다가 그 비유들은 아름답기도 하다.

"이탈리아어 '루바토'는 '훔쳐간, 잃어버린'이라는 뜻을
갖습니다. 어느 음가 혹은 음가들의 집단에서 뭔가를
'훔치되' 박자의 길이는 그에 영향을 받지 않게끔
보상해주는 거죠. 루바토 얘기를 할 때면 반드시 쇼팽을
거론하게 되는데요, 그는 우리에게 루바토의 비밀을 이렇게
말합니다. '왼손으로 엄격하고 고집스러운 오케스트라
지휘자를 삼고 오른손은 자기 하고 싶은 대로 하게 하라.'"
"결국 쇼팽을 연주할 때에는 박자를 준수해야 한다는
거군요. 많은 이들이 그렇게 생각하지 않지만요."
"그렇고말고요! 리스트는 자신의 라이벌이자 친구였던
쇼팽을 높이 평가했죠. 그는 쇼팽의 루바토를 설명하면서

인상적인 비유를 듭니다. 숲속에 산들바람이 불어와
나뭇잎들은 흔들리되 나무들은 별로 흔들리지 않는 것과
같다고요."
"바로 그런 흔들림이 스윙이고요."

『음악의 기쁨』 제1권 157쪽

루바토를 스윙과 연결하고 재즈와 래그타임을 언급한 뒤에
자유로운 리듬을 가진 멜로디 라인과 굳건한 베이스 리듬
사이의 긴장과 조화를 말하고 나면, 리듬을 다룬 꼭지는 다음과
같이 마무리된다.

"(에릭) 사티는 이런 말을 했습니다. '내가 재즈를 사랑하는
이유는 재즈는 우리에게 고통을 동반하면서 다가오고 우리는
그에 아랑곳하지 않기 때문이다.'"

『음악의 기쁨』 제1권 160쪽

오, 달콤한 인생. 아름다운 음악. 리듬이 인생과 음악에 부여하는
고통과 즐거움과 생명력. 이 모두를 한번에 꿰는 유머와 여유.
롤랑 마뉘엘은 틈틈이 음악의 아름다움에 인생의 어떤 부분이
공명해 떨리는지를 슬며시 끼워넣는다. 이 역시 『음악의
기쁨』의 독보적인 미덕이다. 애수나 사색에 지나치게 젖어들지
않고 웃으면서 인생과 세계에 대해 말할 수 있는 우아함이다.

롤랑 마뉘엘은 슈베르트의 순수한 가곡들이 불어넣는 숨결이 어떤 형태인지, 드뷔시가 소리로 그려낸 풍경화 속에서 무엇을 '듣게' 되는지, 어떻게 불협화음이 스카를라티 속에서 조화를 이루었는지를 말함으로써 삶에 경의를 표한다. 『음악의 기쁨』에서 이러한 멋진 문구와 우아한 비유들은 백 개 정도는 손쉽게 더 뽑아낼 수 있을 것이다. 그러나 굳이 매력적인 부분을 병렬해 나열하는 일만큼 '다이제스트 리뷰'가 슬픈 순간도 없지 싶다. 앞서 가져온 에릭 사티의 말을 다시 빌려오는 것으로 충분할 것 같다.

동반될 고통에 아랑곳하지 않고 음악을 사랑해보기로 결심한 사람들에게 기꺼이, 기쁜 마음으로 이 책을 권한다.

뭔가를 좋아하게 되면
그 대상을 더 알고 싶어지고
이해하고 싶어진다. 따라서 질문은
자신이 질문을 던지는 대상에 대한
깊은 애정 표현이다.

모두가 신의 아이들

『신화, 영웅 그리고 시나리오 쓰기』

크리스토퍼 보글러 지음, 함춘성 옮김

비즈앤비즈

내 주위에는 글을, 정확히는 소설이나 시나리오를 쓰고
싶어하는 사람들이 꽤 많다. 이야기를 만들어 사람들에게
보여주려는 열망을 가진 사람들이다. 물론 그중에 실제로
작가라고 불리는 사람은 거의 없다. 확률적으로 보았을 때 역시
작가가 되기란 어려운 듯하다. 좋은 이야기를 쓰기란 그처럼
어려운 일이다.

　사람들은 나이를 먹어가면서 재능과 열정을 함께
소유하기가 얼마나 어려운지 절감한다. 글쓰기도 예외가
아니다. 그래서 작가가 되고 싶은 사람들은 부족한 재능을
메꿔줄 만한 도구를 찾아다닌다. 천부적인 손가락을 가지지
못했더라도 악보만 정확하게 기입할 수 있다면 멋진 소리를
들려주는, 자동피아노 같은 글쓰기 도구 말이다. 그래서 글쓰기
교재는 꽤 잘 나간다. 적어도 꾸준히는 팔린다. 나는 일하다
힘들 때 가끔 '소설 쓰기의 비법'이나 '시나리오 쓰는 법'을
다루는 책들의 판매고를 찾아본다. 그 책들의 판매고는 새로운
이야기라는 성배를 찾아 떠난 모험의 횟수처럼 보인다. 합하면
수천수만이 넘는 여정들이다.

　물론 나는 이 여정 또는 탐색이 대부분 실패한다는
것도 잘 알고 있다. 글쓰기 책 시장에 여전히 새로운 이론과
방법론이, 즉 새로운 타입으로 디자인된 성배 탐색 지도들이
공급되는 것만 봐도 알 수 있다. 대부분의 작가 지망생들은 이
수많은 지도들 사이에서 진짜가 무엇인지 고민하다가 불현듯

깨닫고 만다. 자신에게 남아 있는 시간은 점점 더 빨리 흘러가고 실패한 열정에 재도전할 때 지불해야 할 기회비용은 조금씩 더 비싸진다는 사실 말이다. 이 깨달음 또는 두려움은 서해안의 밀물처럼 시나브로 다가와 꿈꾸는 이의 허리를 붙잡고 그를 깊은 바닷속으로 끌고 들어간다.

나는 그 사실을 알면서도 다시 한번 시도하는 수천수만의 숫자를 보면서 힘을 얻곤 한다. 포기하지 않고 아직 여정에 올라 있는 자들은 모두가 작은 영웅들이다. 지나치게 낭만적인 이야기인가? 영웅은 뭔가를 이룬 뒤에, 또는 이미 특별한 능력을 가진 자들이 외부로부터 부여받는 칭호가 아닌가? 아니, 그렇지 않다고, 영웅이라는 호칭은 소명을 받고 여정을 시작한 모든 이들에게 주어졌다고 말하는 이 책의 원제는 『The Writer's Journey』다.

『신화, 영웅 그리고 시나리오 쓰기』가 작가를 꿈꾸는 독자들을 설득하기 위해 사용하는 근거는 바로 신화학자 조셉 캠벨이다. 인류가 본능적으로 이끌리는 이야기 타입이 있다고 주장하며 그 근거로 세계의 수많은 신화와 전설들을 끌어모은 뒤, 그 속에서 공통된 원형(Archetype)을 추출한 조셉 캠벨의 『천의 얼굴을 가진 영웅』이 『신화, 영웅 그리고 시나리오 쓰기』의 이론적 근거다. 인류가 이야기를 만들 줄 알게 된 시절부터 끝없이 탐닉해온 원형을 자신이 쓰려는 이야기에 적용시킬 수만 있다면, 사람들이 그 이야기를 자연스럽게 좋아하게 될 거라고 이 책은 주장한다.

그럼 그 놀라운 성능을 자랑하는 '원형'이란 무엇인가. 놀랍게도 다들 알고 있는 영웅 모험담이다. 평범한 삶 속에 파묻혀 있던 영웅이 이런저런 이유로 소명을 받고 모험을 떠나 시험과 조언자와 동료를 만나고, 동굴 깊숙한 곳에서 죽음의 위기를 만났다가(또는 정말 죽거나) 깨달음을 얻어 부활한 뒤, 약속된 신비의 영약을 얻어 귀환한다는 내용이다.

이 얼마나 클리셰 선물 세트 같은 얘기인가. 게다가 『신화, 영웅 그리고 시나리오 쓰기』의 서문을 보면 저자 크리스토퍼 보글러가 디즈니에서 일했고, 디즈니를 비롯한 할리우드의 제작사들이 이 책의 방법론을 특히 사랑한다고 쓰여 있다. 흔해빠진 휴머니티를 첨가한 모험 활극 엔터테인먼트에 특화된 책이 아닐까 하는 걱정이 생기는 것도 당연하다.

그러나 이 책은 넓은 응용 범위를 자랑한다. 크리스토퍼 보글러는 '이야기' 속에서 모험에의 소명이 다양한 형태로 변주된다는 사실을 끊임없이 환기시키며, 등장인물이 전형적인 캐릭터에 머물지 않고 원형 속의 여러 캐릭터들을 오가는 것이 보다 매력적인 이야기를 구축한다는 점도 반복해 강조한다. 즉 '원형 신화' 자체는 클리셰가 아니다. 클리셰는 특정한 장치나 설정이 아니라 무비판적으로 답습하는 '태도'에 달린 문제다. 그러니 서문을 읽으면서 드는 걱정 또는 선입견은 내려놓아도 좋다.

이 책이 소개하는 변주의 예를 들어보자. 저자가 '일상에 머물던 영웅이 불현듯 소명을 인식하고 모험을 향해 떠나는' 시퀀스를 설명하면서 예로 드는 영화 중 하나는 바로 비애를 연쇄 폭발시키는 걸작 〈미드나잇 카우보이〉다. 멀쩡한 허우대와 섹스에 대한 자신감 말고는 능력도 가진 것도 없이 시골에서 접시닦이나 하던 우울한 청년(존 보이트 분)이 불현듯 뉴욕을 향해 떠나기로 결심하는 순간 '영웅의 여정'이 시작된다. 숨겨진 능력이나 가문의 비밀 따위는 하나도 갖고 있지 않은 이 슬픈 표정의 남창 지망자가 〈미드나잇 카우보이〉라는 신화 속의 영웅이며 그가 당도한 뉴욕은 모험이 펼쳐질 광야다. 그리고 그곳에서 만난 땅딸막한 건달(더스틴 호프먼 분)은 신화의 원형 속에 등장하는 조력자이자 익살꾼이며 현자이고 때로 영웅이 넘어야 할 관문(또는 관점에 따라 절명의 위기 그 자체)이다.

『신화, 영웅 그리고 시나리오 쓰기』의 원형 이론을 응용해 〈미드나잇 카우보이〉를 바라보면 이 영화 시나리오의 매력을 선명하게 파악할 수 있다. 복합적인 캐릭터의 매력을 완벽하게 표현하는 더스틴 호프먼은 〈미드나잇 카우보이〉라는 영웅의 여정 전체를 표상하는 인물이다. 더스틴 호프먼은 신화 속에서 영웅이 마주하는 여러 캐릭터들의 역할을 자신 안에서 순차적으로 교체함으로써, 존 보이트의 성배 탐색을 자신과의 우정을 쌓아나가는 과정 속에 완전히 녹여낸다. 만약 더스틴 호프먼이 이렇게 다채로운 면모를 보이지 못하고

그저 좋은 친구(조력자 또는 스승)에 불과했다면 영화는
원형을 충족시키기 위해 더 많은 등장인물을 필요로 했을
것이다. 그렇게 진행되었다면 두 남자의 우정에 주목할 시간도
부족해질뿐더러, 존 보이트가 더스틴 호프먼에게 품을 수
있는 양가적인 감정(나쁜 놈이면서 좋은 놈)도 포기해야 한다.
버디무비가 친구인 두 주인공에 집중해야 하고 그 우정의
스펙트럼이 다양할수록 성공적이라고 본다면, 〈미드나잇
카우보이〉는 가장 성공적인 버디무비 중 하나일 것이다.
두 친구 중 한 명이 영웅일 때 다른 한 명은 나머지 세계의
모든 것이어야 하기 때문이다.

　딱히 얻은 것도 없이 패퇴하듯 뉴욕을 떠나는 이 영화의
비극적인 결말이 결코 초라하지 않은 이유도 거기에 있다.
친구이자 악당이며 영웅에게 위기와 깨달음을 함께 제공하는
'여정의 총체' 더스틴 호프먼이 자신의 신화적 소임을 다했고,
영웅인 존 보이트는 여정의 결과물로써 어떤 깨달음을 얻은
채로 원형의 마지막 단계인 '귀환'에 이르기 때문이다.
존 보이트의 무표정한 얼굴은 영화의 시작 때와 크게 다르지
않지만, 관객들은 그의 내면이 달라졌음을 느낄 수 있다. 신화가
완결되었을 때 영웅의 내면은 늘 한 단계 성장해 있음을 알고
있기 때문이다. 원형은 충족되었고 관객들은 결핍을 느끼지
않는다. 얼핏 실패로만 점철된 듯한 〈미드나잇 카우보이〉의
인물들이 품은 비애는 그처럼 당당하고 굳세다.

여기서 눈치 빠른 독자들은 이 책의 원형 이론 도구가 창작 자체보다는 시나리오의 구조 분석을 위한 도구에 더 적합하다는 점을 알아차렸을 것이다. 그렇다. 『신화, 영웅 그리고 시나리오 쓰기』는 당신도 잘할 수 있다며 시나리오나 소설 쓰기를 시작하도록 독려하고 집필 과정을 이끌어주는 책이 아니다.

서문에도 나와 있듯이 이 책의 구조는 마치 타로 카드의 해설서처럼 구성되어 있다. 타로 카드 해설서들이 세계와 우주의 양태를 담은 22장의 카드를 그저 순서대로 한 장씩 설명하듯, 『신화, 영웅 그리고 시나리오 쓰기』역시 조셉 캠벨의 영웅 서사를 간소화시킨 뒤 여정의 각 단계를 순차적으로 설명해놓았을 뿐이다. 아무리 상세한 타로 카드 안내서라도 수많은 패의 조합을 절대로 다 설명할 수 없고 그 조합 자체는 점괘를 보는 이가 해석해내야 하듯, 『신화, 영웅 그리고 시나리오 쓰기』가 단계별로 해설한 영웅의 여정 역시 그 자체로는 아무런 묘수를 알려주지 않는다.

이 책은 글쓰기 지망생들을 창작으로 이끌고 영감을 얻도록 독려하는 자기계발서가 아니라 이미 작업에 뛰어든 사람들이 직접 쥐고 사용해야 하는 보조 도구다. 시나리오가 밋밋해 보일 때 원형 이론을 대입해보고 그 시나리오에서 결핍된 특성이 무엇인지 찾아본다거나, 어떤 영화가 어떤 방식으로 원형을 멋지게 응용했는지 확인할 때 써먹는 것이다.

이를테면 영화 〈일대종사(一代宗師)〉에서 영웅의
소명을 가장 성공적으로 완수한 캐릭터는 왜 최후에 부활과
귀환의 단계를 밟지 않고 몰락의 길을 걷는가? 그와 반대로,
강호가 종말을 고한 뒤, 마침 '20세기 중반의 홍콩'에 터를 잡고
'살아남은' 영웅은 앞서 몰락한 영웅과는 어떻게 다른가?
그 차이는 영화의 주제와, 또는 제목과 연관되어 어떻게 완결된
내적 체계를 형성하는가?

이런 질문과 답변은 모두 『신화, 영웅 그리고 시나리오
쓰기』의 응용 범주 내에 들어 있다. 이 범주에 들어 있지 않은
이야기는 극 형식을 파괴한 이야기들뿐인데, 그런 작품들 역시
원형 이론을 사용해서 분석의 힌트를 얻어낼 수 있다. 이른바
반소설 또는 '원형 너머의' 소설을 표방한 작품들이 변주하거나
부숴버리려고 했던 원형을 그 작품들 가까이에 갖다 댐으로써
그 작품들이 원형으로부터 탈주를 시도한 방향을 확인할 수
있기 때문이다. 방향 탐지는 사냥 또는 추적의 첫걸음이다.

알랭 로브그리예의 『엿보는 자』는 미스터리 소설의 원형
구조를 어떤 단계에서 해체하며, 왜 그 단계를 선택했을까?
리처드 브라우티건의 『워터멜론 슈가에서』의 시공간 배경은
원형의 작동을 어떤 식으로 왜곡하며, 그 결과 원형은 어떻게
변형되었는가?

응용의 폭은 매우 넓다. 그러니까 전통적인 3막 구성
시나리오의 미덕을 찬양하는 이 가이드북은 3막 구성을

신봉하는 사람들만을 위한 책은 아니다. 신화는 자신을
변형시키려는 시도들에게 언제나 기꺼이 기초 재료를 제공한다.
원형은 새로운 언어-예술 체계를 탐구하고 개발하려는
사람들에게 자신을 보다 용이하게 해체하기 위한 설계도를
건네줄 것이다.

따라서 『신화, 영웅 그리고 시나리오 쓰기』는 서사(와
반서사)를 사랑하는 사람들 모두에게 권할 만하다. 그 모든
이야기하려는 욕망에는 오래되고도 거대한 기원이 존재하고
있음을 알아둘 필요가 있기 때문이다. 하늘 아래 새로운 것이
없고 태어나지 않은 자는 죽을 수도 없나니.

'원형 신화' 자체는 클리셰가 아니다.
클리셰는 특정한 장치나 설정이 아니라
무비판적으로 답습하는 '태도'에 달린
문제다.

세잔과 농활

『우연한 걸작』
밥 로스에서 매튜 바니까지,
예술 중독이 낳은 결실들
마이클 키멜만 지음, 박상미 옮김
세미콜론

『우연한 걸작』은 예술이라는 개념을 완성시키는 여러 행위,
즉 창작과 감상과 수집과 전시에 얽힌 다양한 종류의 열정을
담은 책이다. 마이클 키멜만은 대개 천재들의 창작 결과물에
집중되는 '걸작'이라는 개념을 예술에 관계된 모든 이들의
삶 속으로 흩뿌린다. 이 과정에서 예술은 '자신을 이끄는'
무언가를 표현하는 것에서부터 '자신을 끌어당기는' 창작물을
바라보기까지의 과정 전체를 의미하게 된다. 키멜만은
걸작이란 개념을 확장한다. 걸작이란 실재하는 작품-
물질일뿐만 아니라 그 작품-물질을 매개로 누군가의 삶을
이끌고 또 끌어당기는 힘 전체를 뜻한다는 것이다.
　　『우연한 걸작』은 다양한 삶과 그 각각의 삶을 매혹시킨
서로 다른 예술적 요소들을 보여주는 매혹의 박물지다. 여기서
인생과 예술은 구별되지 않고 매혹을 매개체 삼아 한데
섞여든다. 여러 서평에서 흔히 볼 수 있는 찬사 같지만 이는
말 그대로다. 나는 증언할 수 있다. 『우연한 걸작』을 읽으면서
가장 먼저 떠올린 기억은 어떤 예술 작품에 대한 게 아니라 대학
신입생 시절 처음 참가했던 농활이었기 때문이다.
　　나의 첫 농활은 두 가지 사건으로 인해 잊을 수 없는
경험으로 남아 있다. 그중 하나는 그 동네 고등학생에게서
마음에 든다는 고백을 들은 거였다. 나는 놀라지 말았어야
했다. 예견된 사건이었기 때문이다. 선배들은 최근 들어 매번
농활을 갈 때마다 그 여학생이 '새로 온 대학생 오빠'들 중

한 명에게 관심을 표한다고 말해왔다. 선배들은 그간의 선호 패턴으로 보아 신입생 중에 가장 잘생긴 친구가 이번 차례일 거라고 예상했었다. 그러니 이 여학생의 이번 선택은 나를 포함한 모두의 예상을 뒤집은 것이었다. 역시 나를 포함한 많은 이들이 왜 내가 선택되었는지를 궁금해했다. 나중에 동료에게서 전해들은 선택의 변은 이랬다. 내가 농활대원 중에 유일하게 노랗게 염색한 머리를 하고 있었기 때문이었다. 그러니까 내가 정말로 매력적이라기보다는 그저 고등학생의 세계 너머를 상징하는 가장 선명한 표식을 가지고 있어서였던 거였다. 선정의 변을 듣고 나니 좀 슬펐다. 노란 머리는 나만의 그 무엇이라기에는 누구나 마음만 먹으면 손쉽게 가질 수 있는 특성이었기 때문이다. 나를 좋아한다는데 그게 나다움과는 전혀 관련이 없었다. 몇몇 동료들에게 이 슬픔을 털어놓았지만 누구도 공감해주지 않았다. 농활 때마다 겪는 재미있는 사건 중 하나에 불과한데 왜 그렇게 의미를 두느냐며 다들 웃어넘길 뿐이었다. 그러나 내게는, 작다고만은 할 수 없는 사건이었다. 나는 엉겁결에 농활을 왔다가 태어나서 처음으로 여자에게서 고백을 받았던 거였다. 그것도 단지 머리칼이 노랗다는 이유만으로.

　　나머지 한 사건은 가정방문 중에 일어났다. 가정방문이란 평소에 마을회관에서만 생활하는 농활대원들이 동네 사람들과 더욱 친밀해지기 위해 그분들의 집에 찾아가 얘기를 나누는 일정이다. 보통은 두어 명이 조를 이뤄 함께 방문하는데 어쩌다 그랬는지 그날은 신입생인 나 혼자 가게 되었다. 쭈뼛거리며 마당에 들어서자 쪽진 백발에 저고리 비슷한 연회색 옷을 단정하게 차려 입은 할머니께서 마중을 나오셨다. 이 마을에 짧은 파마머리를 하지 않은 할머니는 이분뿐인 듯했다. 찻잎을 우린 녹차를 얻어 마신 것 역시 농활 경험을 통틀어 그때가 처음이자 마지막이었다. 그간 살아온 이야기를 꺼낸 할머니의 목소리 역시 그 녹차처럼 차분하고 부드러웠다. 어쩌면 집안 전체가 따뜻한 녹차와 같은 안온한 분위기를 풍겼는지도 모르겠다. 그제야 나는 그간 이 할머니를 언급한 마을 사람이 아무도 없었다는 사실을 깨달았다. 이분은 이 마을에서 완전히 이질적인 존재였다.

　　남편과 사별하고 자식들을 모두 다 키워 보낸 할머니는 생에 딱히 자랑할 만한 일은 없었다면서 미소를 짓다가 방에 들어가 책을 한 권 가져오셨다. 이 책이 당신의 자서전으로, 혼자 지내게 되면서 집필을 시작해 얼마 전 완성했다는 것이다. 삼백 쪽 남짓, 자비로 찍는 자서전 특유의 키치한 디자인이었다는 기억이 남아 있을 뿐, 그 책의 제목도 표지도 이제는 기억나지 않는다. 대신에 기억에 깊게 새겨진 이미지는 할머니의 표정이다. 온화한 미소만으로는 미처 다 감추지 못한 기대감이 배어나왔다. 내가 책을 들춰보는 동안 두 개의 질문을 들었다. "학생도 책을 많이 읽나요?"와 "어때요?"였다. 내 대답은 "네,

좋아합니다"와 "잘 쓰신 것 같습니다"였다. 두 질문 사이에는
긴 침묵이 있었다. 나는 눈앞의 자서전에 압도당한 상태였다.

평생 남편과 아이들을 뒷바라지하면서 자신의 뜻을
펼치지 못했던 여성이 겨우 수많은 의무들로부터 해방되었을
때, 생을 통틀어 최초이자 아마도 마지막이 될 무언가를 남기기
위해 몇 년을 쏟아부은 결과물이 눈앞에 있었다. 그러나 그런
단순한 열성이 다가 아니었다. 당신이 의무에서 해방되는
동시에 그만큼의 고독 속으로 내몰려왔고, 마침 그때 작업이
시작되었다는 게 더 인상적이었다. 이 자서전은 남편과
사별하고 자식들은 멀리에 둔 채, 친구 하나 없는 외딴 시골에
홀로 남아 쓴 글이었다. 이 자서전은 읽어줄 이를 사실상 모두
잃었을 때 만들어지기 시작했다. 즉, 이 책은 특별히 누구에게
보여주기 위해서나 어떤 족적을 남기기 위해 쓰인 게 아니었다.
따라서 이것은 그때까지 내가 알고 있던 책이라는 개념에서
가장 멀리 나아간 낯선 물건이었다. 수백 쪽의 문장을 잉태한
오랜 생의 압력과 그것을 비로소 세상 밖으로 빠져나오게 한
몇 년의 고독을 응축시킨 에너지의 덩어리였다. 나는 완전히
낯선 감동과 맞닥뜨렸던 것이다.

그로부터 몇 달이 지나 요제프 보이스(Joseph Beuys)의
작업을 살펴보던 중에 문득 할머니의 자서전이 떠올랐다. 내가
할머니의 자서전을 보고 느꼈던 충격은 행위예술이 선사하는
감흥과 닮은 데가 있었다. 할머니의 자서전 속 문장들은 당신이

살아온(또는 그렇게 살아와야만 했던) 성실하고 안온한
세계에서 벗어나지 못했지만 그로 인해 정확히 당신의 삶을
증명했다. 그렇게 자신의 삶을 닮은 문장들로 지나온 인생
전체를 각인해온 몇 년의 세월은 수많은 작은 자화상들을
모자이크해 다시 하나의 커다란 자화상으로 만드는 기나긴
프로젝트 같았다. 집필 자체가 추모의 퍼포먼스였다. 할머니는
오직 한 존재를 위해 고안된 추모의 주체이자 동시에 그
대상이었다. '나'이면서 '대상'이었다. 따라서 온 우주였다.
그러나 곧 누구도 기억하지 못할, 소멸하는 우주였다. 나는
그때까지 그토록 스스럼없이 자신의 소멸을, 그리고 그에
따르는 슬픔을 감내하는 세계를 본 적이 없었다. 그건 정말로
이상한 슬픔이었다.

　『우연한 걸작』에 등장하는 '예술적 행위'들을 접하는 동안
나는 이처럼 지나온 삶 속에서 끊임없이 마주했던 경이로운
순간들을 떠올렸다. 키멜만이 예술적 행위에 대한 정의를 계속
넓혀가면서 다양한 인생들의 사례를 보여주기 때문이었다.

　신경증에 걸린 아내에게 사로잡혀 좁은 집에 갇혀
지냈다고 알려진 화가 피에르 보나르(Pierre Bonnard)가 이
열망의 연작에 첫 주자로 등장한다. 키멜만에 의하면 보나르는
악처에게 사로잡힌 불운한 화가가 아니라 스스로 자신의 세계를
좁은 아틀리에로 제한함으로써 현실의 디테일 속을 파고드는
자신만의 주제의식을 발견한 영민하고도 주체적인 예술가다.

보나르는 아내를 향한 힘겨운 사랑이 자기 세계의 핵심이었음을
간파했다는 것이다. 보나르의 그림들 속에서 유일하게 나이를
먹지 않는 것처럼 보이는 아내는 그의 영원한 뮤즈였고, 그것은
선택할 수 없는 숙명이었다. 그는 매혹에 따른 대가를 자신의
삶을 통해 공정하게 지불했을 뿐이다.

키멜만은 이 이상하고도 헌신적인 보나르 부부를 다룬
첫 글 「자기만의 세상을 가꾸다가 나온 걸작」을 고전 누아르
스릴러처럼 구성했다. 보나르의 사랑이 주체적이고 현명한
선택이었음을 강조하면서도 그 선택을 부른 매혹의 힘이
얼마나 강력했는지를 함께 보여주기 위해서다. 자신이 선택한
삶을 비교적 만족스럽게 살아온 좋은 화가가 있었다고 글이
마무리되려는 순간, 키멜만은 보나르의 그림 한 점을 보여준다.
이 그림 한 점을 통해 보나르의 사랑은 갑자기 벗어날 수 없는
정신적 상흔처럼 느껴진다. 마치 스릴러 소설의 반전 같다.
20세기 초에 있었던 이상한 사랑을 보여주기 위해 키멜만은
당대의 누아르 소설을 패러디한 것이다. 저자의 야심이
느껴지는 멋진 구성이다.(안타깝지만 그 전말을 여기서 밝힐
수는 없다. 범죄 소설의 결말을 누설하는 것이나 마찬가지이기
때문이다. 이 점이야말로 「자기만의 세상을 가꾸다가 나온
걸작」이 스릴러의 구조를 차용했다는 증거일지도 모르겠다.)

이처럼 『우연한 걸작』은 각각의 주제에 맞는 내용을
더 잘 표현하기 위해 서로 다른 방식으로 전개된다. 절망적인

상황에서 급격하게 에너지를 폭발시키는 종류의 예술가들을 소개할 때는 그들의 삶에서 극적인 부분들을 요점 정리 방식으로 체크해 소개하는 반면, 매일 꾸준하게 작업하면서 예술을 일상의 일부로 소화한 예술가들을 소개할 때는 지속되는 일상 자체에 주안점을 두기 위해 그중 한 명(필립 펄스타인)의 작업을 수개월 동안 참관했던 이야기를 들려준다. 수집가들의 세계를 소개할 때는 유명 무명의 컬렉션들을 공평하게 병렬시켜 소개하면서 독자들이 특정한 일화나 컬렉션에 주의를 빼앗기지 않고 '수집가라는 예술적 열망의 한 형태'를 바라볼 수 있도록 한다. 아마추어들의 예술 세계를 소개할 때는 일종의 대립 구도를 사용하기도 한다. 한쪽에는 '어때요, 참 쉽죠'의 화가 밥 로스를 중심으로 예술성이 떨어지더라도 그림을 통해 행복을 느끼면 그것으로 충분하다는 아마추어 예술의 주요 신조가 있고, 그 맞은편에는 그런 신조에도 불구하고 아마추어 사진가들이 본의 아니게 발견하고 만 기이하고 낯선 세계가 있다.

키멜만이 각 글의 소재를 다루는 솜씨 역시 인상적이다. 한 가지만 예를 들어보자. 세상에 맞서 자신의 모든 것을 던진 젊은 예술가들을 다룬 글에서 키멜만은 오직 여성 예술가들만을 등장시킨다. 그는 사회적 억압을 직접적으로 언급하지 않으면서 글 속으로 불러낸 예술가들의 성별 구성만으로 조용히 억압의 윤곽을 그려내는 멋진 솜씨를 보여준다.

그러나 이런 영민한 구성과 미술 이론을 쉽게 풀어

해설하는 저자의 지적 능력보다 독자들의 눈길을 더 사로잡는
부분은(특히 이 책의 예상 독자층을 생각해볼 때) 역시
감동을 자아내는 극적인 순간들일 것이다.『우연한 걸작』은
유력 매체의 칼럼니스트로 밥벌이를 하려면 독자들의 시선을
사로잡는 기술이 어느 정도여야 하는지 시범을 보이는 책이기도
하다. 물론 이는 예술을 둘러싼 '삶' 속의 열망을 조명한다는
책의 주제를 위해서도 반복적으로 필요한 작업이다. 감옥에서
자수를 놓아 뉴잉글랜드 지방 야구 선수들의 초상화를 만들어낸
레이 매터슨은 그중 짧은 예에 속한다.

> 1963년 아홉 살 때 리틀 리그의 야구 선수였던 그는 뉴욕
> 양키스의 미키 맨틀과 로저 매리스, 엘스턴 하워드, 그리고
> 휘트니 포드를 좋아했다. 30년 후 매터슨은 코네티컷 주의
> 감옥에서 무장 강도죄로 15년 형을 살게 되었다. 감옥에서
> 그는 많고 많은 일 중에 자수를 시작했고 궁한 대로 플라스틱
> 접시를 잘라 자수틀을 만들었다. 매터슨은 올 풀린 양말과
> 신발 끈의 실로 트렁크팬티에서 잘라낸 천에 수를 놓았다.
> 팀 로고와 깃발, 감옥 야구팀 선수들의 초상, 그리고 놀랍게도
> 그가 전에 숭상하던 양키스 팀 선수들의 초상 등이었다.
> 이들은 각각 가로 3인치에 세로 2인치로 야구 카드보다
> 작았고 평방인치당 1200땀이 수놓아졌다. (…) 그는 맨틀이
> 스윙하는 모습, 토비 쿠벡이 유격수 자리에서 땅볼을 잡는

모습, 관객으로 가득 찬 외야석, 그리고 클리트 보이어가
삼루에서 햇볕을 받아 외야 쪽으로 그림자를 길게 드리우며
웅크리고 있는 모습 등을 수놓았다. 자수 속에서 매터슨의
기억은 1963년에 멈춰 있었다. 양키스가 월드 시리즈에서
다저스와의 게임을 앞두고 있을 때, 아직 다저스에게 지지
않았을 때, 매터슨이 감옥에 가지 않았을 때, 그러니까
완벽하게 아름다운 어느 오후, 리틀 리그에서 야구 시합을
하고 있는 아홉 살의 아이였던 그 순간은 그의 작품 속에서
영원히 계속되고 있었다. 길을 잃은 영혼인 매터슨은
예술가가 되었다.

『우연한 걸작』 183~184쪽

레이 매터슨의 사례처럼 예술적인 행위를 통해 인생 속의 선한
열망들을 찾아내는 순간들을 보여주는 『우연한 걸작』은 결국
삶을 찬양하는 책이라고도 볼 수 있다. 각각의 예술 작품은
예술 행위의 종착지가 아니라 창작자와 감상자 사이에 놓인
촉매이며, 그 촉매에 의해 빛과 열을 뿜는 것은 작품을 만들고
감상하는 인간들 자신이다. 자신에게 주어진 재료를 내면의
열망에 따라 배치하는 행위는 오직 창작의 몫인가? 수집가를
예로 들어보자. 자신의 소장품을 자신의 열정에 따라 배치하는
수집가의 전시 디스플레이는 예술가의 창작과 진배없는
작업이다. 한정된 시간과 비용을 분배하며 예술 감상 순례를

떠나려는 여행자도 마찬가지다. 예술이 그들을 불꽃으로
만든다. 또는 그들로 하여금 불꽃을 피워내도록 한다.

이런 식으로 키멜만은 예술을 사랑하고자 하는 이들의
삶 곳곳에 뿌려진 예술적 면모를 찾아내 보여준다. 이 반복적인
학습을 통해 독자들 역시 자연스럽게 자신의 삶을 되돌아보게
될 것이다. 나는 증언할 수 있다. 내가 농활 가서 난생처음
고백 받았던 기억을 떠올린 순간은 바로 생빅투아르(Sainte-
Victoire) 산의 풍경화를 그린 세잔의 이야기를 읽을 때였던
것이다.

등반기인 동시에 왜 자신이 산을 좋아하지 않는지를
토로하는 글 「숭고한 전망을 갖는 걸작」에서 키멜만은 미적
개념에 있어서만큼은 어떠한 보편적인 합의도 불가능하다고
말한다. 따라서 요즘 사람들이 산을 찬양하는 것도 현시대의
유행에 불과하다는 것이다. 키멜만은 산을 두려워하는 중세와
낭만주의 시대의 문헌들을 가져와서 산을 찬양하는 현대인들의
'합의'에 재를 뿌린다. 산의 숭고함이란 유행의 산물이므로
키멜만은 그 숭고함을 믿지 않는다. 모두를 위한 생빅투아르는
존재하지 않는다. 사람들이 생빅투아르에서 발견하는 인상은
각자 자신의 내면이 추구하는 꿈의 조각들일 뿐이다. 꿈이 없는
자들만이 '합의'할 것이다.

키멜만이 미적 권력에 대한 이 글을 다소 코믹하게
구성하지 않았더라면 나는 농활의 추억을 떠올리지 못했을 수도

있다. 그 우스꽝스러운 노란 머리 소동 속에도 깨달음이 숨어 있었다. 모두가 미남의 기준을 얼굴과 훤칠한 키로 규정짓고 있었을 때, 나를 지목한 여학생은 자신의 꿈과 소망을 투영한 이상형을 갖고 있었던 것이다. 이때 합의된 미남의 기준과 자신만의 기준이 충돌하면서 그는 합의된 세계의 궤도에서 이탈한다(너는 뭐 그렇게 생긴 애를 좋아하니). 그렇게 보편의 바깥으로 튕겨나고 나면 그는 자신이 무엇을 찾고 있었는지, 꿈의 이름이 무엇인지를 자문할 수밖에 없다. 그는 왜 내 눈에만 멋있어 보이는가. 영화인 정성일의 말을 인용하자면 "아무도 관심 없는 영화를 혼자서 두 번 볼 때 그 영화가 당신의 취향이다."

　여기서 모든 꽃이 피어난다. 『우연한 걸작』은 예술이라는 토양 위에서 피어난, 세상에 하나뿐인 꽃들로 꾸려진 비밀의 화원이다. 이곳을 한번 거닐어보시기 바란다. 그러면 당신도 그 안에서 한 송이의 꽃이 될 것이며, 화원은 당신을 받아들인 만큼 더 커질 것이다.

나는 그토록 스스럼없이
자신의 소멸을, 그리고 그에 따르는
슬픔을 감내하는 세계를 본 적이 없었다.
그건 정말로 이상한 슬픔이었다.

2장
문이 서 있는 곳

사랑이 당도하는 곳

『사각형의 신비』
네모난 틀 속의 그림이 전하는 무한한 속삭임
시리 허스트베트 지음, 신성림 옮김
뮤진트리

물론이다. 아는 만큼 보인다. 사람들이 지식으로 가득한 미술 교양서를 구입하는 이유가 거기에 있다. 더 많은 지식은 작품을 감상하고 이해하는 데 있어 더 많은 단서가 주어짐을 뜻한다. 많은 미술 교양서들은 여기에 그치지 않고 단서들을 직접 연결해 어떤 작품이 왜 위대한지를 결론지어주기도 한다.

이렇게 친절한 책들은 확실히 편리하지만 미술에 입문하고자 하는 사람들에게는 그만큼 위험하기도 하다. 지식을 전달하는 데 집중하는 책일수록 보다 근본적인 질문을 건너뛰거나 도외시하기 때문이다. 바로 '나는 왜 미술을 알고 싶어하는가'라는 질문이다. 왜 그림을 더 잘 보고 싶어하는가? 나는 왜 미술을 좋아해보기로 했는가? 어떤 작품이 어떻게 내 마음을 끌어당겨서 전시회를 찾게 하고 교양 미술서들을 고르는 수고를 하게 만들었는가?

이는 매혹에 대한 이야기이다. 어떤 작품이나 개념에 마음이 빼앗기고 나서야 왜 거기에 마음이 빼앗겼는지 자문할 수 있고, 그 질문의 답을 찾는 과정에서 비로소 다양한 단서들을 찾고 탐구하고 서로 연결시키는 것이다. 많은 종류의 사랑과 마찬가지로, 매혹당하지 않으면 어떤 질문도 태어나지 않는다.

언제나 열려 있는 문은 밀고 닫는 행위를 불필요하게 만듦으로써 문의 의미를 잃고 만다. 그것은 문과 닮은 무엇이지만 문은 아니다. 문을 문답게 만드는 것은 그럴듯한 생김새나 재질이 아니라 열고 닫고 두드리는 행위들이다.
묻지 않고서 얻은 지식은 언제나 열려 있는 문과 같다.
그 지식은 답과 비슷한 모양이지만 답이 아니다. 아는 만큼
보인다는 문구는 아는 것에 따라 보이게 된다는 뜻이기도 해서,
구하고 묻는 과정을 생략한 채 쌓은 지식들은 어떤 신비나
놀라움도 불러일으키지 못한다. 설계도 없이 재료만 쌓아놓고
집이 지어지기를 기다리는 것과 비슷하다. 이런 비극을 막기
위해서는 '아는 만큼 보인다'를 더 능동적으로 적용해야 한다.
더 잘 보기 위해 더 잘 알고 싶어하자는 것이다.

오로지 매혹만이 이러한 능동성을 불러일으킬 수 있다.
무언가를 탐구하고자 할 때는 언제나 그 대상에 대한 매혹을
마음속에 품어야 한다. 교양에 대한 막연한 욕구 같은 부차적인
욕망은 지식을 얻는 것 자체에 만족해버리므로 결코 대상에
대한 애정을 대신하지 못한다. 매혹은 지식에 만족하지 않는다.
매혹의 답은(만약에 답이 존재한다면 말이지만) 매혹당한 자,
즉 질문을 던진 자의 마음속에만 존재하기 때문이다. 그래서
미술 에세이들은 다양한 방식으로 존재한다. 이들 에세이를 쓴
저자들이 미술로부터 받은 매혹의 종류와 그 매혹의 기원에
다다르고자 하는 방법이 서로 다르기 때문이다.

퍼트리샤 햄플의 『블루 아라베스크』는 기념엽서에
인쇄된 마티스의 그림 한 점에 매혹된 작가의 이야기다.
햄플은 마티스가 세계를 보는 관점을 공부한 뒤 그 마티스적인

관점(또는 시선)에 햄플 자신의 삶을 투영해 보여준다. 우연히
마주친 그림에 충격을 받고 그 충격의 기원을 탐구하는 과정에서
발견한 렌즈를 이용해 자신의 삶과 매혹의 답(또는 새로운
질문)을 밝혀내는 모습은 예술을 다룬 수필이라는 분류에 잘
들어맞는 결과물이다. 『블루 아라베스크』는 삶에 대한 고백과
미술에 의한 매혹을 마티스라는 열망 속에서 하나로 뭉침으로써
'미술 에세이'에 대한 가장 보편적인 기대를 성공적으로
충족시켜준다.

　　그런가 하면 언뜻 에세이로 분류하기는 어려워 보이는
책도 있다. 진중권의 『교수대 위의 까치』는 그중 하나다. 이 책은
기호에 얽힌 의미 찾기를 즐기는 저자가 도상학적인 수수께끼를
담은 그림들을 찾아가 그림 속에 숨겨진 의미를 밝혀내고자
하는 작업들로 이루어졌다. 『교수대 위의 까치』는 『블루
아라베스크』처럼 저자의 삶을 직접적으로 드러내지는 않지만,
늘 기호학적인 수수께끼에 끌리고 그에 대한 방대한 탐구 체계를
갖춰놓은 저자의 취향을 고스란히 드러낸다. 이 역시 매혹에
대한 고백이다. 어떤 그림의 숨겨진 비밀 또는 사실관계 자체는
『교수대 위의 까치』의 주제가 아니라 소재다. 이 책의 주제,
즉 진정으로 칭송하는 대상은 각각의 미술 작품이라기보다는
도상학이라는 미지의 세계를 탐험하는 즐거움이다. 이는 책을
쓰기 위해 참고한 자료들을 모두 인터넷에서 찾을 수 있다며
독자들에게도 직접 그림들의 수수께끼에 도전하도록 종용하는

저자의 말에서도 확인할 수 있다.

시리 허스베스트의 『사각형의 신비』는 이토록 다양한
성격을 지닌 미술 에세이들의 여러 특성을 고루 접할 수 있는
책이다. 책에 수록된 각각의 글이 모두 서로 다른 방향에서
미술과 매혹의 문제에 접근하고 있기 때문이다. 그러고
보니 서문부터가 미술 에세이란 무엇인가를 고찰한 한 편의
에세이다. 허스베스트는 말한다.

나는 그림이 유령이라고, 살아 있는 몸의 망령이라고 곧잘
생각해왔다. 그림 속에서 우리는 생각의 엄격한 적용만 보는
것이 아니라 붓놀림과 물감의 흩뿌림, 얼룩 등 한 인간의
육체적 행위가 남긴 흔적들을 느끼고 보기 때문이다. 사실상
그림은 인간의 움직임에 대한 고요한 기억이며, 그에 대한
우리 개개인의 반응은 우리가 어떤 사람인지에, 즉 우리가
어떤 성격을 가졌는지에 달렸다. 이 말은 누구도 그림을 보기
위해 자기 자신을 벗어던지지 않는다는 뜻이다.

몸으로 경험하는 감정들은 우리가 거기에 붙이는 이름보다
다듬어지지 않은 경우가 많기 때문에, 어떤 때는 그 느낌에
분명한 이름을 붙이지 못해 고심하곤 한다. 하지만 이미지에
대한 본능적인 반응들은 필연적으로 의미로 이끄는 길이다.
어떤 그림이 왜 그런 방식으로 우리에게 영향을 미치는지

항상 분명하지는 않다. 하지만 내가 볼 때 그 수수께끼를 추적하는 것만이 이에 대한 답을 발견하는 가장 효과적인 유일한 방법이다.

서문에 이어 조르조네(Giorgione)의 그림 〈폭풍우〉를 다룬 글이 시작된다. 이 글의 제목은 자기도 모르게 어떤 그림에 빠져버린 순간을 두 단어로 축약하고 있다. '어리둥절한 기쁨'. 여기서 허스베스트는 처음 본 순간에 즉시 자신을 전율시켰던 조르조네의 그림에 대한 끝없는 애정을 드러낸다. 허스베스트가 〈폭풍우〉에 대한 애정에 끝이 없으리라 믿는 이유는 자신이 왜 이 그림에 매혹되었는지 결코 완전히는 이해할 수 없을 거라 믿기 때문이다. 허스베스트는 〈폭풍우〉를 분석한 여러 추측과 논문들을 간략히 소개한다. 그러나 그림의 미스터리를 밝히려는 여러 시도들을 소개할수록 〈폭풍우〉는 일체의 도상학적 분류를 거부하면서 그림을 둘러싼 신비를 가중시킬 뿐이다.

게다가 허스베스트 자신이 〈폭풍우〉의 매력을 설명한 부분 역시 어떤 결론을 제시하기보다는 매혹의 출발 지점 정도를 밝혀줄 뿐이다. 그 지점이란 바로 그림 속 오른편의 여인을 바라보는 두 인물, 즉 그림 밖에 서 있는 관람자와 그림 왼쪽 아래에 위치한 정체불명의 남자 사이의 어딘가이다.

이런 얘기다. 그림 속 왼쪽에 있는 정체불명의 남자는 그림 밖의 관람자와 함께 오른편에 있는 여성을 주시함으로써

관람자를 자신의 곁으로, 자신과 한패로 끌어들인다. 그림
바깥에 위치한 관람자-제삼자의 무의식은 자신과 같은
행위를 하고 있는 그림 속의 남자와 동일시되면서 그 남자에게
끌려 들어간다. 그러나 그림 밖의 관람자가 완전히 그림
속에 들어갈 수는 없으므로, 〈폭풍우〉를 관람하는 사람은
그림의 안도 바깥도 아닌 그 사이의 어딘가로, 인식의 연옥
같은 곳으로 들어가는 것이다. 허스베스트는 이 인식의 중간
지대를 논문이나 책이 아니라 그 자신의 충격적인 경험을 통해
발견했다. 그 충격적인 경험이란 다음과 같다. 허스베스트는
〈폭풍우〉를 처음 보았을 때 왼편의 남자를 아예 인식하지도
못했다는 것이다. 왜 이렇게 커다랗게 그려진 남자를 알아채지
못했는가? 이 남자를 인식하지도 못할 정도로 자신이 그와
동화된 이유는 무엇인가? 매혹이 질문을 던지자 허스베스트는
고심 끝에 자신과 〈폭풍우〉 사이에 놓인 인식의 중간 지대를
발견해냈다.

그러나 허스베스트는 그 중간 지대가 어떻게 탄생했는지,
어떤 기법과 장치가 어떤 방식으로 작동했는지 밝혀내지는
못한다. 그러면서 기뻐한다. 해결되지 않은 질문이 이 그림을
기꺼이 다시 보게 만들고 그럴 때마다 더 오래 보고 싶게 만들
것이기 때문이다. 허스베스트는 오히려 '이것이 해답이다'라고
주장한 여러 연구들을 소개하면서 반문한다. 얼굴이 흐릿하게
그려진 저 왼편의 남자가 누구인지가 그렇게 중요한 일인가?

저 남자가 조르조네 자신이라고 한들 자신이 느꼈던 신비가
사라지겠는가? 장미는 그 이름이 장미가 아니어도 향기롭듯,
그가 누구이건 간에 자신을 신비로운 인식의 접경지대로
데려간다는 사실은 그대로인데 말이다. 『사각형의 신비』의 첫
글은 이렇듯 매혹 자체를 찬미한다. 변주곡들이 시작되기 전에
가장 먼저 주제 선율이 제시되듯, 허스베스트는 미술 에세이가
집중해야 할 주제가 무엇인지를 분명히 인식하고 첫 글인
「어리둥절한 기쁨」을 통해 선명한 주제 선율을 들려준다.

주제 선율에서 매혹의 중요함이 이미 언급되었으므로
이후에 이어지는 변주들은 같은 이야기를 반복하지는 않는다.
대신에 각각의 명화에 접근하기 위한 다양한 탐구 방법들을
보여준다.

허스베스트는 요하네스 페르메이르(Johannes
Vermeer)의 〈진주 목걸이를 한 여인〉의 신비를 밝히기 위해
자신만의 이론을 제시한다. 이 그림을 성모 성화의 일종으로
해석하는 것이다. 이를 위해 수태고지를 다룬 그림들의
도상학적 특징과 함께 페르메이르의 그림들이 품고 있는 여성에
대한 경외심이 증거로 채택된다.(간단히만 언급했지만 이런
발상의 도약은 콜럼버스의 달걀 같은 것이다. 미술 비평의
거장들이 언급조차 하지 않았던 자신의 아이디어를 믿고 성실히
조사에 임하는 아마추어는 매우 희귀하다.)

프란시스코 고야(Francesco Goya)의 〈로스

카프리초스〉 연작에 대한 해설은 간단하고도 효과적이다.
수십 점에 달하는 판화들 속에 등장하는 괴상한 형체들과 각종
행위들의 빈도를 체크해서 통계를 내보는 것이다. 하나, 둘,
뒤로 갈수록 꿈의 피조물들이 늘어난다. 허스베스트는 점점
꿈과 혼란의 세계로 빠져들어가는 〈로스 카프리초스〉의 서사적
특성을 이토록 간단히 각인시킨다.

조안 미첼(Joan Mitchell)의 추상화를 다룬 글은 화가와
친분을 쌓았던 허스베스트 자신의 개인적 경험을 토대로 수필과
작가론 사이에 자리잡으며, 게르하르트 리히터(Gerhard
Richter)를 다룬 글에서는 화가의 삶을 훑으면서 그의 미술이
추구하는 방향의 변화를 함께 추적하는 전형적인 구성을
보여준다. 그런가 하면 조르조 모란디(Giorgio Morandi)를
향한 단상은 허스베스트 자신의 색과 면에 대한 감수성을
이용해 쓴 아름다운 팬레터이다.

글의 배치 순서도 다양한 전략 중의 일부다. 붙어 있는
두 편의 글이 서로 상승효과를 거두는 순간들이다. 허스베스트는
「빨간 크레용을 든 남자」에서 샤르댕(Chardin)의 정물화가
가진 매력을 설명하기 위해 정물화의 기초 개념 및 역사를
간략히 보여준다. 그런데 다음 글인 「식탁에 앉은
유령들」은 앞선 글에서 샤르댕을 설명하기 위해 등장했던
정물화(라는 장르) 자체를 주제로 한다. 이때 앞선 글의 주
소재였던 샤르댕은 「식탁에 앉은 유령들」이 다루는 여러

정물화가 중 한 명으로 가장 먼저 등장한다. 마치 액자소설을
읽는 듯하다. 앞선 글에서 듬뿍 사랑받았던 샤르댕이「식탁에
앉은 유령들」의 첫번째 액자로 등장하면서 뒤이어 등장하는
다른 화가들 역시 짧은 분량(또는 '작은 액자') 속에서도
샤르댕에 버금가는 권위를 얻는 것이다.

두 글을 붙여서 효과를 증폭시키는 방법은 프란치스코
고야를 다룰 때 다시 사용된다. 허스베스트는 〈로스
카프리초스〉를 다룬 글에서 고야의 내면을 스케치하고,
연이은 글에서는 앞서 발견한 고야의 내면과 비참한 현실
세계가 충돌하는 순간을 다룬다. 고야의 영혼과 육신을 이어서
묘사했다고 할까. 고야를 다룬 두 글은 따로 읽어도 부족함이
없지만 서로 이어졌을 때 비로소 하나의 초상을, 성부 없는
세계의 성자와 성신을 그려낸다.

이런 다양한 접근법 외에도『사각형의 신비』는 미술
에세이가 갖추어야 할 덕목을 고루 가지고 있다. 적확한 자료를
찾아내 제시하기 위한 성실함과 지성, 그리고 문장을 책임질
적당량의 감성이다. 고야의 특성을 가득 담은 그림 〈1808년
5월 3일의 처형〉을 강조하기 위해 그 반대편에 세울 수 있는
그림은 무엇일까? 허스베스트는 자크 루이 다비드(Jacques-
Louis David)의 〈마라의 죽음〉을 선택했다. 허스베스트는
역사 속의 비극을 다룬 두 그림이 지향하는 미적 이상향이 전혀
다름을 설명한 뒤, 신화와 영웅적 알레고리로 가득한 고전주의

회화의 미덕을 최고급 프로파간다로 재현해낸 다비드의 성취를
고야와 대비시킨다. 고야는 정확히 다비드가 이룬 성취의
반대편에 있다. 이 대비를 통해 신화와 영웅이 증발하고 꿈과
불안과 비참한 육신만이 존재하는 고야의 후기 작품 세계가
더욱 선명하게 드러나 보인다.

그러나 역시 이 책이 가장 빛나는 순간들이라면 급격히
밀도가 높아지는 압축된 부분들을 꼽고 싶다. 단 몇 페이지만
등장하는 폴 세잔(Paul Cezanne)이 좋은 예다. 허스베스트는
세잔의 편지 속 문구에서 그의 세계를 집약할 문장을 발견하고
그에 딱 한 문단만 보태 세잔의 세계관을 압축한다.

"만일 내가 살고 있는 지역의 윤곽을 이토록 열렬히
좋아하지 않았더라면, 나는 여기 살고 있지 않을걸세."
여기서 윤곽이라는 말이 흥미로운 사실을 드러낸다.
세잔은 '풍경'이라고 말하지 않고 '윤곽'이라고 말했다.
그는 우리가 언어로 인해 잃어버린 것을 물감 속에서 다시
보게 해줄 윤곽을 찾고 있었다. 그의 캔버스에서 볼 수 있는
평면성이나 일그러진 형태, 어떨 때는 캔버스 위에 둥둥 떠
있는 것처럼 보이는 사물들이 이런 소외효과를 낳는다. 마치
대상들이 자기 이름에 충분히 동화되지 못한 것처럼 보인다.
그래서 그중 일부는 이름에서 도망쳐서 그 윤곽에 거주한다.
『사각형의 신비』 120쪽

압축은 생략을 통한 도약을 필요로 하며 도약에는 용기가
필요하다. 허스베스트는 꾸준한 자료 수집과 지속적인 감상을
통해 쌓은 글감들을 병렬식으로 나열하지 않고 도약의 지렛대로
사용한다. 이때의 도약이란 매혹당한 인간과 그를 뒤흔든 작품
사이에 존재하는 힘의 폭풍 또는 역장(力場)의 흐름을 분석하고
그 바람의 방향을 읽음으로써 매혹의 기원을 향해 나아가는
일종의 항해다. 이 항해는 필연적이다. 어떤 빛이, 이미 알고
있는 것들이 통하지 않는 세계에 속해 있기 때문에 매혹이
발생했고, 매혹당한 이는 그곳을 향해 떠나야만 하는 것이다.
따라서 매혹당한 이가 매혹의 신비를 탐색하기 위해서는 자신이
알고 있던 세계가 아니라 매혹이 속해 있는 낯선 세계의 구조와
논리를 받아들여 사용할 필요가 있다. 이 과정을 통해 '미술
에세이'는 비로소 그 중심인 '미술'에 당도하는 것이다.

　　이 마지막 단계에 다다르지 못하고 저자 자신의 세계에
머무르면서 항해 대신에 관람하기를 선택하는 글들이 있다.
이런 글들은 매혹의 대상이라고 지칭한 것들을 이용해 자신의
세계를 재확인하는 데 그친다. 그런 에세이들이 진정 매혹된
대상은 바로 '말하는 자신(의 세계)'이다. 예컨대 신형철의
영화 리뷰집인 『정확한 사랑의 실험』이 비판을 받는 지점이다.
영화를 문학 작품처럼 '서사 구조'로 상정한 『정확한 사랑의
실험』에서 영화는 매혹의 대상인가 아니면 서사-텍스트 분석에
능숙한 비평가의 세계에 들어온 또다른 종류의 재료인가?

신형철은 영화 속으로 나아갔는가 아니면 영화를 자신의
세계로 끌어왔는가?

이 질문은 글의 완성도와는 관계가 없다. 이 질문은
무엇을 보려고 했는지를 묻는다. 나의 세계로 끌고 들어올 수
있는 매혹이란 존재할 수 없으므로(왜냐하면 매혹당한 자가
언제나 약자이며, 따라서 그가 찾아 나서야만 하기 때문이다)
나를 매혹한 영화들을 내 세계의 기준으로 재해석한 '영화
에세이'는 성립할 수 없다. 『정확한 사랑의 실험』이 사용하는
분석 체계는 저자가 속한 세계인 문학의 소유물이다. 따라서
이 책은 영화를 소재로(저자가 속한 세계인) 문학에 대한
사랑을 재확인하는 문학 에세이라고 볼 수 있다. 이것은
일종의 나르시시즘이다. 다시 말하지만 이 질문은 책이
거둔 소기의 성과와는 관계없는 이야기이다. 어떤 에세이가
매혹의 대상(이것은 미술 에세이다, 이것은 영화 에세이다)을
공표했을 때, 그것이 정말인가 아닌가 또는 정말로 정확한가를
묻는 것이다.

『사각형의 신비』는 저자가 자신을 매혹한 미술의
세계를 향해 나아간, 도약한, 항해한 기록들이다. 이 시도들은
조르조네에 대한 접근이 그랬듯, 때로 이해하기에 실패함으로써
오히려 저자가 낯선 장소에, 미술의 세계에 성공적으로
당도했음을 알려준다. 허스베스트는 이 신세계에 기꺼이
몸을 던진다. 미술을 향해 삶의 일부가 던져졌고, 여기서

'미술' '에세이'가 태어난다. 『사각형의 신비』가 '미술
에세이'로서 선사하는 가장 큰 미덕은 바로 이것이다. 태도다.
에세이란 궁극적으로 매혹에 대한 이야기이고, 매혹은 사랑의
시발점이며, 사랑은 그 성패가 아니라 사랑을 품에 안고 있었던
동안의 삶으로서만 증명할 수 있는 것이다.

이 항해는 필연적이다.
이미 알고 있는 것들이 통하지 않는
세계에 속해 있기 때문에 매혹이 발생했고,
매혹당한 이는 그곳을 향해
떠나야만 하는 것이다.

초상의 파편들로 만든 초상

『내가, 그림이 되다』

루시안 프로이드의 초상화

마틴 게이퍼드 지음, 주은정 옮김

디자인하우스

"사람들은 '아, 마약은 기막힌 색깔들을 보게 해줘'라고
말합니다. 나는 그런 생각이 끔찍합니다. 나는 기막힌 색을
보고 싶지 않습니다. 나는 똑같은 색을 보기를 원합니다.
그리고 그것만으로도 충분히 어렵습니다. 그들은 그후에는
이 세계에서 벗어나게 된다고 말합니다. 하지만 나는
이 세계에서 벗어나고 싶지 않습니다. 나는 항상 전적으로
이 세상 안에 머물고 싶습니다."

『내가, 그림이 되다』 51쪽, 루시안 프로이드의 말

피아니스트 아나톨 우고르스키(Anatol Ugorski)가 녹음한
베토벤 〈피아노 소나타 32번〉 음반은 고통스러운 연주를 담고
있다. 그의 연주는 그저 '대단히 느리다'고 설명할 수밖에 없을
정도로 길게 늘어진다. 이 연주가 고통스러운 이유는 단지
느려서가 아니다. 그저 느릴 뿐이기 때문이다.

연주자가 악보의 속도를 자의적으로 조절할 때는
목적이 있게 마련이다. 느린 연주는 이보 포고렐리치(Ivo
Pogorelich)의 같은 곡(베토벤 〈피아노 소나타 32번〉)
연주처럼 억제당한 에너지를 분출시키는 특정한 타이밍을
위해 계산된 드라마적 요소이거나, 스비아토슬라프
리흐테르(Sviatoslav Richter)나 클라우디오 아라우(Claudio
Arrau) 등 노년에 다다른 많은 거장들이 탄식과 명상을 오가는
사색의 장을 펼치기 위해 확장시킨 시간이다.

그런데 우고르스키의 연주를 들으면 어디를 강조하고 있는지 찾기가 어렵다. 리듬이 완전히 탄력을 잃어서 각 주제와 악상들은 와해되듯이 분리된다. 2악장의 처연한 아리에타는 대단히 감동적이지만, 다음 악상은 그 바통을 이어받을 생각이 없이 자기 이야기만을 중얼거린다.

소나타라는 형식이 어떤 악상의 주제와 형식을 발전시키면서 드라마틱한 구조물을 창조하는 작업이라면 우고르스키의 '소나타 연주'는 완벽한 실패작이다. 차라리 안티-소나타라고 할까, 우고르스키는 구축하기라는 소나타의 형식을 뒤집어 해체를 시도함으로써 소나타의 부품들을 천천히 일별해 보여준다. 드라마를 들으러 온 사람들은 충격을 받을 수밖에 없다. 우고르스키의 연주에서 배우는 죽어 누워 있고 의사는 그 시체의 정수리부터 발가락 끝까지를 짚어가며 인간의 신체 부위를 덤덤히 읊조릴 뿐이다.

그러나 감상자가 고통스럽게 목도해야 할 그 신체, 이질적이고 불가해한 악상의 조각들이야말로 베토벤의 내면이 아닐까. 악보를 통해 직조되기 이전의, 작곡자의 내면에 암세포처럼 자라난 목적 불명의 파편들. 우고르스키의 연주는 베토벤의 마지막 소나타를 해체시켜 감상자들을 소나타의 선사(先史)로 이끈다. 극복을 노래하는 드라마를 창조하기 위해 낱낱이 조각난 살과 뼈를 수집해놓은 프랑켄슈타인의 창고와도 같은 장소다.

베토벤의 손가락 끝이 가리키는 곳은 목적이고
이상이다. 아니, 소나타라는 형식 자체가 추상의 영토 위에
세워진 꿈의 질서다. 그러나 우고르스키는 소나타를 파괴하고
해부한 뒤에 디테일들을 병렬함으로써 베토벤이라는 인간,
즉 이 소나타의 산파에 대한 인상의 덩어리를 구축했다.
우고르스키는 베토벤이 가리키는 우주를 바라보지 않고
베토벤을 바라보았다. 눈앞에서 움직이지 않는 악상들의
토막을 주시하는 자의 얼굴. 고뇌하는 얼굴의 육체. 흔히 보는
베토벤의 데드마스크 안쪽에 있었을 거칠고 주름진 살결.
우고르스키는 위대한 작곡가의 마지막 소나타에 대한 경의를
남다른 방식으로 이루어냈다. 그는 베토벤의 초상을 연주한
것이다.

디테일의 집합이 지시(또는 콜라주)하는 인간의 형태.
해석 불가능한 단위로 잘게 쪼개진 '현상'들을 고통스러울
정도로 천천히 겹쳐 쌓아 만들어가는 인간의 초상. 몇 명의
이름을 더 떠올릴 수 있을 것이다. 헨리 제임스, 마르셀
프루스트, 로베르 브레송, (다큐멘터리를 만들 때의) 베르너
헤어조크, 이아니스 크세나키스 등등. 그중에는 인간 초상의
가장 익숙한 형태인 '초상화'를 그리는 화가들도 있다. 살아
있는 화가로 그 폭을 좁힌다면 그중 첫째는 루시안 프로이드일
것이다.

"그(프로이드)가 무언가 약간 추가하기 시작할 때 조심해야
합니다."

『내가, 그림이 되다』 164쪽, 프로이드의 모델을 섰던 앤드루 파커 볼스의 말

미술평론가이자 작가인 마틴 게이퍼드가 초상화가 루시안
프로이드에 대해 쓴 『내가, 그림이 되다』에는 프로이드에 대한
미술사적 또는 이론적인 해설은 거의 없다. 대신에 게이퍼드는
프로이드가 그림을 그릴 때처럼 '점증하는 디테일의 나열'을
이용해 글을 썼다. 자신이 언급하고자 하는 화가의 작업 방식을
글쓰기에 차용한 셈이다.

그런데, 어떻게?

그 '어떻게'가 『내가, 그림이 되다』의 매력 포인트다.

어느 날 게이퍼드는 프로이드에게 자신의 초상을 그려줄
수 있겠느냐고 했고, 곧 작업이 시작되었다. 프로이드가 여러
차례에 걸쳐 게이퍼드의 초상화를 그려나가는 동안 둘은
대화하고 서로를 관찰했으며(당연히 모델도 화가를 관찰한다)
게이퍼드는 그 대화들과 자신의 관찰을 담은 일기를 썼다. 다소
보완과 수정을 거쳤다지만, 기본적으로 게이퍼드가 그때 쓴
일기 뭉치가 이 책의 근간이다.

즉 그림의 시작부터 완성까지의 나날들을 기록한 『내가,
그림이 되다』는 프로이드가 그린 게이퍼드의 초상화 〈Man
with a Blue Scarf〉의 거울상이다(심지어 책의 원제는 그림의

제목과 같다). '그림 그리기'라는 하나의 사건을 중심에 두고
상호 관찰을 통해 두 개의 초상적 결과물이 탄생한 것이다.
작가는 그림의 모델이 되었고 화가는 글의 모델이 되었다.

초상화의 거울이 되는 글쓰기. 따라서 일기 형식으로,
즉 시간순으로 쓰인 글 뭉치는 각 꼭지의 주제에 따라
재편집되지 않고 시간순으로 남았다. 글이 쓰인 순서대로
초상화가 그려졌기 때문이다. 이 책은 예측할 수 없는 패턴으로
완성되어가는 초상화와 함께 움직인다. 프로이드가 자신이
예전에 알고 지냈던 은행 강도 얘기를 하던 날 게이퍼드의
눈이 형태를 갖추었고, 프로이드가 죽은 애완견의 무덤을
말하던 날에 턱의 윤곽이 캔버스 위에 드러났다. 프로이드의
초상화가 어떤 순서로 형태를 완성하는지 알 수 없으므로
게이퍼드 역시 자신의 글에 일관적인 체계를 부여하지 않는다.
여기에는 시나리오도 패턴도 없다. 어떤 대화가 왜 이 맥락에
등장했는지는 게이퍼드 자신도 설명하지 못한다. 다만 그림
그리는 순간을 전후한 사건들과 상념들을 기록할 뿐이다.
『내가, 그림이 되다』는 화가가 그림 한 점을 만들어가는 과정을
담은 기록인 동시에 그 작업 방식을 텍스트 구조의 형태로
재현하려는 시도다.

이 두 인간이 서로를 남긴 독특한 혼성 초상 작업에
남겨진 기록은 무작위적인 구성에도 불구하고 읽기에 부담이
없고 꽤 자주 인상적인 순간들을 제공한다. 게이퍼드가 일지를

쓰면서 아이디어에 살을 붙여주기 때문이다. 게이퍼드는
그날그날의 대화나 인상에 대해 생각하고 서술하는 과정에서
자신이 받은 인상을 구체화하며 프로이드가 예전에 했던 말들,
그의 작품들, 미술과 삶에 대한 다른 누군가의 말과 행동들을
덧붙인다. 이 덧칠 작업은 단순할 때도 있고 사고의 도약을
필요로 할 때도 있지만, 인상적이라는 점에서는 비슷하다.

단순하고 선명한 스케치의 예. 이틀 뒤 자살하게 될
모델을 그리면서 '그녀의 가슴을 그리고 있었는데 거기에
아무것도 없는 것 같은 아주 이상한 느낌'을 받았던 프로이드의
일화는 게이퍼드로 하여금 모델과 화가의 정서적 관계에 대한
사색을 불러낸다. 사색은 프로이드의 또다른 초상화 한 점을
떠올린다. 역시 자살하게 될 남자의 초상이다. 화가 프랜시스
베이컨의 연인이었던 조지 다이어의 초상화. 인생도 사랑도
약간의 상승 후에는 마지막 순간까지 점진적인 불행 속으로
빠져들었던 남자를 그렸을 때 프로이드가 느꼈던 슬픔. 더 많은
설명을 필요로 하지 않는 이야기들이다.

작은 도약을 필요로 하는 예. 프로이드가 피카소에
대해 '그는 매우 악의적이었습니다. 나는 그 점을 크게 개의치
않았습니다만, 그는 순전히 악한 사람이었습니다'라고 언급한
부분은 곧바로 따라붙는 일화 속에서 '밝은 햇빛에도 위축되지
않는 그 작품(피카소의 어떤 초상화)의 힘'과 조응하면서
유아적이고도 악마적인 거장에 대한 스케치를 단숨에 그려낸다.

그 외의 많은 이야기들. 수수께끼와 역설들, 잠언 같은
질문들, 작업실의 정경과 동물과 요리와 반유대주의와 어머니와
물감에 대한 이야기들. 게이퍼드와 프로이드 사이에 놓인
그물이 걸러낸 세계의 풍경은 총 서른다섯 개의 조각들로
나뉘어 화가 루시안 프로이드의 상을 구축한다. 매일의 인상을
겹쳐 기록한 한 인간의 초상. 게이퍼드는 루시안 프로이드에
대한 루시안 프로이드적 초상을 그려낸 것이다. 그렇다보니
데미안 허스트가 프로이드의 그림에서 받은 인상은 마치
이 책을 설명하는 듯 느껴지기도 한다.

나는 프로이드의 그림에 대한 허스트의 매우 흥미로운
의견을 전했다.
"프로이드 작품에서 내가 좋아하는 점은 재현과 추상의
상호작용입니다. 그의 작품은 멀리에서 보면 사진처럼
보이지만 가까이 다가가면 윌렘 드 쿠닝의 초기작처럼
보입니다. 그래서 그의 작품은 언제나 훌륭한 그림이라
말할 수 있습니다. 가까이 다가서면 불안정한 흔적만 있기
때문입니다."
프로이드는 기뻐했다. "아, 훌륭한 견해로군요. 그것은
패딩턴 사람들이 한 말과 같습니다. 그들은 '루, 당신의
작품은 재미있어. 재미있어. 그림을 멀리에서 보면 그것이
무엇인지 알아볼 수 있지만 가까이에서 보면 완전히

엉망진창이거든'이라고 말했죠."

『내가, 그림이 되다』 96쪽

내 말이 그 말이다. 이 책이 그런 책이다. 물론 게이퍼드의 글이
보여주는 터치는 저 그림들보다 훨씬 부드럽지만 말이다.

게이퍼드와 프로이드 사이에 놓인
그물이 걸러낸 세계의 풍경.
매일의 인상을 겹쳐 기록한 한 인간의 초상.
게이퍼드는 루시안 프로이드에 대한
루시안 프로이드적 초상을 그려냈다.

에디슨, 베토벤, 그리고 플로베르

『월터 머치와의 대화』

영화 편집의 예술과 기술

마이클 온다체 지음, 이태선 옮김

비즈앤비즈

영화 편집자란 뭐하는 사람들일까.

짐 자무시(Jim Jarmusch) 감독의 영화 〈리미츠 오브 컨트롤〉을 보면 그 위력을 실감할 수 있다.

이 영화의 주인공 킬러는 중간에 어떤 여자를 만나는데, 여자는 어느 순간 명확한 이유 없이 그에게 총을 겨눈다. 위기의 순간 갑자기 영화의 프레임이 약간 끊긴다. 채 0.5초도 되지 않는 짧은 시간이 증발하고 나면, 뒤따르는 프레임에서 여자는 의식을 잃고 총을 떨군다. 킬러는 간단히 위기를 탈출한다. '어? 아니 뭐지?' 이상한 일이다. 그러나 이 초능력은 한참 동안 다시 사용되지 않고, 주인공 역시 이에 대해 아무런 언급이 없어서 관객들로 하여금 갑갑함에 가까운 궁금증을 불러일으킨다. 그러다 주인공이 악의 본거지에 다다르는 절정의 순간에 이르러서야 앞서 단 한 번 등장했던 프레임 조작이 이 킬러의 초능력임이 밝혀진다.

그는 어떻게 경비가 삼엄한 악의 본거지를 돌파해 그들의 우두머리가 있는 방으로 들어갈까? 영화는 킬러가 악당의 건물을 멀리서 바라보는 장면을 보여주다가 갑자기 악의 우두머리가 있는 방에 도달한 그를 비춘다. 아무런 설명도 없다. 이것이 그의 초능력이다. 킬러는 건물 바깥과 중심의 두 쇼트를 바로 이어버림으로써 피 한 방울 흘리지 않고 아무에게도 들키지 않은 채 악의 중심에 도달한 것이다. 킬러는 거기서 타락한 악의 수장을 살해한 뒤 다시 무사히 탈출한다. 그가 잠시

생각에 잠긴 뒤 한 호흡쯤 정적이 흐르면, 그는 어느새 이미
들판을 달리는 자동차에 앉아 있다. 이 두 쇼트의 연결 역시
아무런 설명이 없다. 무심한 도약이다.

　킬러는 영화의 한 순간을 뜯어다가 자신이 원하는 다음
순간에 붙이는 남자, 필름이라는 물질 또는 쇼트라는 시공간의
개념을 자르고 붙임으로써 영화의 시간(점프 프레임)과
공간(점프 컷)을 지배하는 남자다. 이 남자는 누구인가? 아마도
'영화하는 남자, 이 영화의 감독' 짐 자무시 자신이었을 것이다.
〈리미츠 오브 컨트롤〉은 예술에 대한 사랑을 고백하는 영화니까
말이다. 그러나 좀더 정확히 말할 필요가 있다. 필름을 자르고
이어붙이며, 영화 안의 시간과 공간과 소리와 시점을 주무르는
대장장이는 따로 있다는 사실 말이다. 그들은 바로 영화
편집자다.

　감독이란 직책이 뻔히 있는 마당에 너무 호들갑을 떤
게 아니냐고 묻는 분들께『월터 머치와의 대화』를 그 증거로
제시한다. 소설『잉글리시 페이션트』의 작가이자 통찰력
있는 인터뷰어인 마이클 온다체(Michael Ondaatje)가 영화
〈잉글리시 페이션트〉를 편집한 이 시대 최고의 영화 편집자
월터 머치(Walter Murch)를 인터뷰한 이 책을 읽으면, 영화
편집이 직업인으로서의 무한한 성실함에 더해 초능력에 가까운
공감각적 지각 능력과 예술가의 감수성을 동시에 갖추어야만
이뤄낼 수 있는 작업이라는 사실에 놀랄 것이다. 그리고 편집

작업이 영화에서 얼마나 커다란 위상을 차지하는지 확인하고
나면 영화를 보는 시야 역시 어느새 넓어져 있을 것이라고
장담한다. 월터 머치 역시 명감독 오손 웰스의 말을 빌려 다음과
같이 보증한다.

> **월터 머치(이하 M)**: (⋯) 웰스는 〈카이에 뒤 시네마〉 인터뷰에서
> 이렇게 말했습니다. "내가 영화를 만드는 비전과 스타일에서
> 편집은 그저 한 측면이 아니라 가장 중요한 요소다. (⋯)
> 영화는 예술이 아니며, 설령 예술이라 해도 하루에 고작 1분
> 그럴까 말까 한다. 그 1분은 아주 중요하지만 그런 순간이
> 발생하는 건 극히 드물다. 영화에 통제권을 행사할 수 있는
> 유일한 순간은 바로 편집할 때이다. 영상 자체만으로는
> 충분치 않다. 영상이 중요하기는 해도 한낱 이미지일 뿐이다.
> 가장 중요한 것은 각각의 영상이 얼마 동안 지속되느냐,
> 그리고 각 영상 다음에 어떤 영상이 따라붙느냐다. 영화의
> 화술은 모두 편집실에서 결정된다."

월터 머치는 이러한 편집의 기본 개념, 즉 각각의 영상이
어디로부터 이어져 얼마 동안 지속된 뒤 다시 어디로 이어야
할 지 결정하는 문제는 절대 단순한 작업이 아니라고 말한다.
하나의 행동이 끝나면 다음 행동으로 잇는 식의 기계적인
조립으로는 '예술이 될' 수 없다. 월터 머치가 영화의 각 쇼트를

대하는 기조는 심상을 눈앞에 둔 시인을 떠올리게 한다.

> **M**: 모든 숏에는 끝낼 지점이 오직 하나뿐입니다. (⋯) 영화를
> 편집하는 것도 시를 쓰면서 각 행을 어디서 끝낼 것인가를
> 결정하는 것과 비슷합니다. 어느 단어에서 끊을 것인가?
> 그 끝 지점은 해당 문장의 문법과는 거의 관계가 없어요.
> 그 행이 의미상으로나 운율적으로 가장 잘 익은 지점을
> 찾는 게 관건이죠. 시인은 시행을 나누면서 각 행의 마지막
> 단어를 종이 여백에 노출시킴으로써 행의 마지막 단어를
> 강조합니다. 만약 거기다가 두 단어를 덧붙인다면 그 단어는
> 행 속에 파묻혀 눈에 잘 띄지도 않고 중요성도 감소될 겁니다.
> (⋯) 숏의 끝 지점은 마지막 프레임을 더욱 강조하고, 우리는
> 그걸 이용하는 거죠.

그리고 그가 실제로 쇼트를 이어붙이는 모습은 마치 피아니스트
같다. 음악이 건반을 누르도록 만드는 특정한 한 순간. 월터
머치에 따르면 쇼트가 들어오고 나가기 위해 적절한 때는 오직
한 순간뿐이다. 수십 분의 일 초다. 논리적으로는 설명할 수 없을
정도로 짧은 시간이다. 월터 머치는 그 순간을 찾기 위해 숙련된
감각을 바탕 삼아 자신의 본능에 따라 움직인다. 음악가들이
스튜디오에서 단 하나의 완결된 '느낌'을 찾기 위해 같은 곡을
수없이 다시 녹음하는 것처럼.

M: 저는 끝 프레임을 정하기 전에 숏을 유심히 검토합니다. 숏이 계속 흘러가는 것을 보다가 어느 지점에서 몸을 움찔하게 돼요. 눈을 깜빡이듯 거의 무의식중에 움찔하는 거죠. 그렇게 움찔하는 지점이 바로 숏을 끊을 지점인 겁니다. (⋯) 숏이란 하나의 생각이 시각적으로 표현된 것입니다. 한 생각이 기력이 다하는 때가 바로 컷할 지점인 거죠. 다음 숏으로 넘어갈 충동 혹은 추진력이 가장 강한 순간에 컷을 하는 겁니다. (⋯) 이 작업을 할 때 중요한 점은, 최소한 두 번을 연달아 해보고 (컷이 끝나는 순간을 체크) 두 번 다 움찔하는 지점이 정확히 일치해야 한다는 겁니다. (⋯) 두 번 다 정확히 같은 프레임에서 끊었다면, 제가 그 지점에 대해 유기적으로 맞는 결정을 내렸다는 뜻이죠. (⋯) 1초마다 24개의 표적이 빠르게 지나가는데 총으로 그중 하나를 맞혀야 한다고 상상해보세요. (⋯) 이는 곧 이것이 제가 통제할 수 있는 범위 밖의 일이라는 겁니다. 순수하게 생각과 감정, 리듬과 음악성에 관계된 일이죠.

마이클 온다체(이하 O): 그래서 가령 처음 해봤을 때는 17번째 프레임에서 움찔하고 그 다음은 19번째 프레임에서 움찔했다면…….

M: 그러면 컷을 하지 않는 거죠. (⋯) 그 숏에 대해 제가

뭔가 잘못 생각하고 있다는 거죠. 그러면 무엇이 잘못됐는지
자문해봅니다.

그러나 월터 머치는 주어진 재료들을 주어진 설계도에 따라
이어붙이는 기술자 또는 연주자의 역할에만 머물지 않는다.
영화 편집자는 특정 장면이 영화 속에서 어떤 역할을 맡고
있는지를 이해한 뒤, 실제로 촬영된 장면들을 자신이 이해했던
바에 접근시킬 수 있도록 가능한 모든 자원을 찾아 조합해내야
한다. 여기서 '가능한 자원'이란 촬영 당시에는 영화에 쓰일
것이라고 생각지 못했던 작은 조각들까지 포함한다. 편집자는
이런 조각들까지 꼼꼼히 체크한 뒤 심지어 시나리오에 없었던
장면들까지 추가하기도 한다. 감독이 미처 생각하지 못했던
순간들까지 영화 속으로 들어온다.

　　이로써 영화 편집은 시나리오나 감독의 주문을 충실하게
재현하려는 데 그치지 않고 시나리오가 본래 보고자 했던
세계를 향해 더 멀리 나아간다. 궁극적으로는, 영화 편집자는
감독이나 제작자의 고용인이 아니다. 영화 편집자는 다른
누구의 주문보다도 자신이 직조하게 될 영화 자체를 먼저
바라본다. 그는 영화를 위해 영화를 만든다.

　　소설(『잉글리시 페이션트』)에는 손에 붕대를 감은 카라바지오가
사발에서 물을 마시는 개를 보고 3년 전 고문당한 기억을

떠올리는 대목이 있다. (…) 그 기억은 현실적이지 않고
꿈처럼 어렴풋이 나타난다. 앤서니 밍겔라 감독이 쓴
각본에서 그 장면은 날카롭고 무시무시한 대사와 함께 4쪽에
걸쳐 진행되었다. 이제 그 장면은 독일군 심문자가 붙잡힌
첩자 카라바지오의 입을 열게 하려고 애쓰는 장면으로
바뀌어 있었다. (…) 최소 15번의 테이크를 찍었고 (…)
밍겔라 감독은 (…) 이것을 월터에게 넘겨주었다. (…)
당시 월터는 이탈리아 작가 쿠르치오 말라파르테가 '나치의
성격'에 대해 쓴 글을 읽고 있었다. 여기서 나치가 약함의
증거를 가장 싫어했다는 사실을 읽은 월터는 이것을
응용했다. 이 아이디어는 물론 원작 소설에도 없었고 밍겔라
감독이 쓴 각본에도 없었으며, 몇 백 분에 달하는 촬영
분량에도 없었다.

카라바지오(윌렘 데포)는 면도칼을 보기도 전에 "날 해치지
마요" 하고 한 번 말한다. 월터는 심문자가 이 말을 듣고
멈칫하는 반응을 보이는 시간을 더 길게 늘였다. 심문자가
(…) 협박을 하기는 했지만, 이는 원래 별 뜻 없는 빈말일
뿐이었다. 그런데 카라바지오가 해치지 말라고 하자 독일군
심문자는 잠시 멈칫하면서 얼굴에 혐오스러운 기색이
번뜩인다. 심문이 계속된다. 월터는 또다른 테이크에서
데포가 더욱 떨리는 목소리로 이 대사를 하는 장면을
찾아냈다. 그는 이 대사를 몇 초 뒤 다시 삽입함으로써 데포가

두려움을 반복해서 표현하도록 만들었다. 순간 시간이 정지한 듯 정적이 흐른다. (…) 실제 촬영에서 데포는 이 대사를 반복한 적이 없으며 이는 각본에도 없는 부분이었다.

이러한 넓은 시야는 실제로 작업을 할 때도 필요하다. 영화 속에 등장하는 모든 빛과 소리와 시간을 조립하고 부풀리고 지움으로써 영화가 보여주고자 했던 것들을 가장 효과적으로 전달해야 하기 때문이다. 영화 편집자는 영화의 재료들을 영화에 투입할 때 사용할 수 있는 모든 방식을 검토할 줄 알아야 하고 그중에서 최적의 방식이 무엇인지 또한 알아내야 한다. 영화의 모든 요소들은 그의 허락을 받고 형태를 적합하게 재구성한 뒤에야 그가 직조할 영화-세계 속으로 들어올 수 있다. 아래의 예는 영화의 한 조각이 자신을 복제하면서 재구성되는 장면이다.

M: (〈대부 1〉에서 잘린 말 머리가 나오는 신에 대해) 원래 로타가 작곡한 음악은 왈츠 곡이었는데, 그 사건의 공포에 반어적인 방식으로 쓰였죠. 감미로운 회전목마 반주 음악이었어요. (…) 좀더 충격적인 음악이 필요할 것 같았어요. (…) 말 머리 장면에서 니노가 작곡한 음악은 A(주제)-B(변주)-A식 구성이었습니다. (…) 이 구조 때문에 저는 음악을 복제한 다음 주제부를 통째로 복사본에 삽입하여 중첩시켰습니다.

그래서 음악은 A에서 시작하지만, 다음은 A+B가 동시에 연주되고 그 다음은 B+A가 되죠. (…) 시작할 때는 같은 곡이었지만, 월츠(등장인물)가 뭔가 이상한 낌새를 눈치채듯 두 음악이 서로 부대끼면서 거슬리는 소리를 냈어요. 그런 혼돈스러운 광기가 점차 고조되다가 (…) 이불을 들추는 순간 말 머리가 있는 거죠.

물론 이는 쉽게 다다를 수 없는 경지다. 다른 모든 예술가들과 마찬가지로 영화 편집 역시 타고난 감수성과 끊임없는 학습을 필요로 한다. 비슷해 보이는 재료들 속에서 단 하나의 옳은 것을 찾아내기 위해서다. 같은 신을 찍은 여러 번의 촬영 기록들. 같은 음악이지만 서로 다른 연주들. 영화의 한 장면을 차지하게 될 수많은 후보들 중에 오직 하나만이 선택될 것이다. 그리고 그 선택은 늘 옳아야만 한다.

> M: 영상과 소리의 화학작용 (…) 〈지옥의 묵시록〉의 사운드 작업 때 (…) 게오르그 솔티가 지휘한 버전의 '발키리의 기행'을 영화에 썼는데 (…) 데카 레코드사에서 저작권 허락을 거부했어요. 솔티가 지휘한 버전과 박자가 대강 맞는 (…) 라인스도르프의 레코딩을 변환하여 영화에 입혀서 틀어봤는데 10초 만에 영 아니라는 걸 알겠더군요. (…) 파란 바다의 신맛 같은 느낌이 솔티의 금관악기 소리와(는)

절묘한 시너지 효과를 냈어요. 하지만 라인스도르프
레코딩에는 그런 금관악기의 맛이 없었습니다. 부드러운
베개 같은 느낌이었고 그 결과 바다의 파란빛이 죽어 보였죠.
바다 색깔이 이전같이 보이지 않았어요.

이런 수천 가지의 선택과 그 선택들 사이의 연결을 통해
비로소 한 편의 영화 ― 라는 세계 ― 가 태어난다. 그런데 책을
읽다보면 어쩐지 아이러니한 느낌을 받게 된다. 어떤 재료들을
어떤 방식으로 배치할지에 대한 매 순간의 결정은 명확한
의도를 가지고 있는데, 월터 머치는 이러한 명확한 의도의
집합체인 '한 편의 영화'를 경이로운 피조물처럼 바라보기
때문이다. 그가 과학자라면 프랑켄슈타인 박사일 것이다.
최선을 다해 피조물을 탄생시켰으나 그 피조물은 결코 온전히
이해할 수 없다. 그것은 만들어진다기보다는 태어나버린다.
앞선 이야기들 속에서 마치 신의 대리인처럼 보였던 영화
편집자는 영화 ― 라는 세계 ― 의 신비 앞에서는 그저 고개를
내저을 뿐이다. 그는 최선을 다해 무언가를 만들었으나 그
무언가는 언제나 생각지도 못했던 아름다움을 보여주고 만다.

O: (…) 당신은 전달받은 촬영분을 교묘하게 편집함으로써
3차원의 수준에서 또다른 종류의 안무를 짠 거죠.

M: (…) 제가 영화에서 성취하고자 하는 바도 그런 겁니다. 소리, 영상, 연기, 의상, 미술, 촬영 등 모든 요소가 다 함께 복잡하면서도 조화롭게 기능하도록 만드는 거죠. (…) 만일 영화에서 내리는 결정이 모두 사전에 구체적인 말로 표현될 수 있어야 한다면 영화는 결코 만들어질 수 없을 겁니다…….

이 성찰은 질문으로 이어진다. 빛과 소리와 시간이 서로 엮이고 풀리기를 반복하며 구축한 이 아름다운 구조물은 어디로 향하는 것일까? 월터 머치는 바흐나 젤렌카가 푸가에 대해 말했을 법한 이야기를 한다. 즉, 모른다. 영화는 다 만들어진 순간에조차 완결되지 않는다. 심지어 상영이 끝난 뒤에도 영화는 끝없이 나아가며, 그 영화를 감상한 이는 솟아올라간 영화의 궤적을 따라 시선을 옮김으로써 우주의 어떤 지점을 바라보게 된다. 영화 속의 어떤 순간이 아무리 아름답더라도 그 자체가 목적이 되지는 않는다. 그것들은 로켓 또는 은하철도이며, 관객들은 그 순간들에 탑승해 결국에는 우주로 향한다. 한 편의 영화는 활주로이며 비행은 영화가 끝났을 때 관객들의 마음과 머릿속에서 비로소 시작되는 것이다. 그렇게 당도할 저 너머의 우주에 무엇이 기다리고 있을지는 아무도 모른다. 월터 머치는 그저 로켓을 더 튼튼하고 정확하게 만들 뿐이다.

월터 머치에게 영화는 객관적으로 증명해내기에는 너무 복잡한 화학반응이다. 그는 영화당 평균 천 개에 가까운

쇼트를 만들어 붙이고 거기에 마치 조명처럼 사운드의 윤곽을
입히면서도 그 효과의 종착지가 어디인지에 대해서는 늘 확신할
수 없다고 말한다. 그가 보는 것은 영원한 과정이다. 너무나도
많은 우연들과 예기치 않은 발견들, 의도하지 않았던 효과들,
앞뒤로 이어진 쇼트들의 물결 위로 던져진 돌처럼 마음에
파문을 일으키는 짧은 순간들…….

월터 머치는 관객들이 영화에서 감동을 받는 건 바로 그
모호함 때문이라고 말한다. 그에 따르면 영화 안의 복잡한 서사
및 편집 구조에는 객관적인 해답이 주어지지 않는 빈 공간이
발생하는데, 관객의 내면이 그 빈 공간을 점유하는 과정에서
비로소 그 영화는 관객의 일부가 된다. 즉 '이 영화는 나를 위한
영화'라고 느낀다는 것이다. 영화 내의 가능한 모든 요소를
효과적인 원칙을 통해 배치한 와중에도 미처 발견하지 못한,
태어나버린, 마치 성소처럼 남겨진 빈방. 1인실. 누군가가 그
작은 방에 들어가 각자의 문을 잠그는 순간 영화는 완성된다.
비행이 시작된다.

O: 책이나 그림에서도 모호한 성질을 살려야 할 필요가
있는데, 영화는 그런 모호함이 상대적으로 덜하다고
말하셨지요. 하지만 (사운드)믹싱 때는 그 모호함을 '완전하게'
만드는 거군요.

M: 압니다. 모순이죠. 하지만 영화가 완성되고 나서도 여전히 풀리지 않은 문제가 남아 있다면 그 모순은 유익합니다. 영화가 완성된 뒤에도 또다른 단계가 남아 있기 때문이죠. 관객의 감상이라는 단계가 그것입니다. 관객도 (…) 영화 창조의 공모자예요. 만일 영화에 남아 있던 모호함을 최종 믹싱 단계에서 모두 없애버린다면 그건 영화에 해를 끼치는 일이죠. 또하나의 모순은 그런 한편으로 모든 문제를 기필코 풀리라는 자세로 접근해야 한다는 겁니다. '영화는 모호해야 하니까 이것은 미제로 남겨두겠어' 하는 태도가 통하지 않는다는 말이죠. 그러면 영화라는 유기체에 출혈이 생길 겁니다. (…) (영화 제작의) 각 단계마다 미제를 남겨둬야 한다는 사실을 인정해야 합니다. 열심히 작업하면서 중요한 문제 하나는 미제로 남기겠다는 은밀한 희망을 품어야 하죠. 하지만 영화가 완성되기까지는 그 문제의 정체를 알 수 없습니다. 영화는 그 작품 안에서는 답을 구할 수 없는, 작품 자체가 제기하는 문제로 정의되고, 그 문제는 관객이 풀어야 할 숙제로 남는 거죠.

모호함을 '정확히' 추적하기란 어리석은 일이므로, 마이클 온다체와 월터 머치는 객관적인 정답을 추구하는 대신에 영화 편집이 다룰 수 있는 드넓은 구역을 천천히 산책하는 길을 택한다. 온다체와 월터는 영화가 추구하는 지점에 대해

끊임없이 비유와 묘사를 쏟아낸다. 영화에 사용되는 온갖
개념들 사이를 도약하는 시, 음악, 수학과 자연과학, 주역,
그림, 꿈, 소설들과 온갖 산문들⋯⋯.『월터 머치와의 대화』는
형이상학적이고 사변적인 논의 대신에 어떤 영화의 어떤 장면이
어째서 그렇게 인상 깊을 수 있었는지, 또 그 순간과 닮은 다른
종류의 예술 작품이 어떻게 아름다웠는지에 대해 말함으로써
보다 즐겁고 풍요로운 독서를 보장한다. 이 천재적인 편집자가
툭툭 던지는 기발한 발상 앞에서 웃음과 감탄이 동시에
새어나올 때면, 이 즐거운 영화 책이 여느 무거운 영화 이론서
못지않게 많은 성찰을 가져다준다는 사실도 발견할 수 있을
것이다. 예를 들어 나는 영화의 아버지라고 할 수 있는 인물을
꼽아달라는 말에 이렇게 대답한 사람을 처음 보았다.

"에디슨, 베토벤, 그리고 플로베르일 겁니다!"

빛과 소리와 시간이 서로 엮이고
풀리기를 반복하며 구축한
이 아름다운 구조물은
어디로 향하는 것일까?

이 남자 이상하다

『천재 아라키의 애정 사진』
아라키 노부요시, 사진을 말하다 2
아라키 노부요시 지음, 이윤경 옮김
포토넷

나는 사진에 관심 있는 모든 이에게 『천재 아라키의 애정
사진』을 아무 고민 없이 권할 수 있다. 그가 어떤 종류의 사진을
좋아하건 상관없다. 장르는 전혀 관계없다. 신경쓰이는 점이
있다면 작가의 이름이 안겨주는 선입견이다. 아라키가 혹시
'에로 광대' 아라키 노부요시인가? 변태 사진 많이 찍은? 그렇다.
그 사람이다. 그러나 나체를 결박한 모습을 찍어야 좋은 사진이
나온다는 뜻에서 이 책을 추천하는 게 아니니까 걱정하지
않아도 된다.

　이 책을 추천하는 이유는 대부분의 '아마추어를 위한
사진 책'들이 하나같이 놓쳐버린 사진 작업의 핵심적인
한 축을 아무렇지 않게 드러내 보여주기 때문이다. 이 축은
대단히 중요하기 때문에 사진을 배우는 과정에서 꼭 마음에
새겨두어야 하지만, 지금껏 내가 읽어본 사진 입문서 또는 초급
교양서 중에 이 부분을 강조한 책은 한 권도 없었다.

　그 축이란 바로 단 한 장의 멋진 장면에 목매달지 않는
튼튼한 사진 데이터베이스의 축성 작업, 즉 아카이브 제작을
뜻한다.

　결국 문제는 한 장만으로 사진의 질과 완성도를 평가하는
구조에 있다. 잘 찍은 사진 한 장을 높이 평가하는 것은
물론 잘못이 아니다. 그러나 한 장의 사진에 모든 것을
농축시키고자 했을 때, 그리고 그런 방식이 지속적으로

135

되풀이되어 스타일로 굳어질 때 정형화는 피할 수 없는
부메랑이다. (…) 하지만 예술작품은 상식을 뒤집는 파격과
과감성, 인습적 사고에 균열을 주는 기발한 착상, 평범한
생각의 여백을 파고드는 새로운 실험 등을 통해 인간의
사유와 감성을 확장해줄 수 있어야 한다.

박평종, 『사진가의 우울한 전성시대』 232쪽

거창한 얘기처럼 들리지만 그렇지 않다. 저 글에서 박평종이
좋은 사례로 꼽은 책은 얼핏 '예술'이라기에는 퍽 소박해 보이는
사진집 『윤미네 집』이다. 결정적인 한 컷, 즉 구도와 빛의 조화로
승부를 건 사진만이 아니라 사진집 전체의 구성을 통해 주제를
발산하는 드문 사례이기 때문이다. 같은 주제를 가진 가족
사진집 『다카페 일기』와 비교해보면 그 차이를 금방 알 수 있다.
　이 사진은 아들의 우스꽝스러운 모습, 저 사진은 딸의
예쁜 자태라는 식으로 각각의 사진들이 귀여운 비주얼이나
재미있는 장면을 보여주는 데에만 급급하면, 사진은 그
자리에서 '감상하기 좋은' 이미지로 소비되며 그 즉시 휘발한다.
『다카페 일기』가 그렇다.
　귀여운 아이들과 동물로 가득한 행복한 장면들로만
이루어진 『다카페 일기』는 마치 행복한 가족을 등장시키는
광고들처럼 매끈해서 '감상의 즐거움'을 방해하는 불필요한
의문을 발생시키지 않는다. 그러나 늘 부드럽고 고운 빛과 잘

정리된 인테리어를 배경으로 등장하는 이 가족의 어머니는
감상자에게 어떤 '인간'으로 다가올 수 있을까?『다카페 일기』는
그 점에는 관심이 없다.『다카페 일기』의 촬영자인 아버지는
가족의 일부이기 이전에 마치 광고 사진가와 같은 역할을
맡았고, 결국 같은 가족 구성원이기에 앞서 모델과 사진가로
역할이 나뉜 관계의 풍경은 무슨 프로모션 화보를 찍은 듯한
비현실감을 안겨준다.『다카페 일기』는 일종의 광고 이미지다.
이상적인 가족의 행복을 보여주는 화보는 기꺼이 소비되기 위해
만들어져 독자들의 마음속에서 자연스럽게 소비된다. 이 과정
속에는 의문이 솟아날 여지가 없다. 행복은 지나치게 명백하다.

반면에『윤미네 집』에서는 빗나간 구도와 실패한
노출, 때로 피로가 엿보이는 가족들, 딱히 눈을 잡아끄는
주요 피사체가 보이지 않는 조용한 장면들이 손쉬운 해석을
거부한 채 멀뚱히 감상자를 바라본다. 이때 감상자는 "그런데
이건 무슨 장면이지? 이런 특별할 것 없어 보이는 사진이 왜
사진집에 수록됐지?"라고 묻게 된다. 난해한 현대미술처럼 아예
파악 불가능한 비주얼이어서가 아니다. 그 사진들은 분명히
감상자들이 다 아는 사물들로 구성된 이미지임에도 '이건 이런
사진이야'라고 말할 수 없는 생경함, 익숙한 사물들이 풍기는
모호함을 품고 있다.

이 수수께끼 같은 시선들이 감상의 초점을 사진의 '화면'
바깥으로 이동시킨다. 즉, 감상자를 상상력의 영역으로 이끈다.

그러면 상상력은 사진의 프레임으로부터 벗어나 자연스럽게 자신만의 추상적인 공간을 만든다. 감상자는 그때부터 사진 감상의 다음 단계로 진입한다. 시각적인 즐거움을 감상하는 데서 벗어나 자신의 내면이 움직이는 모습을 주시하는 것이다. 이 단계에 다다르면 사진은 더이상 멋진 이미지로 소비되는 쾌락의 객체가 아니다. 사진은 우리 인간들이 서로에게 그러하듯 내가 이해할 수 없는 부분, 내가 공유할 수 없는 신비를 소유함으로써 나에게서 존중받는 타자 — 다르지만 동등한 존재 — 가 된다. 감상자는 사진을 먹어치울 수 없고 사진과 대화해야 한다.

이 단계에 다다라야만 비로소 감상자의 관심은 사진가에게로 쏠릴 것이다. 사진가는 사진을 찍고 골라 책에 싣는 과정을 통해 이러한 신비를 창조한 사람이기 때문이다. 뛰어난 사진가는 사진을 쌓아 만든 신비의 지층으로 독자를 초대해 영원히 그 명확한 기원을 찾을 수 없을 감동 또는 아픔을 제공한다. 사진가에 대한 관심 또는 한 권의 사진집에 대한 관심은 이런 것이어야 하지 않을까. 이해할 수 없으므로 끊임없이 교감을 요구하는 수수께끼의 이미지들과 그 창조자들.

사진이 제공하는 이런 종류의 교감은 여러 장의 사진을 묶어서 볼 때 더욱 잘 느낄 수 있다. 한 장의 사진으로 느끼기는 왜 쉽지 않은가? 너무 멋지기 때문이다. 최고의 한 컷은 '모든 것을 담고 있어야' 한다. 완결된 구조가 필요한 것이다. (…)

결점을 보완할 다른 구조가 없기 때문이다.(박평종, 앞의 책)'
안 그래도 단 한 장으로 구체화된 서사를 느끼기에는 자료가
부족한데, 시각적인 완성도가 높다보니 그 부족한 서사 또는
정서마저 감각적 쾌감에 압도당하는 경우가 대부분이다.
압도는 질문을 허용하지 않는다.

따라서 사진을 통해 수수께끼를 얻으려면 질문과 관찰을
반복하는 수밖에 없다. 이때 여러 장의 사진은 결정적인 한
장의 사진보다 더 많은 관찰과 질문을 필요로 한다. 더 많은
이미지들과 그 이미지 사이사이의 행간들은 더 많은 변수를
집어넣은 풍요로운 방정식과 같다. 이 방정식을 관찰하는
데 쏟은 의식은 감상자의 마음속에 펼쳐진 빈 공간이 되고,
사진들은 그 공간을 채워넣는 이미지가 되어 그때까지
세상 어디에도 없었던 풍경을 발생시킨다. 자기 마음속에만
존재하는, 방금 태어난 낯선 세계를 관찰하는 기쁨. 이는
로저 스크러튼(Roger Scruton)이 『아름다움』에서 감각과
아름다움의 관계를 설명할 때를 떠올리게 한다. 어떤 감각이
그 자체로 만족스러울지라도 거기에 그치지 않고 그로부터
촉발된 감상-사고 활동에 이르렀을 때에야 아름다움은 비로소
발생하는 것이다.

질문과 관찰을 반복하는 동안 마음속에 연이어 배치되어
서로를 연결시키면서 새로운 내적 풍경을 만들어내고 그 풍경
속에서 또다시 새로운 질문을 탄생시키는 사진들. 그러니

사진'들'에 대한 감각, 즉 사진 아카이브에 대한 감각은 사진을 좋아하는 사람이라면 누구나 갖추어야 할 필수적인 소양이라 할 수 있겠다. 그런데도 왜 사진 학습서들은 사진 아카이브 제작에 대해 얘기하지 않을까? 눈을 현혹시키지 않아서다. 사진을 배우려는 사람들이 원하는 건 대개 정서적 풍경이 아니라 눈의 즐거움이다. 한시라도 빨리 예쁜 사진을 찍고 싶어하는 사람들에게 필요한 과목은 빛과 구도와 피사계 심도 조절 따위지, 많은 시간과 지속적인 인내를 요하는 데이터베이스 축적이 아니다.

교육의 유행은 시장의 수요에 따라가게 마련이므로 수많은 사진 입문서의 저자들을 비난할 이유는 없다. 사진 또는 근현대 시각예술 작품을 감상하는 기본적인 연습이 없이 대중매체의 키치적인 이미지를 주로 흡수한 사람들이 원하는 결과물이란 그저 눈을 즐겁게 할 사진뿐이다. 이미 사진 이미지 소비의 압도적인 비율을 차지하는 인터넷상에서 사진을 보는 방식을 생각해보면 된다. 오, 이거 멋진데, 하고 끝이다. 그러나 누가 누굴 탓해야 할지는 잠시 잊기로 하자. 『천재 아라키의 애정 사진』을 펴들고 사진-삶이라는 체계에 발을 들여놓으면 이게 다 누구 책임이냐며 투덜댈 시간도 아깝게 느껴진다.

도입부가 작품 전체의 흥미를 좌우한다는 이야기는 창작계의 오랜 불문율이다. 그런데 『천재 아라키의 애정 사진』 본문의 첫 사진은 어째 심드렁하다.(책을 다 읽고 나서야

첫 사진이 책 전체의 방향을 조망하는 머리말과 같은 힘을
지녔음을 알 수 있다.) 바로 삼각대 위에 세워진 카메라에 옷을
걸쳐놓은 모습을 찍은 사진이다. 아라키에 따르면 이 사진은
자기소개이다. 이 심드렁한 사진보다 재미있는 건 본문 자체다.

> 사진을 설명하기란 참 어려워요. 누가 질문이라도 한다면
> 대답 정도는 할 수 있겠지만 물어보는 사람도 없는데
> 사진을 설명하라니, 그게 어디 쉬운 일인가요? 예를 들어
> '이 사진은 내 재킷이 삼각대에 걸려 있는 사진입니다'
> 하고 설명하는 건 좀 그렇잖아요. '삼각대 위의 저 카메라는
> 펜탁스 제품으로서……' 이것도 이상하고요. 사진이란 게
> 원래 애매해요. 보는 사람에 따라 전혀 다르게 보이니까요.
> 하지만 내 사진은 별로 애매하지 않아요. 오히려 지나치다
> 싶을 정도로 자세히 설명하는 편이거든요. 아니면 다른
> 사람들 사진이 너무 애매해서 더 그렇게 보이는 건지도
> 모르지요.(웃음)
> 『천재 아라키의 애정 사진』 11쪽

뭐라는 거야(웃음). 다카하시 겐이치로(高橋源一郎)의 소설
발췌라고 해도 고개가 끄덕여질 만한 도입부다. 그런데 책
전체가 이런 식이다. 옆에서 이상한 아저씨가 되는 대로 떠들고
있는 것 같다. 솔직히 말하자면 나는 아직도 아라키가 이 책에서

무슨 결론을 내려 했는지 간단히 설명할 수가 없다. 심지어 본문의 1/3 정도는 '나는 사진이고 나는 천재다'라는 선언 또는 PR의 반복이다. 이 총체적인 난국, 논리적인 완결성에 관심을 두지 않은 파편적인 고백들을 그러모은 『천재 아라키의 애정 사진』은 그러나 바로 그 점 때문에 주목해야 한다. '논리적인 완결성에 관심을 두지 않은 파편적인 고백'과 그 기준에 따른 독특한 사진 컬렉션 말이다. 말하자면 이 책은 사진 아카이브 작업에 임하는 태도를 담은 일종의 교본이다.

1장인 「내 사진에 대하여」는 이 책의 주제를 선보이고 책의 나머지를 총괄하는 유일한 부분이다. 아라키는 존 사코우스키(John Szarkowski)의 '사진은 사진작가를 비추는 거울'이라는 말을 빌려 사진을 유리창에 비유한다. 사진가는 유리창을 통해 두 개의 풍경을, 즉 바깥 풍경과 함께 유리창에 반투명하게 비친 자신의 모습을 본다. 따라서 아라키가 '나는 사진이다'라고 선언했을 때, 그는 자신의 시각적 포착 능력과 그에 대한 내면의 반응 능력을 함께 언급한 것이다. 사진은 그의 내외를 아우르는 총체적인 존재 증명이다.

이를 조금만 바꿔 생각하면 '세계는 사진이다'라고 봐도 좋을 것이다. 역시 내외의 혼재랄까, 사진가(주체)가 사진(객체)에 대해 설명하는 게 아니라, 인생과 사진이 한 뭉텅이로 얽혀 굴러가는 모습을 이 책 속에서 심심찮게 만날 수 있다. 그야말로 의지와 표상으로서의 세계인 셈이다.

그래서인지 『천재 아라키의 애정 사진』이 사진을
논리적으로 분석하는 경우는 거의 없다. 이런저런 사진이
있었는데 이걸 찍을 때는 어떤 기분이었다거나 이런 사진은
이런 느낌으로 찍는다거나 하는 식으로 창작자 자신의 감상이
늘 우선한다. 묘하게 몽환적이면서도 지시 대상을 강렬하게
보여주는 아라키의 사진과 '쓸모-정보'라는 측면에서
아무짝에도 소용없는 아라키 본인의 소회의 조합은 앞서 말했던
'사진의 모호함'을 더욱 부각시킨다. 1장을 제외한 나머지
전체가 이렇게 구성되었다. 보다못한 편집자가 각주 속에 종종
등장할 때만 해설다운 해설 및 정보다운 정보를 만날 수 있다.

책에 실린 사진들 역시 특정 장르에 갇히지 않고 다채롭게
쏟아진다. 아라키의 사진이 변태·에로 사진밖에 없다고 생각했던
분들은 놀랄 것이다. 여기에는 아라키가 그토록 사랑했던 부인,
셀프 포트레이트, 동네 길에서 찍은 사진, 사랑했던 고양이
지로, 아라키의 아버지와 어머니, 그가 좋아하는 장소인 자택
옥상, 그냥 미녀, 결박시킨 미녀, 미녀가 될 소녀, 그냥 하늘,
그리고 이들 여러 요소들이 짝을 지어 함께 출연하는 사진들이
있다. 촬영 방식에 있어서도 '결정적 순간'처럼 전통적인
구도에 충실한 사진이 있는가 하면 초점이 완전히 나간 아내의
사진(그럼에도 활짝 웃고 있다는 걸 알 수 있다)처럼 완전히
그 순간의 포착 자체에 모든 것을 건 장면도 있다.

아라키는 이 사진들을 때로는 긴밀하게, 때로는 헐겁게

연결시킨다. 사진들이 긴밀하게 연결된 경우, 즉 의미를
즉각적으로 파악할 수 있는 경우는 많지 않다. 그리고 긴밀해
보이는 아카이브조차 어느 순간 예상치 못했던 사진들이
등장하면서 도약해버린다. 장례식에서 아버지의 주검을 찍은
사진 뒤에는 장례식장에서 어머니의 주검을 찍은 사진이
나오고, 그뒤에는 역시 같은 방식으로 촬영한 아내의 주검
일부가 보인다. 그뒤에는 키우던 고양이가 죽은 순간에 찍은
사진이 있고 그뒤에는 갑작스러운 콜라주 작업이다. 그러고
나면 번화가의 거리에서 찍은 기울어진 각도의 풍경 사진이 이
짧은 아카이브의 마지막을 장식하고 있다.

　이렇듯 예상치 못하게 조합된 아카이브 속에서 다른
종류의 사진들은 서로에게 영향력을 행사한다. 차분하고
쓸쓸해 보이는 그의 풍경 사진들은 저 유명한 〈소녀〉 시리즈의
사진 배경과 겹쳐 보이면서 〈소녀〉 시리즈에 소멸의 기운을
전파한다. 미모사를 찍은 정물 사진과 옥상에서 태풍에 넘어진
화분 사진과 아내를 찍은 몇몇 포트레이트와 '1 2 3 死'라고
붓으로 덧쓴 하늘 사진은 '미모사를 좋아했던 아내와 아내가
죽고 난 뒤 방치된 옥상과 별 뜻 없는 덧칠 작업'에 대한
아라키의 파편적인 서술들을 통해 헐겁게 엮여 서로에게 말을
거는 것처럼도 보인다.

　책 속의 사진들과 글들의 조합은 무척 다양해서 이를 읽는
이마다 서로 다른 점을 발견하게 되겠지만, 이 점만큼은 모두가

144

공통적으로 발견할 수 있을 것이다. 시종일관 자신의 사진에 대고 '역시 걸작이에요' '지금 봐도 대단한 사진이에요'라고 말하며 웃고 있는 이 이상한 사진가가 의외로 쓸쓸했고, 그러면서도 아주 친근해 보인다고 말이다. 아라키가 찍은 조용한 풍경들은 그의 누드 사진들을 물들이며(저 빛나는 육체 위에서 피어나는 무표정한 얼굴들. 가려진 얼굴들.) 그렇게 물든 누드 사진들은 독자에게 포르노그래피적인 욕망 대신에 무언의 이야기를 선사한다. 다양한 장르의 사진들을 종횡무진으로 엮어낸 아카이브만이 안겨줄 수 있는 강렬한 소격 효과다.

서로 충돌하고 섞여들고 물들이는 『천재 아라키의 애정 사진』의 사진들은 그 혼란스러움을 통해 비로소 아라키 노부요시라는 사진가의 내면을 형상화한다. 어디에다가 형성하는가. 독자의 내면에다 만든다. 아라키라는 인간은 책 속에서는 곧바로 찾을 수가 없다. 논리적인 연결점을 찾기 힘든 조각난 글들과 낱낱의 사진 속에서는 그를 추적하기란 불가능하다. 이 조각들이 독자의 마음속에서 화학반응을 일으킨 뒤에야 아라키는 '아라키-나(독자)'의 형태로 출현할 것이다.

이 순간은, 경험해보신 분은 아시겠지만, 꽤 감동적이다. 구체적 또는 논리적으로 형상화되기 이전의 심상이 자기 안에서 태어나는 순간이다. 이것이 사진'들'의 힘이다. 이미지

사이의 공백들을 독자 자신이 채워감으로써 빚어내는 유일한
공간. 세상에 오직 하나뿐인 이야기. 그저 멋지게 찍힌 '한 장'에
집착해서는 발견할 수 없는 세계다.

『천재 아라키의 애정 사진』은 이 심리적 공간을 책이라는
형태로 펼쳐낸 보기 드문 사례다. 책을 읽을 때는 아라키의
자화자찬을 웃어 넘겼는데, 글을 쓰고 나니 아라키는 정말
천재인지도 모르겠다는 생각이 든다. 이상한 사람이야. 이런
책을 만들어버렸어.(웃음)

이미지 사이의 공백들을 독자 자신이
채워감으로써 빚어내는 유일한 공간.
세상에 오직 하나뿐인 이야기.
그저 멋지게 찍힌 '한 장'에
집착해서는 발견할 수 없는 세계.

소망에 점거당한 거리

『모두를 위한 예술?』
공공미술, 참여와 개입
그리고 새로운 도시성 사이에서 흔들리다
우베 레비츠키 지음, 최현주 옮김
두성북스

"핵심은 사람들이 경탄할 만한 새로운 무엇인가를
만들어내는 것이 아니라, 세상을 새로운 관점과 명확한
시각으로 돌아볼 수 있는 기회, 즉 상황을 창출해내는
것이다."

『모두를 위한 예술?』174쪽

몇 년 전, 한 인문사회과학 강연회의 뒷풀이가 떠오른다. 같은
테이블에 인문사회 분야에서 꽤 유명한 블로거가 앉아 있었다.
서로 소개하면서 나는 예술 분야 도서 MD라고 말했는데 그분의
반응이 뜻밖이었다. "죄송합니다. 제가 예술에는 별로 관심이
없어서……."

아니, 우리 서점을 즐겨 이용하는 인문학 애호가가 내
담당 분야에 전혀 흥미가 없대서 삐진 게 아니라, 그간 쌓인
응어리가 툭 튀어나왔다. 왜죠. 예술은 당대 인문사회과학
이론의 실험실 아닌가요. 네, 물론 폭발도 자주 일어나고
사람들이 미치거나 홀려서 실려 나가기도 하지만요.
왜 이렇게들 예술에 관심이 없느냐고 좀 과장해서 묻고 싶었다.
술자리였으니까.(물론 나는 한마디도 하지 않았다.)

그러니까 이런 질문이다. 왜 많은 인문사회과학
애호가들은 그 많은 연관성에도 불구하고 동시대의 예술에
이토록 관심을 보이지 않을까? 이는 5년째 예술 책을 팔고 있는
내게 가장 커다란 미스터리다. 혹시 어느새 예술이 일종의 '감상

장르'로 인식되면서 그 외양을 소비하는 데서 그치는 건 아닐까. 물론 그 자체는 나쁜 게 아니다. 소비는 중요하고 먹고사는 일은 숭고한 것이다. 그러나 그게 다는 아니지 않은가. 예술이 취향의 소비를 넘어 행동의 정치학으로 곧잘 받아들여지지 않는 이유가 뭘까? 어쩌면 애당초 이론 애호가(또는 취미 이론가)들에게 행동의 정치학은 고려 대상이 아니었던 걸까?

> "제대로 물들어본 적도 없는 총체화하는 사유와 유토피아적 열망에 사이비 피곤함을 느끼는 그 박약한 정신들은 오직 자본주의적 문화 속에 편히 누워 그 문화를 비판적으로 즐기는 데만 골몰하며 자신들의 래디컬하지 못함을 최신 유행의 래디컬한 사상들을 소비하는 것으로 은폐한다. 이 와중에서 '최종적인' 교양활동으로 문명 비판과 동격에 있어야 할 문화 비평은 그 반대로 하나의 대중적인 취미활동, 분리된 영역에 대한 분리된 비판의 확대된 장으로 완성됨으로써 상품세계의 보호막에 마지막 덧무늬를 입힌다."

책을 실제로 보면 각진 폰트의 위력이 더해져 마치 '삐라'와도 같은 결기가 느껴지는 위 문구는 기 드보르의 『스펙타클의 사회』 서문의 일부다. 국내 판본이 출간된 1996년에 기획자 정성철이 서문을 썼다. 십수 년이 지난 지금에 와서는 상황이 좀

달라졌을까. 문화 활동과 문화 비평은 '최종적인' 교양 활동으로 자본주의라는 문명 형식에 좀더 맞서고 있는가. 아니면 인문사회과학을 향유한다는 것이 마치 사주팔자처럼 실제 실현 가능성과는 상관없이 자기충족적인 심리적 위안에 그치고 있지는 않은가.

행동의 가능성을 염두에 두지 않으면 텍스트는 스펙터클의 형태로 소비되며, 그 과정은 '하나의 대중적인 취미활동, 분리된 영역에 대한 분리된 비판의 확대된 장'의 형성에 그친다. 종교가 아편과 같은 것이라면 독서로 종료되는 혁명은 알코올이다. 여기에 취할수록 육신의 힘은 풀리고 암울한 현실을 마주할 엄두를 내기는 더욱 어려워진다. 오직 감탄하기 위해 좀더 세련되고 강렬한 텍스트-이론을 찾아 헤매는 여정은 보다 완벽한 꿈을 꾸기 위해 보다 많은 생을 잠에게 내어주는 꼴이다.

물론 꿈은 중요하다. 텍스트라는 꿈이 '무엇을 할 것인가'를 계시의 형태로 전할 것이기 때문이다. 그러나 인문학적 영양의 균형을 위해 다음과 같은 질문에도 종종 주의를 기울일 필요가 있다.

어떻게 해낼 것인가.

어떻게 해낼 것인가. 어떻게 움직일 것이냐. 우베 레비츠키의 『모두를 위한 예술?』은 이 질문에 대한 응답 중의 하나다. 이 책은 어떻게 '상황을 창출'할 것인가에 대해 공공

미술이 행해온 시도를 브리핑한다. 브리핑은 도시의 공공
공간을 시장자본 및 그에 유착한 행정 권력에서 해방시키기
위한 공공 미술의 전략을 소개하는 방식으로 이루어진다.

그런데 왜 하필 공공 공간이며 공공 미술인가?

우선, 왜 공간인가. 공간이 최전선이기 때문이다. 2013년
4월, 서울시청 앞 광장에서 벌어진 쌍용차 사망 노동자 분향소
강제 철거 사건을 떠올려보자. 중구청이 강제로 분향소를
철거한 뒤 그 자리에 도시 환경 미화를 구실 삼아(사실은 다시
분향소를 차릴 수 없도록) 화단을 갖다놓았다. 그 자리를 누가
점유하느냐는 단순한 땅따먹기가 아니다. 쌍용차 분향소 또는
중구청의 화단은 각종 반(反)여당 취향의 추모가 이루어졌던
'대한문 앞'이라는 광장의 상징성을 두고 벌인 헤게모니
쟁탈전의 깃발이다. 물론 쌍용차 투쟁을 여론화하기에 좋은
지정학적인 요건도 빼놓을 수 없다.(송전탑 위에 올라간
그들의 동료들이 그 고생에 비해 얼마나 '효과적'으로 메시지를
전했는지 생각해보라.)

그러나 여기에는 직접적인 헤게모니 쟁탈보다 중요한
이유가 숨어 있다. '행정 주체인 서울시가 광장이라는 공공
공간의 개념 자체를 어떤 식으로 받아들이는가'라는 문제다.
즉 분향소 또는 화단이라는 문제는 광장이 서로 다른
정치의식을 가진 시민들이 평등하게 서로의 의견을 교환하는
준 정치적 장소로 기능할 것인가, 아니면 보다 '성실하며

정치적으로 무해한' 시민들에게만 선별적으로 편안함을
제공하는 유사 휴양지로 기능할 것인가를 결정하는 문제다.

후자의 경우 공공의 의미는 축소되며 반체제적 지향성을
가진 사람은 공공의 바깥으로 밀려난다. 즉 그들은 시민이
아니라 광장에 출입할 수 없는 등급의 이방인으로 자동적으로
강등된다. 중구청이 분향소를 철거하면서 언급한 '일반 시민의
불편'이라는 말에서 '일반'이란 곧 선별된 시민을 뜻하는
것이다.

이렇듯 공공 공간을 누가 점유하느냐는 곧 그 공간을
담당한 통치 체계가 지향하는 공공이라는 개념을 보여주는
척도로 기능한다. 이 '공식적'인 공공 영역은 중구청이 언급한
'일반 시민'처럼 해당 체계가 함께하기를 원하는 시민들로
이루어져 있다. 그 바깥의 사람들은 이방인 또는 열외자가 되어
'시민을 위한 공공 행정'에서 소외되며, 그들이 형성-점거하는
지역은 게토로 지정되어 '척결 대상'으로까지 밀려날 수도
있다. 결국 도시의 주요 공간을 점유 또는 공유하는 형식의
투쟁은 공공이라는 개념의 협소화를 막음으로써 보다 작고
좀더 다른 목소리를 가진 사람들이 여전히 '시민'으로 존재할
수 있는 정서적 공간을 확보한다는 중요한 임무를 가진다.

이 중요한 싸움은 그만큼 짜임새 있는 전략을 필요로
한다. 그저 버텨서는 성공할 수 없다. 결집하고 외치는
것만으로는 아무것도 바뀌지 않는다. 그렇다면 역사적으로

유서 깊은 방식, 즉 피를 뿜어서 목소리를 전달하는 수밖에 없을까. 다른 방법은 없을까. 『모두를 위한 예술?』은 공공 미술이 그 대안일 수 있다고 말한다.

왜 공공 미술인가. 공공 미술은 태생적으로 두 가지의 전략적 장점을 가지기 때문이다. 공공이라는 이름을 가짐으로써 정치-자본의 정책에 틈입하여 그들과의 전면전을 피할 수 있고, 공간을 필요로 하는 '예술 작업'이기 때문에 공공 공간 '점유'를 둘러싼 투쟁에서 태생적 우위를 점한다. 쌍용차 분향소가 '환경 미화'에 밀려난 상황을 다시 떠올려보자. 공공 미술의 이 두 가지 장점이 얼마나 효과적인지를 상상할 수 있을 것이다.

그래서 공공 미술은 성공했고 모두 행복하게 살았습니다, 라고 말하고 싶지만 아직 현실은 그렇지 못하다. 『모두를 위한 예술?』에서 간략히 소개하는 공공 미술의 역사는 어쩌면 당연한, 지난한 좌절의 역사다. 좌절은 다양한 방식으로 이루어진다. 대중 참여라는 껍데기만 남은 채 대기업과 정부 또는 예술가 자신을 위한 '프로모션'으로 소모되는 작업들은 서울만 해도 지천에 널려 있다. 그런가 하면 시민들이 공공 미술을 자신들, 즉 '공공 자신'의 것으로 받아들이기를 거부하는 경우도 있다. 정치-자본이 공공 장소를 상징적으로 점유한 상황을 고발한 설치미술이 시민들의 통행 불편(이 불편함 자체가 메시지였음에도 불구하고)을 이유로 철거된 모습은 이 책의 표지를 장식하고 있다.

　　게다가 자본의 유연함, 즉 상대를 죽여 없애는 대신 자신 안으로 흡수하는 능력은 공공 미술에도 어김없이 적용된다. 어떤 공공 미술 작업이 성공을 거두었을 때, 자본은 그와 싸우는 대신에 그 지역 자체를 랜드마크로 만들어 땅값을 올리고 '더욱 상급의 시민'들의 취향에 맞춘 고급 구역으로 변환시키는 작업을 지속적으로 수행해 왔다. 심지어 이 과정에서 예술 작품들끼리 치고받기도 했다. 이 책에서 가장 성공적인 공공 미술로 평가하는 〈파크 픽션 프로젝트〉를 공격한 위협적인 사례 중 하나는 아이러니하게도 해당 지자체가 야심차게 유치하려던 '유명 예술가' 제프 쿤스(Jeff Koons)의 설치미술이었던 것이다.

　　그러나 가장 큰 문제는 공공 미술의 목표 설정 자체에 오류가 발생하는 경우다. 미술평론가 휠러는 공공 미술을 장애서비스와 장애예방서비스라는 두 가지 방향성으로 구분한다.

> 휠러에게 장애서비스란 저항적 공공 공간을 만들기 위한 개입적 행위이고 이는 소외된 입장들과 논의들을 공적인 것으로 만드는 반면, 장애를 예방하는 후견주의적 프로젝트들은 국가를 위해 실용적 사회복지사업을 펼치는 것으로 사회적 폐해들을 은폐할 뿐이다.
> 『모두를 위한 예술?』 177~178쪽

공공 미술의 전략이 이렇게 나뉠 때, 정부나 후견 기업의 지원은 당연히 친체제적인 쪽으로 집중되게 마련이다. 한 사회비판적인 프로젝트를 거절한 은행의 문서에는 이렇게 적혀 있다.

> "이 프로젝트는 흥미 있는 측면들이 있다. (…) 다만 근본적으로 위험한 프로젝트다. 왜냐하면 아이들이 그들 자신의 상황을 자각하게 되기 때문이다. 이것은 갈등을 일으킨다. 아이들은 자신들의 상황을 자각하고 괴로워할 것이다. 이 때문에 우리는 이 프로젝트가 위험하다고 보고 (…) 지원하지 않을 것이다."
>
> 『모두를 위한 예술?』 179쪽

공공이라는 개념 자체의 방어가 얼마나 중요한지 여기서 다시 확인할 수 있다. 갈등은 이 은행이 생각하는 공공성 바깥의 것, 시민이 아닌 이방인들이 소유한 불온한 개념이다. 직접적으로건 간접적으로건 호혜 대상을 지정한 장애예방서비스 작업은 공공이라는 개념에 '호혜를 통한 선별'의 가능성을 집어넣어 '도움이 필요한 사람들'과 '일반 시민'을 분류해낸다. '공공'은 분리된다. 따라서 공공의 원래 의미, 즉 '모두'를 수호하고자 하는 장애서비스 공공 미술은 이런 변형된 공공 미술과 끝없이 마찰을 빚을 수밖에 없다. 말하자면 공공 미술은 자기 자신의 정체성을 두고서 일종의 내전 상태에 빠진 것이다.

그래서 공공 미술은 역사 속의 수많은 다른 투쟁들처럼 지속적인 패배와 영원히 갱신될 반성문으로 채워지고 있는가. 꼭 그렇지는 않다. 희망적인 사례가 있다. 책의 말미를 장식하는 〈파크 픽션 프로젝트〉다. 파크 픽션(Park Fiction)은 시민들이 주체가 되고 예술가들과 기획자들이 가세한 '모두가 함께 만드는 공원 광장'이다. 시 당국이 공원 기획 주체가 너무 많다는 점(무려 1천 명이 넘었다)을 들어 승인을 보류했을 정도로 이 공원은 해당 지역 시민들의 다양한 목소리를 통해 구축되었다.

파크 픽션은 앞서 공공 미술의 전략적 장점으로 지적한 두 가지 장점을 모두 사용한다. 이들은 비타협적인 게릴라 형식의 창작 스타일을 유지하면서도 자신의 콘셉트를 미술전에 출품하는 등, 주류 현대미술계에 직접 진입하여 경쟁력 있는 예술 프로젝트로 자리매김하도록 애썼다. 덕분에 외부 자본이 위력을 앞세워 밀어붙일 수 없을 정도의 상징 자본과 그에 따른 발언권을 지속적으로 획득할 수 있었다. 이렇게 유지한 공공 장소, 즉 서로 다른 모두가 만나는 공간이라는 개념은 다시 파크 픽션이라는 '공공 예술'의 콘셉트에 기여함으로써 지속적인 선순환을 구축한다.

물론 파크 픽션은 현재진행형이다. 한때의 성공이 프로젝트의 지속성을 보장하지는 않는다. 자본은 파크 픽션을 이용하려는 계획을 포기하지 않았고 앞으로도 그럴 것이다. 한때 제프 쿤스의 침공마저 막아낸 공공 예술이 어떻게 변모하고 언제까지 살아남을 수 있을지는 아무도 모른다.
미래는 아직 누구의 것도 아니다.

기껏 뭔가 있을 것처럼 떠들고 나서 결말은 모르겠다고
말하게 돼 송구스럽다. 그러나 나는 세상에 무슨 비법 같은
게 있다고 믿지는 않는다. 공공 미술의 태생적 장점이 대단히
매력적임에도 불구하고 좌절하거나 오용한 사례가 훨씬 많다는
점이 그 증거다. 다만 우선은 좌절과 성공을 떠나 공공 미술이
걸어온 길 자체에 주목하고 싶다.

파크 픽션의 모토는 다음과 같다. "언젠가 소망들이 집을
떠나 거리로 나갈 것이다." 그것은 사람의 삶에 대해 사고한
텍스트들이 책으로부터 거리로 쏟아져나와, 정말로 사람들
곁에 실재하는 벗의 형태로 서려는 광경이다. 어떤 텍스트가
그 텍스트를 해독할 수 있는 지적 계급을 방어하는 장벽으로
작용하는 대신에 실재하는 장벽들을 무너뜨리려는 도구가 되어
길 위로 나서려는 시도다. 이 시도는 언제쯤 몇몇의 성공 사례가
아니라 하나의 패턴으로, 궁극적으로는 시스템으로 정착할 수
있을까?

그에 대해 파크 픽션은 그들의 모토에 기한을 명기하지
않고 '언젠가'로 대신함으로써, 그리고 거리로 나간 소망이
어떻게 될지에 대해서는 언급하지 않음으로써 자신들의
모토를 지시적인 예언이 아닌 지속 가능한 희망의 형태로
구축했다. 확신하고 예언하기(미래를 위해 투신하기)에 대항해

지금 여기에서 희망을 지속하기를 선택한 것은 그저 순진한
결정일까.『모두를 위한 예술?』은 섣불리 전망하지 않는다.
이처럼 공백으로 남겨둔 미래는 아마도 질문의 다른 형태일
것이다. 책이 묻는다. 당신이 섭렵한 텍스트들은 밖으로 나올
예정인가, 장벽을 허물 예정인가, 아니라면 왜인가, 다른 전략은
무엇인가? 여기에 독자가 대답하기 시작했을 때(끝맺지 못해도
괜찮다)『모두를 위한 예술?』을 읽는다는 경험은 비로소
마무리지어질 것이다.

거리가 당신을 기다리고 있다.

그것은 사람의 삶에 대해
사고한 텍스트들이
책으로부터 거리로 쏟아져나와,
정말로 사람들 곁에 실재하는
벗의 형태로 서려는 광경이다.

3장
문을 열고 들어간 사람들

신이 없는 세계의 사제

『리흐테르』
회고담과 음악수첩
이세욱 옮김
정원출판사

테이블 위로 드러난 늙은 남자의 상반신이 화면을 채우고 있다. 남자의 눈빛은 맑지만 지친 기색이 역력하다. 볼이 움푹 패었고 입을 다문 채로 턱을 약간 벌리고 있다. 오래된 피로다. 당장 직면한 피로의 문제가 아니라 내면의 발전기가 수명을 다한 것 같다. 그는 화면 밖에 있는 인터뷰어를 바라보며 "나는 나를 좋아하지 않습니다"라고 말한다. "그게 다요." 남자는 고개를 숙인다. 다시 고개를 들었을 때, 그는 질문을 던지려는 것처럼 인터뷰어를 바라본다. 그러나 아무 말도 오가지 않는다.

　화면은 현역 시절의 그가 연주하는 장면으로 바뀐다. 슈베르트의 마지막 작품 〈피아노 소나타 D. 960〉의 2악장이다. 슈만이 '천상의 길이'라고 언급했던 길고 아름다운 슈베르트의 음악을 연주하는 영상 속의 그는 뭔가를 탐색하는 사람처럼 여기저기로 시선을 보낸다. 그 시선이 카메라와 거의 마주했을 때조차, 표정 없는 얼굴에서 시작된 눈빛은 늘 약간 아래를 향해 있다. 저렇게 배어나오기 시작한 슬픔이 이 남자를 장악했다. 다시 화면이 늙은 남자를 비추면 그는 손으로 얼굴을 가린 채 괴로워하고 있다.

　이 장면은 브뤼노 몽생종(Bruno Monsaingeon)이 만든 다큐멘터리 영화 〈에니그마(The Enigma)〉의 마지막 순간이다. 늙은 남자의 이름은 스비아토슬라프 리흐테르이며 지난 세기의 가장 위대한 피아니스트 중 한 명으로 꼽히는 사람이다. 누구보다도 많은 업적을 이루었던 피아니스트의

마지막이 이토록 고통스러울 것이라고 예상한 사람은
없었기에 〈에니그마〉의 마지막 장면은 충격적으로 다가온다.
리흐테르는 이 영화 속에서 이러한 일종의 자기 멸시가
단지 피아니스트로서의 문제가 아니라 인생 전반에 대한
것이라고까지 말한다. 그렇게 말할 때조차 어조에는 변화가
없다. 그는 모두 놓아버린 듯 보인다. 전직 피아니스트였으며
지금은 아무것도 아닌 사람.

　　역시 브뤼노 몽생종이 편저자인 책『리흐테르』는
다큐멘터리 〈에니그마〉와 함께 작업되었다. 같은 인터뷰를
바탕으로 진행한 것이기 때문에 책과 영화는 많은 일화를
공유한다. 그러나『리흐테르』를 읽으면서는 〈에니그마〉에서
마주하게 되는 파국을 감지하기가 어렵다. 총살당한 아버지에
얽힌 기구한 가족사나 간헐적으로 겪은 우울증 및 육체적
노화에 대한 언급이 있긴 하지만, 전체적으로『리흐테르』속의
리흐테르는 영원한 청년의 기운을 풍긴다. 냉정하면서도 풍부한
감성을 자랑하는 낭만주의적인 천재의 초상이다.

　　요컨대 내가 좋아하는 것은 이런 것이다. 어떤 나라에
도착하면 나는 지도를 펼쳐놓고 나에게 무언가를
연상시키거나 호기심을 불러일으키는 장소들을
흥행사들에게 가리킨다. 가능하다면 내가 아직 가볼 기회를
갖지 못한 장소들을 말이다. 그리고 나서 우리는 자동차를

타고 떠난다. 피아노를 실은 차가 우리 뒤를 따른다. 우리는
마치 역병을 피하기라도 하듯 고속도로를 피해서 이동한다.
그러면서 나는 로안이나 몽뤼송이나 프로방스 지방의 한
귀퉁이에서 연주를 한다. 연주회장은 극장이 될 수도 있고,
예배당이나 교정이 될 수도 있다.

『리흐테르』195~197쪽

레닌그라드에서는 공습이 시작되고 난 뒤에야 라디오에서 그
사실을 알려주곤 했다. 그날 저녁, 호텔로 돌아가기 위해 홀을
막 나서는 참에 폭탄이 비 오듯 쏟아지기 시작했다. 거리엔
얼어붙은 시체들이 널려 있었다. (…) 이튿날 필하모니 홀에
가보니, 창유리들은 산산조각이 나 있고 홀의 창문들은 활짝
열려 있었다. 바로 옆에 있는 러시아 미술관에 포탄이 떨어진
모양이었다. 그런 상황에서도 연주회는 열렸다. 청중은
외투를 입은 채로 연주를 들었다. 그들은 대단히 감동한
듯했다. 나는 이 일을 괜찮았던 콘서트의 하나로 여전히
기억하고 있다.
(…) 이듬해 비슷한 시기에 나는 레닌그라드에 다시 갔다.
나의 실망은 이만저만이 아니었다. 1년 전에 본 그 도시의
모습이 오간 데 없기 때문이었다. 도시를 포위하고 있던
독일군은 물론 물러갔다. 거리에는 인파가 넘쳐났고,
분위기는 환희에 차 있었다. 하지만 나는 이 분위기가 역겹기

그지없었다. (…) 처음 갔을 때는 등화관제와 공습 때문에
사위가 어둠에 잠겼어도, 도시가 아름답고 신비로웠다.
포탄도 떨어지고 있었고…… 그랬는데 모든 게 완전히
범상한 것으로 되돌아와 있었다.

『리흐테르』117~118쪽

우울함과 슬픔은 엄연히 다르다. 『리흐테르』는 슬픈 일화들조차
방랑의 한 여정으로 설정한다. 따라서 인터뷰 당시의
리흐테르라는 늙은 인간을 직시하고 만 〈에니그마〉에 비하면
『리흐테르』 속의 리흐테르는 '현역' 피아니스트로서의 캐릭터를
유지하고 있다. 이는 편저자 서문에서 브뤼노 몽생종이 밝혔듯
리흐테르의 회고들이 대부분 그의 전성기라 할 수 있는 1970년
이전에 대한 것들이기 때문이다. 독자들은 1970년 이후부터
인터뷰가 이뤄진 1995년 사이의 '노화해가는' 삶에 대해서는
거의 알 수 없다. 그 기간을 대신 채우는 것은 각종 공연과
음반의 리뷰만으로 가득한 그의 음악노트뿐이다. 만약 그
노트에도 삶의 흔적들을 채워넣었다면 『리흐테르』는 한 인간의
보다 완성된 일생을 그려낼 수 있었을까.

그렇지 않았을 것이다. 『리흐테르』 속 리흐테르의 삶은
애초부터 그가 말하고자 하는 부분들로만 이루어져 있다.
예컨대 그는 자신의 사랑에 대해서는 한마디도 언급하지
않는다. 그러나 이 의도적인 누락은 어떤 증언보다도

의미심장하게 다가온다. 단지 몇 개의 일화로 구성할 수 없는,
마지막 순간에조차 발설할 수 없는 회한의 형식으로 인생
전체에 드리운 두려움과 불안이 그의 사랑의 총체였다고 한다면
그 사랑은 그의 삶에 있어 과연 어떤 것이었을까.

리흐테르가 동성애자였다는 것이 이제는 정설로
굳어가고 있지만, 그렇다 하더라도 동성애자에 대한 범사회적인
압력만이 그를 침묵하도록 만들었을까. 알 수 없다. 리흐테르는
그저 침묵한다. 침묵 속에서는 가정은 의미가 없다. 거기에는
순수한 고통뿐이다.

그렇다면 그 침묵, 그 지워짐에 대해 말하기 위해서는
반대로 남아 있는 것들, 그가 남기고자 한 것들로부터
그려나가야 할 것이다. 1970년 이후의 삶. 오로지 음악에 대한
메모들. 음악은 영원히 남아 있는, 남겨지는 것들이다. 영속하는
위대한 존재다. 음악 바깥에는 침묵 속에서 지워져가는
것들뿐이다. 특히 고통 속에서 소멸해가는 육체가.

음악과 육체.

위대한 음악은 리흐테르에게 신성과도 같다. 악보 속의
음악은 악보를 읽는 사람의 머릿속에서 이미 완전한 형태로
존재하며, 연주자는 그 이상의 형태에 근접할 수 있도록 애쓸
뿐이다. 이콘과 신의 관계와 유사하다. 신성은 이콘-연주를
통해 지상으로 내려오지만, 인간이 체현할 수 있는 신성이란
기껏 조각에 불과하다. 다만 그 작은 조각들조차 범속한

세계에는 놀라움과 신비를 가져다준다. 따라서 지속적인 신성의 체현, 또는 뛰어난 연주를 위해 신앙의 규범은 준수되어야 한다. 리흐테르는 교조적인 신념을 가진 수도사처럼 음악을 대한다.

악보를 보는 것의 장점은 무엇보다 그런 연주가 더 정직하다는 것이다. 어떻게 연주해야 하는가를 〈있는 그대로〉 보여주는 것이 눈앞에 있으면 쓰인 대로 정확히 연주하게 마련이다. 연주자란 하나의 거울이다. 음악을 연주한다는 것은 자신의 개성으로 음악을 오염시키는 것이 아니라 〈온전한〉 음악을 연주하는 것, 그 이상도 이하도 아니다. 작곡가가 써놓은 〈모든〉 지시를 기억할 수 있는 사람이 누가 있겠는가? 그것이 안 되니까 〈해석〉을 하게 되는 것이다. 나는 그런 것에 찬성할 수 없다.

『리흐테르』 233쪽

무릇 연주가란 하나의 실행자다. 작곡가의 의지를 정확하게 실행하는 사람인 것이다. 그는 작품 속에 이미 있는 것만 들려줄 뿐 아무것도 보태지 않는다. 재능이 있는 연주가는 작품의 참모습을 언뜻언뜻 보게 해준다. 그 자체로 천재적인 작품의 진실이 그를 통해 반영되는 것이다. 그는 음악을 지배하는 것이 아니라 음악 속에 녹아 들어가야 한다. 나는 나 자신의 연주 방식에 변화가 있었다고 생각하지 않는다.

(…) 만일 달라진 것이 있다면, 단지 어느 때부턴가 내 연주가 한결 자유로워진 점은 있을지 모르겠다. 내가 생활의 속박과 일체의 군더더기, 본질에서 마음을 돌리게 하는 모든 것을 거부하기 시작하면서부터 말이다. 나는 스스로를 안에 가둠으로써 자유를 얻었다.

『리흐테르』 245쪽

스스로를 가두어 얻는 자유. 이는 리흐테르가 자신에게 주어진 연주 환경을 일종의 과제로 받아들이는 과정에서도 확인할 수 있다. 그는 피아노를 고르지 않으며 음반의 녹음과 마스터링 과정에도 참여하지 않고 공연장의 추위와 더위를 비롯한 온갖 악재조차 기꺼이 시련의 일부로 받아들인다. 이 시련들은 음악이라는 신앙의 더 높은 곳에 다다르기 위한 시험이므로 리흐테르는 기꺼이 그에 응한다. 다만 한 가지, 리흐테르 본인의 컨디션이 좋지 않을 때만큼은 예외였다. 자신의 육체와 정신이 제대로 반응하지 못하는 상황은 외부로부터 주어지는 고난과는 성질이 다르다. 그것은 시련을 통한 부름이 아니라 그에 응답하지 못하는 부족한 자신을 의미한다. 그것은 실패를 의미한다. 실패하지 않기 위해, 더 높은 곳으로 가기 위해, 리흐테르는 가능한 한 모든 핸디캡을 받아들이는 와중에도 자신의 몸과 마음이 그 조건들을 견뎌낼 수 있는지에 대해서만큼은 엄혹한 기준을 적용했다.

그러나 그의 몸은 어느 순간부터 시련의 부름에 응답하지
못한다. 리흐테르는 세월이 흐르며 늘어가는 육신과 이와
반대로 더욱 맑고 성숙해지는 정신 사이의 괴리감으로 인해
절망한다. 그는 세월과 타협할 수가 없다. 젊은 육체에의
기억이 선명하고 악보를 읽는 지성은 여전히 번뜩이기
때문이다. 그러나 이미 손가락은 예전처럼 움직이지 않고
연습이나 리허설을 버텨낼 수 있는 체력은 급격히 줄어든다.
절대 사라지지 않을 것 같던 기억들이 조금씩 자리를 비우기
시작한다. 절대음감을 자랑하던 청력은 나이를 먹으면서 조금씩
어긋난다. 실제로 말년의 리흐테르가 자신의 왜곡된 청력에
맞추어 잘못 조옮김한 연주를 프로듀싱 과정에서 다시 정상적인
음높이로 조절하는 경우가 종종 발생했다. 리흐테르 자신도
그 사실을 잘 알고 있었다.

한 평생을 음악에 바친 대가가 고작 이것이란 말인가!
『리흐테르』 230쪽

영원히 지속되기를 갈망하는 정신. 『리흐테르』에는 이와 관련된
간접적인 언급이 있다. 리흐테르는 우울증에 빠질 때면 환청을
들었는데, 1974년의 어느 날 가만히 그 환청에 정신을 집중한
결과 그 환청이 라흐마니노프의 〈보칼리제(Vocalise)〉를
주제로 한 일종의 변주곡이라는 사실을 알아차린다. 리흐테르는

이 곡에 대해 '내가 초기에 작곡한 몇몇 작품들의 무의식적인 모델'이었다고 말한다. 1974년, 침묵에 이르는 고통 속으로 걸어들어가던 리흐테르의 무의식이 호출한 것은 '최초의 음악적 자의식' 또는 최초에 자의식을 형성했던 당시의 환경이었을 것이다. 타오르기만을 기다리던 젊은 몸.

　　지속적으로 성장해온 그의 정신에게 필요한 것은 다름 아닌 그 출발점에서 지녔던 육신이었다. 드높은 정신에게 드높은 육체를. 그것이 이른바 '조화'다. 그러나 상승하는 정신과 하강하는 육체의 그래프는 엇갈리도록 만들어져 있다. 두 그래프가 만나는 지점은 매우 짧았을 것이다. 그저 번뜩이는 한순간이었을지도 모른다. 영광의 순간은 짧고 점점 폭을 넓혀가는 마음과 몸의 불일치는 그의 후반생을 잠식해 들어간다. '나는 나를 좋아하지 않는다.'

　　음악을 신의 역할에 두었을 때의 문제는, 음악은 구원도 내세도 약속하지 않는다는 것이다. 신성은 태양처럼 언제나 그 자리에 있지만 연주자는 늙어 버려지고 만다. 신이 아닌 자신으로부터, 자신의 신앙으로부터 버려진다. 죽음은 마지막으로 받아들여야 할 과제이지만, 아무런 보상도 구원도 없이 모든 과업을 멈추게 하는 최종 과업은 과연 어떤 종류의 부름일까. 지속적인 파멸 이외에 어떤 선한 것을 찾을 수 있을까. 리흐테르는 침묵한다.

　　사실은 한 가지 방법이 있다. 광기다. 에너지를 유지한

채로도 소멸을 두려워하지 않는 방법. 육체의 쇠락에 발맞추어
정신까지 서서히 꺼뜨리지 못하는 명민한 이들이 평화를 얻을
수 있는 방법은 광기뿐인지도 모른다.

> (쇼스타코비치가) 천재인 것은 분명하지만, 그에게도 광기가
> 있었다. 그런데 내가 왜 "그에게도"라고 말했을까? 이야기가
> 나온 김에 하는 말이지만 나는 광인이 아니다. 나는 지극히
> 정상적인 사람이다. 어쩌면 나는 광인이 되고 싶었는지도
> 모른다. 나는 늘 그런 식이다……
>
> 『리흐테르』 214쪽

그러나 어떤 과거도 돌이킬 수는 없다. 다른 인간이 될 수도
없다. 늙어 은퇴한 피아니스트에게 다른 기회란 주어지지
않는다. 따라서 『리흐테르』는 슬픔조차 인생의 여정으로
받아들인 초인의 여정이 아니라 어느 순간 죽어가는 육신
속에서도 여전히 선명한 기억들로 인해 고통 받는 한 인간의
기록으로 변화한다. 가공할 만한 기억력으로 인해 지나온 삶의
반짝이는 순간들을 모두 바라보면서 삶의 뒤편으로 물러서야만
하는 사람. 그때 삶이란 별들처럼 영영 그 자리에서 빛나는
기억들일까 아니면 어둠을 향해 뒷걸음질 치는 발걸음일까.
책의 2부인 음악노트는 200페이지가 넘도록 음악을 찬미하는
동시에 삶에 대해 침묵함으로써 그 질문에 나름의 방식으로

응답하고 있다.

이 책은 겨우, 한 인간에 대한 이야기이다.

프로코피예프의 생일 때였다. (…) 그런데 참 이상하게도,
나는 그날의 일에 관해서 말할 수 있는 것이 별로 없다.
나에게는 매우 특기할 만하고 흥미로운 날이었음에도
말이다. (…) 모든 일이 마치 현실과 동떨어진 채 나와는
상관없이 진행되고 있는 것만 같았다.
그래도 프로코피예프가 언젠가는 무대에 올릴 수 있기를
기대하고 있던 「전쟁과 평화」와 「들꽃의 전설」에 관한 대화는
기억이 난다. 또 생각나는 것들이 있다. 때가 초봄이었다는
것이며 니콜리나 고라로 통하는 길, 당시엔 다리가 없어서
나룻배로 모스크바 강을 건넜던 일, 정원으로 나를 맞으러
나왔던 프로코피예프의 모습, 감미롭고 삽상한 공기를
느끼며 처음으로 베란다에서 가져본 격조 높은 점심식사,
봄의 냄새들…….

『리흐테르』 156~157쪽

상승하는 정신과 하강하는 육체의
그래프는 엇갈리도록 만들어져 있다.
두 그래프가 만나는 지점은
매우 짧았을 것이다.
그저 번뜩이는 한순간이었을지도 모른다.

어떤 소설가의 실종

『침묵의 뿌리』

조세희 지음

열화당

1980년대 조국의 산하에는 언제나 그래왔듯 슬픈 일들이
많았다. 소설가 조세희는 그 땅 위를 돌아다니며 많은 것들을
보았다.『침묵의 뿌리』는 그 기록이다. 이 책은 내가 아는 가장
슬픈 사진 에세이다.

　　이 책의 슬픔은 여러 겹이어서 한 꺼풀씩 벗겨 개켜야
한다. 그때마다 한 종류의 말들이 의미를 잃을 것이다. 그렇게
잃고 또 잃고 나면 비로소 책의 제목을 이해할 수 있다. 이 글은
'긴급하다는 한 가지 생각밖에 할 수가 없었'던 소설가의 언어가
어떻게 침묵의 뿌리 속으로 사라졌는가에 대한 이야기다.

　　　　　1

『침묵의 뿌리』에서 가장 바깥에 놓인 말들은 '담론'이다. 이는
산업화에 물든 조국에 대한 조세희 선생의 소회에서 출발한다.
선생은 소위 선진국들이 내놓는 긍정적인 전망에 도저히 다다를
가망이 없어 보이는 조국의 현실에 절망한다.『침묵의 뿌리』는
시간이 갈수록 해소되기는커녕 더욱 심각해지는 부의 편중을
막거나 완화할 수 있을 것이라는 희망조차 보여주지 않는다.
그런데 이는 비단 당시의 한국에 국한된 전망이 아니다. 이
나라가 후진적이고 편파적인 것뿐만 아니라 산업자본주의의
체계 자체가 문제로 드러난다. 따라서 선생이 선진국을 언급할
때나 '남의 땅 경제학자'를 인용하는 이유는 우리가 다다라야
할 미래상을 보여주기 위해서가 아니라 이미 자본주의 체계의

높은 자리를 차지한 이들의 힘을 보여주기 위해서다. 『침묵의
뿌리』에는 이 앞서가는 사람들, 높은 위치에 있는 사람들이
남긴 '선택'과 '전망'과 '약속'이 여러 차례 인용되어 있다.
'미래학'이니 '서기 2000년 위원회'니 하는 단어들은 신이
유의미한 힘을 지녔던 시대의 제사장을 떠올리게 한다.
이렇듯 『침묵의 뿌리』에서 전망과 담론은 권력의 말이다.
이 말들은 비록 민중을 위한 것이라 하더라도 그 전망 또는
약속을 실현시키기 위해 기본적인 사회경제적 역량을 요구한다.
그러나 점점 쇠락해가기만 하는 저 낮은 곳의 사람들이
그 기본적인 힘을 어디서 가져올 것인가?

　　따라서 선생 자신은 미래에 대해 아무 말도 하지 않는다.
아니, 말할 수가 없다. 전망할 겨를이 없는 자들에게 미래란 이미
박탈당한 시간이기 때문이다. 절멸한 어제와 지리멸렬한 오늘이
남아 있는 날들까지 삼켜버리는 모습을 너무 많이 본 선생은
책의 마지막에 다다라서야 질문의 형태로만 미래를 언급할
뿐이다. 선생은 최소한의 인간성과 연대의 가능성을 언급한
카를 야스퍼스(Karl Jaspers)의 말*을 인용한 뒤에 '이것은
물론 남의 말'이라고 말한다. 그리고 묻는다. '우리는 80년대**에
또 어떤 진행을 맞게 될까?' 질문은 이어진다. '당신은 아는가?'
이것이 『침묵의 뿌리』의 마지막 문장이다. 소설가 조세희는
전망이 작동하지 않는 세계에 속해 있었으므로 담론의 언어와
헤어진다.

2

선생은 이 미래 없는 세계를 떠돌며 아름답고 슬픈 사연들을
보았다. 이 '사연'들이 두 겹째의 슬픔이자 두 겹째의 말이다.

내가 비 피하며 낙동강 하굿둑 공사에 따른 문제 자료를
뒤적이다가 황폐해진 밭을 내다보고는 한, 을숙도의 그
빈집도 소작농이었다. 나는 지금까지 부자 소작농을 한
번도 본 적이 없다. 우리는 캄캄한 안방에 떨어져 뒹구는
'일금 500원정'의 국민학교 육성회 납부서를 통해 눈물
글썽이며 집과 밭을 돌아보고 떠났을 영이라는 아이네 집
마루에 우리가 앉아 있다는 것을 알았다. 나는 3학년이
된 영이가 아빠·엄마·언니, 그리고 그 아이가 이 세상에
태어나 사물을 분간할 수 있을 때부터 눈에 익혀 온 손때
묻은 가구들을 이끌고 어디로 갔는지 알 수가 없었다.
그들은 떠났지만 그들이 살아온 흔적은 작은 집 여기저기에

- 『침묵의 뿌리』263쪽에 다음과 같은 구절이 있다. "인간다운 인간들
  사이에는 연대감이 존재하기 때문에 개개인은 세상에서 일어나는
  모든 잘못된 일과 불의, 특히 그 앞에서 또는 그가 알고 있는 가운데
  저질러지는 범죄 행위들에 대해 책임을 지게 되는 것이다. 그것들을
  저지하기 위해 내가 할 수 있는 일을 하지 않으면 그때 나는 그것들에
  대한 책임을 같이 나누어 지게 되는 것이다." (편집자)
- • 『침묵의 뿌리』는 1985년에 초판이 발행되었다.

181

그대로 남아 있었다. 나는 마당가에서 비 맞는 복합비료의
포장지와 Olympic Victory라 기계수 놓은 값싼 모자를
보고, 망가진 트렁크를 보고, 빈 닭장을 보고, 조각마루 끝에
놓여 있는 배추와 무우의 씨앗을 보았다. "도시로 갔구나"
나는 생각했다. 못쓰게 된 찬장과 쌀 일던 조리, 그리고
깨진 그릇들은 빗물 들어찬 부엌에 있었다. 천장 낮아
더 작아 보이는 건넌방 벽에 영이의 학교 시간표가 붙어
있었다. 곰 인형도 있었고, 90점 받은 도덕 시험지와 짝짝이
실내화도 있었다. 남의 땅을 일구어 농사짓다 가족들을
이끌고 어디론가 떠난 영이 아버지의 글씨도 남아 있었다.
29일 시금치 8단 4백 원, 30일 할매 68단 3천 3백 원, 1일
잎말이나방약.

날이 어두워질 무렵에야 우리는 을숙도에서 나왔다. 여전히
비바람 세찬 물막이 둑길을 걸어나오며 나는 맹금류를
피해 밤에 이동한다는 작은 철새무리를 생각했다. 해마다
을숙도에 와 겨울을 난 그 새들은 캄캄한 밤에 울면서
이동하는 것으로 알려졌다. 그러나 어떤 조류학자도 그
무리를 약한 것으로 그려놓지는 않았다. 몸통 작은 철새들이
해마다 남북극에 걸쳐 3만 5천 킬로미터를 왕복하고 있었던
것이다.

『침묵의 뿌리』 91쪽

이런 내용들로만 채워졌다면 아마『침묵의 뿌리』는 더 오래 살아남은, 달리 말해 좀더 사랑받는 책이 되었을 것이다. 절망도 '이야기(story)'가 되면 견딜 만하게 바뀐다. 곱게 손질한 슬픔은 당의정처럼 고통의 겉에 덧씌워져 그 고통을 독자들이 삼키기 쉽게 해준다. 고통은 감상을 통해 변질된다. 사람들의 마음을 흔들고 감동시키는 글은 고통 그 자체를 바라보게 하는 대신에 고통을 수단으로 삼은 다른 무엇을 바라보게(소비하게) 한다. 그러면 질문은 거기서 끝나고 고통은 책을 덮는 순간 함께 덮이고 만다.

세계의 고통을 다룬 많은 르포르타주나 에세이들이 이 유혹을 견디지 못했다. 이를 고통의 가공품 시장이라고 부를 수도 있을 것이다. 멋지게 다듬어진 글을 선보이고자 하는 프로페셔널 공급자와 덜 불편한 형태로 고통을 감상 및 감각하고자 하는 문화 소비자들로 구성된 시장이다.

선생은 여기에 참여하지 않는다.『침묵의 뿌리』는 '극적인 실화'를 남용하지 않는다. 이 짧은 르포르타주들은 필요로 인해 종종 선보일 뿐이다. 사북의 허름한 하숙집이나 을숙도의 폐가처럼 정확한 시공간은 일종의 피폭 지점으로, 선생의 절망적인 소회들을 받아들이고 마무리짓는 방점의 역할을 맡을 때에만 등장한다. 이 순간들은 아름답기 때문에 자주 등장해서는 안 되었다. 글 속의 고통은 승화되어서는 안 된다. 고통은 영원한 현재로, 상처 또는 흉터로 잔존해야만 한다.

『침묵의 뿌리』는 세상의 많은 슬픔을 더 보여줄 수도
있었을 것이다. 그와 함께 부조리에 몸부림치는 생생한
목소리들을 들려줄 수도 있었을 것이다. 이를 통해 자본의
부조리함에 분노하는 동지를 한 명 더 얻을 수 있었을지도
모른다. 그러나 선생은 증언하지 않는다. 선생은 자신의
대표작이 얻은 성공을 통해 감동의 무력함을 이미 알고 있었다.
『난장이가 쏘아 올린 작은 공』은 커다란 반향을 얻었고 선생은
그 작품에 대한 수많은 질문을 받았지만, 그 책은 현실에 작은
생채기조차 내지 못했기 때문이다.『침묵의 뿌리』는 감정의
파도를 크게 일으킬 수 있는 순간에도 힘을 빼고 지나치면서
열띤 허허로움만을 도처에 남겨놓았다.

3

그렇다면 이제 소설가 조세희는 어떻게 소설을 쓸 것인가.
'소설'이『침묵의 뿌리』속 세 겹째의 말이다.『침묵의 뿌리』에는
서로 다른 방식으로 쓴 선생의 단편소설 세 편이 수록되어 있다.
「1979년의 저녁밥」과 「풀밭에서」와 「어린 왕자」다.
　「1979년의 저녁밥」은 난장이 연작에서 탈락한 뒤
발표되지 않은 단편이다. 선생이 난장이 연작에서 종종
사용했던 수단이 이 작품에도 고스란히 채용되었다. 메마른
욕망들로 가득한 상류층의 삶을 배경으로 자본주의 체제에
대한 여러 대화가 오간다. 그러나 이 단편 속에 등장하는 대화며

개념들은 새롭지 않다. 기존의 연작 속에 있었던 말들의 변주에 불과하다. 불평등한 사회에 대한 일차원적인 기술과 단순한 직유법과 무기력한 사회적 깨달음이 각종 욕망의 악다구니에 휩쓸려버린다. 「1979년의 저녁밥」은 난장이 연작의 지리멸렬한 동어반복이다.

집필 시기로는 『침묵의 뿌리』에 수록된 세 편의 단편들 중 초기에 속하는 「1979년의 저녁밥」이 도리어 가장 마지막에 수록된 이유는 무엇일까. 선생은 이 단편을 소개하면서 "어느 날 나는 내가 써야 할 많은 말들을 한순간에 잃어버리고 말았다. 말들은 돌아오지 않았다"라고 썼다. 초기의 실패작(선생은 이 단편을 1983년에 따로 발표했다)을 다른 단편들의 뒤에 배치한 이유는 아마도 여기에 있을 것이다. 나는 「1979년의 저녁밥」이 소설가 조세희의 최종 선언이라고 생각한다. 소설은 그가 보고 겪은 일들을 옮길 수가 없었고 그의 '말들은 돌아오지 않았다'.

물론 선생은 「1979년의 저녁밥」을 쓴 이후에도 소설을 썼다. 그러나 만약 선생이 이후의 소설 작업에서 활로를 찾았다면 그 소설들 이후에 쓴 『침묵의 뿌리』에 '말들은 돌아오지 않았다'는 문장은 들어 있지 않았을 것이다. 따라서 선생이 난장이 연작 이후에 쓴 소설들은 여전히 '말들을 찾는 과정'에 있었다고 보아야 한다. 소설집 『시간 여행』에서 선생의 분신이라 할 수 있는 화자는 이렇게 말한다.

나는 통일된 개념을 갖고 있지도 못했고 지혜롭지도 못했다.
(…) 나는 의식의 변혁을 의도하는 기능이 문학에 있는지
생각해본 적도 없다. 예술가로서의 자신을 늘 불행하게
생각한다. 내가 써야 할 말들에 자유를 주어본 적도 없다.
언제나 나의 기분이 나의 말들을 구속했다.

『시간 여행』 중 「과학자」에서

그저 그럴듯한 소설을 쓰기에는 현장에, 지상에 너무 오래
머물렀던 소설가는 다른 활로를 찾기 위해 골몰했을 것이다.
『침묵의 뿌리』에 수록된 나머지 단편 두 편은 그 고투의
산물이다. 단편 「어린 왕자」에는 생텍쥐페리의 어린 왕자가
등장한다. 선생 자신의 분신인 듯한 작가와 독방 감옥에
갇힌 남자가 어린 왕자와 대화를 나눈다. 이러한 환상적인
장치 또는 소설 구조 자체의 변경을 통해 현실에서의 탈출을
도모하는 방식은 선생의 작품들에서 자주 볼 수 있다.
선형적인 이야기 구조는 현실을 허구의 틀에 가둔 뒤 '볼 만한
비극'으로 승화시키기 때문에, 거기에 의지하지 않고 현실을
돌파하기 위해서 소설의 구조 자체를 왜곡하는 것이다. 선생이
뫼비우스의 띠나 클라인 씨의 병 같은 비유클리드 기하학이나
아인슈타인의 상대성 이론을 언급하는 것도 이와 연관 지어
생각할 수 있다. 탈출하기 위해 물리적(소설적) 구조를
역전시킨다. 『시간 여행』에 수록된 단편 「신에게는 잘못이

없다」에서 교도소에 면회를 간 사람들은 다음과 같은 상황을
맞이한다.

> 잠시 후에 그(수감자)가 좁은 바깥으로 나가는 것을
> 우리(면회인)는 보았다. 공기의 양이 줄어들어 숨이 막혔다.
> 친구가 좁은 바깥으로 나가는 것을 보고 우리는 발길을
> 돌려서 넓은 안으로 들어왔다.
>
> 『시간 여행』 중 「신에게는 잘못이 없다」에서

그러나 이 방법은 간단히 말하자면 문학 자신을 위한 해답일
뿐이다. 그래서 소설이 이 세계에서 무엇을 담당할 수 있느냐고
재차 묻는다면 해답은 여전히 요원하다. 소설 구조의 변형을
통한 소위 '문학적 해결'은 그 우아함과 기발함 때문에 문학을
소비할 수 있는 여유를 가진 이들의 차지가 된다. 결국 이는
선생이 담론을 바라보는 시선과 다를 바 없다. 문학은 권력의
문제로 변화한다.

　　개중에 몇 작품은 현실에 조응하는 훌륭한 메타포로
작용할 수도 있을 것이다. 그러나 앞서 말했듯 글의 구성 요소가
다른 무언가를 의미한다고 밝혀지는 순간, 질문은 끝나고
작품은 소화되어버린다. 세상에 고통이 머무는 기간만큼 긴
상처와 의문을 선사하는 글이 필요했다. 선생은 이 방향으로
다시 말들을 찾으러 나아갔다.

『시간 여행』의 표제작인 중편「시간 여행」은 어디에도
소화되지 않고 질문-상처 자체로 남으려는 의지가 강하게
느껴지는 작품이다. 한반도의 비극적인 역사와 한 여성의 삶이
거칠게 교차하는「시간 여행」에는 독자들을 혼란에 빠뜨릴
만한 고밀도의 미로가 존재한다. 그러나 이 미로에서는 작가
자신조차 빠져나오지 못했다. 사실상 선생의 최후의 소설적
시도라 할 수 있는 이 작품에서는 소설-언어를 제 손으로
무너뜨려 폐허(로서)의 미로를 만든 작가의 고함 소리가
들린다.

> 집단 통곡이라는 것이 도대체 무엇을 말해주는 것이냐!
> (…) 얘들아, 아니? 우리 역사 속에서 수없이 마주치게 되는
> 그것은 도대체 무엇이냐? 나는 (…) 눈물의 통로를 봉쇄해
> 버렸다. (…) 속으로 운다는 말뜻을 그때 알았다. 그 결과
> 우리는 모와 날을 지닌 눈물을 흘리지 않으면 안 되었지만,
> 영희야, 우리는 눈물의 긴 세기를 통해 둥그런 눈물을 거부한
> 최초의 철부지가 되었다. × · △ · □ · ◇ · ○ · ☆! 우리는
> 부호와 같은 눈물을 흘렸다.
> 『시간 여행』 중 「시간 여행」에서

그러나 선생의 소설 탐구가 아주 끝나지는 않았다. 중산층에
접어든 중년의 남자가 가족을 이끌고 교외에 피크닉을 떠난

이야기를 담은 「풀밭에서」는 『침묵의 뿌리』에 수록된 단편들 중 가장 인상적이다. 작가는 여기서는 세상을 평론하지 않고 소설의 구성을 낯설게 할 만한 특별한 장치도 삽입하지 않는다. 평범한 회상이 종종 등장하는 정도다. 「풀밭에서」는 경제적으로 안정된 삶을 얻기 위해 지리멸렬한 삶을 살아온 남자가 가족들을 이끌고 수도권의 더러운 유원지에 놀러온 몇 시간을 담을 뿐이다.

　「풀밭에서」에서 가장 강렬한 존재감을 드러내는 것은 인물이 아니라 배경이다. 1980년대 서울 교외의 유원지다. 인생을 소모해가며 가족을 건사한 가장이 교통 체증을 뚫고 겨우 당도한 쓰레기투성이의 휴식 장소는 지리멸렬한 중산층 군상들을 모두 집어삼킨다. 주인공 남자는 이 엉망진창의 유원지 한켠에서 섹스하는 청소년들을 발견하고 그들을 혼낸다. 그러나 그의 화는 가라앉지 않고 어쩐지 열패감이 드는 것도 피할 수 없다. 심지어 자신이 왜 화가 났는지도 알 수가 없다. 화를 삭이지 못한 남자는 어느 순간 풀밭 한켠에서 잠들어버린다. 파열한 남자의 내면은 마치 고향으로 돌아가듯 한국 중산층의 비극적인 면모를 시각화한 유원지 속으로 녹아든다.

　작가는 지친 중산층으로 우글거리던 당시 서울 교외의 풍경을 소설 속으로 옮겨와 그 인상을 재현한다. 애써 '문학적'으로 고양시키거나 변형시키는 작업 없이도 시대를

증언하려는 시도다. 시대를 소설의 주제 또는 주요 소재로
삼으면 그 과정에서 '문학적' 변형이 발생하므로, 말 그대로
작품의 배경에 놓은 뒤 그 '움직이는 모습'만을 재현하는 것이다.
「풀밭에서」는 그러한 증언을 아주 잘 수행했다고는 볼 수
없으나(남자의 회상이 길어서 스토리가 억지로 태어나려는
듯하다) 시도 자체는 인상적이었다.

　　작가는 이와 비슷하게 배경 자체의 힘에 집중한 글을 몇
편 썼고 그 성과는 제각각이었다. 예컨대『시간 여행』에 실린
단편「모독」은 광막한 바다에 면한 초라한 휴양지에서 펼쳐지는
알랭 레네풍의 아름다운 소극이다.「민들레는 없다」에 등장한
잠실은 작품의 배경이면서 주체의 역할을 겸하기도 했다.
이런 산발적인 시도들은 작가가 다다를 수도 있었던 가능성을
드러낸다. 그러나 여기서 더 나아가지는 못했다. 난장이 연작
이후로 지금까지 선생이 발표한 소설집은 파편을 그러모은 듯한
『시간 여행』단 한 권뿐이다. 소설 언어, 즉『침묵의 뿌리』속
세 겹째의 말은 가능성만을 남긴 채 치열한 고투를 멈추고 만다.

4

그런데 소설이 미완으로 남긴 가능성은 다른 방식으로
나타났다. 사진이다. 선생은 자신이 사진을 찍는 이유에 대해
이렇게 말한다.

내가 사진기를 처음 들었을 때 어떤 사람은, 우리가 긴급하게
필요로 하는 도덕적인 것들을 끌어내기 위해 사진의 힘을
빌려볼 필요가 있다고 말했다. 표현을 달리했을 뿐이지,
없는 도덕까지 만들어낼 수 있는 것이 사진이라는 지나친
믿음을 그는 갖고 있었다. 그것에 나는 동의할 수 없었다. (…)
최근에야 나는 사진이 갖는 기능 가운데서 내가 힘 빌려야
할 한 가지를 발견했는데, 그것은 기본 과제 해결에 그렇게
열등할 수 없는 민족인 우리가 버려두고 돌보지 않는 것,
학대하는 것, 막 두드려버리는 것, 그리고 어쩌다 지난 시절의
불행이 떠올라 몸서리치며 생각도 하기 싫어하는 것들을 다시
우리 것으로 받아들이게 하는, 즉 재소유시키는 기능이었다.

『침묵의 뿌리』136쪽

『침묵의 뿌리』는 '작가' 조세희의 글이 137쪽에서 끝난 뒤
아무런 말도 없이 사진만이 239쪽까지 이어지는 책이다. 사북을
비롯한 여러 장소에서 찍은 사진들이 담겨 있다. 기술적으로나
내용적으로 특별히 언급할 점이 없는 평범한 다큐멘터리
사진들로, 그 특별하지 않은 담담한 정서가 내내 이어진다.
　　다큐멘터리 사진이 깊은 인상을 남기려면 보통 두 가지
방법을 쓴다. 강한 충격을 주는 사건을 화면에 담거나 구도를
아름답게 구성하는 것이다. 선생의 사진은 두 가지를 모두
거부했다. 그는 충격적인 장면은 일부러 싣지 않았고, 소위

'결정적 순간'을 노리려는 '사진 예술'도(약간의 예외는 있지만)
추구하지 않았다. 덕분에 이 사진들의 연속에서 읽을 수
있는 것들이라고는 그곳에 이런 모습을 가진 사람들이 살고
있었다는 사실뿐이다. 선생의 무미건조한 사진들은 쓸모가
없다. '모든 인간은 똑같다' 유의 싸구려 휴머니즘을 비롯한
어떤 슬로건에도 이용할 수 없고 탐미적인 감탄도 불러일으키지
않는다. 그래서 독자는 그저 사진 속 사람의 형태를, 그들의
얼굴과 몸을 특별하지 않은 것으로 바라볼 수 있다. 사진 안에
찍힌 사람들은 감상자의 감정적 소비를 요구하지 않는다.
따라서 피사체들은 감상자의 마음에 빚을 지지 않고 동등한
인간으로서 사진 위에 존재한다. 이 사진들은 소용되지 않고
그저 존재한다.

　　이제 말들은 이 사진들의 곁을 맴돌며 다시 태어날 것이다.
선생을 둘러싼 네 겹째의 말은 총 3부로 구성된 『침묵의
뿌리』에서 아예 한 부를 할애한, 사진에 달린 '미주'들이다.
사진으로만 이루어진 2부를 가운데에 두고 1부와 3부의 글이
나뉜 셈이다. 이 미주들은 사진에 대한 간략한 정보만 담은
평범한 주석이 아니다. 글의 꼴이 제각각이다. 어떤 사진의
미주에는 그 사진을 찍은 날의 소회가 담겨 있고, 다른 사진에는
사진 속 풍경을 탐방한 에세이가 들어가 있다. 사진 속의 인물이
누구인지에 대해 짤막한 일화를 소개하는가 하면 또다른 사진의
인물에 대해서는 취재 노트처럼 그 인물의 일대기를 요약해

신기도 한다.

흥미롭게도 뒤쪽에 몰린 미주들을 한번에 이어 읽으면, 소설이 들어가 있지 않다는 점만 빼고 1부의 구성과 별 차이가 없음을 알 수 있다. 몇몇 내용들은 이어져 있고 몇 편은 섬처럼 단상을 구성하고 있으며, 그 중구난방의 구성을 관통하는 정서가 있다. 낮은 곳들에 대해 끊임없이 말하고 미래를 근심하며 어두운 곳들을 돌아다니는 작가의 그림자다. 그러나 주석 특유의 작은 글씨로 빼곡히 들어찬 3부의 말들이 더욱 자연스럽고 충만해 보인다.

요컨대 미주가 몰려 있는 3부에서는 작가로서의 강박이 거의 느껴지지 않는다. '말들'의 오와 열을 세워 거기서 어떤 형태나 메시지를 제시해야만 했던, 그러나 그러기에는 소설과 현실을 병치시키는 데 최종적으로는 성공하지 못한 작가의 고통 말이다. 그 고통의 기간 내내 '내가 써야 할 말들에 자유를 주어본 적도 없다'고 했던 작가의 말들은 사진에 엮인 미주 속에서 비로소 무언가의 주체가 되어야 한다는 부담을 벗고 자유롭게 돌아다닌다. 이 각주들은 무엇을 말하고 있는가? 139번 각주는 139쪽의 사진을, 204번 각주는 204쪽의 사진을 말한다. 주체는 사진이다. 글들은 만들어지는 대신에 사진 곁에서 피어난다.

5

이렇게 피어난 글들의 궁극적인 형태가 『침묵의 뿌리』 속
다섯 겹째의 말들이다. 다섯 겹째의 말들은 아예 작가로부터
태어나지 않은 말들, 세계를 말하고자 만들어진 게 아니라
처음부터 세계의 일부였던 말들이다. 일부러 피워내지 않고
알아서 피어난 꽃들이다.

1부에서 선생은 사북에 갔다가 그곳 국민학교 학생들의
문집을 읽은 이야기를 썼다. 책 속에는 그 문집에 실린 글들
몇 편이 실려 있다. 선생은 처음 이 문집을 읽었을 때 몇 번이나
목이 메었다고 썼다. 아래는 그 일부다.

내 얼굴

삼학년 때 밥을 안 싸 가지고 갔기 때문에 배가 고파서
집으로 왔다. 집에 오니 밥이 없었다. 나는 배가 고파서
아무나 때리고 싶었다.

5학년 김상은

아버지

우리 아버지는 탄광에서 일하는데 돌이 떨어졌다.
어머니가 밤에 갔다. 내 동생이 울었다. 그래서 내가 깜짝
놀라 깨어났다. 그래서 내 동생을 울지 말라고 했다.

1학년 정미현

외로운 아이들

우리 둘레에는 외로운 아이들이 많이 있는 것 같다.

그 가운데서도 내 뒤에 앉은 효진이와 지영이가 그렇다.

그러나 그 아이들은 외로움 속에서도 명랑하게 살아가기

때문에 나보다 몇 배나 나은 것 같다.

점심때의 일이다. 밥을 막 먹으려 하는데 선생님께서 나를

불러 "지영이가 요사이 아픈 것은 밥을 안 먹어서 그런

것 같으니, 오늘부터라도 지영이와 같이 밥을 먹었으면

좋겠다"고 하셨다.

그래서 나는 뒤돌아앉아 지영이와 같이 밥을 먹었는데

지영이의 밥 먹는 모습이 무척 배가 고파 보였다.

밥을 먹고 우리는 찐도리를 하려고 운동장에 나갔다. 그런데

효진이가 운동장 구석에 쓸쓸히 앉아서 굵은 눈물을 흘리고

있었다. 그 모습을 보니 곧 엉엉 울 것만 같았다. "아마도

효진이는 사북 사태로 끌려간 엄마 생각을 하고 있겠지. 참

안 됐다"라고 생각하는 내 마음에도 어느새 눈물이 흐르고

있었다.

세상은 정말 공평하지 못한 것 같다. 나는 어려움 속에서도

굳굳하게 공부하는 지영이와 효진이가 나보다는 한참 더

큰 아이 같다는 생각이 든다. 나는 그들과 더욱 친한 친구가

되어야겠다.

6학년 서주영

그런가 하면 미주들이 실린 3부에서, 또는 이 책 전체를
통틀어 가장 위력적인 글은 221번 사진에 달린 '사북사태
공소장(공소사실)'이다. 아이들의 문집과는 여러모로 상반된
측면에서 태어난 글이다. 2부에서 221쪽 사진을 무심코 넘겼던
독자는 그 사진의 해설을 담당한 이 페이지에서 충격을 받을
수밖에 없다. 그 무심한 사진의 사연이 가공할 만한 정확성과
효율성을 지닌 언어로 집요하게 기술되었기 때문이다.

'피고인 이원갑은 1973. 12. 17 동원탄좌개발주식회사
사북광업소(이하 사북광업소라 약칭함)에 입사하여
고토일갱 710항 보안계원으로 근무하는 사람으로, 1979.
3. 27 전국 광산노동조합 동원탄좌지부(이하 동원탄좌
노조지부라 약칭함) 고토일갱 대의원으로, 1980. 1. 11
동원노조지부 지도위원으로 각 피선되고, 1976. 8. 14
춘천지방법원 원주지원에서 폭행죄로 벌금 50,000원을
선고받은 이외 폭력 등 전과 5범인 자, (…)
동 신경은 1969. 5. 사북광업소에 입사하여 사음갱 875항
후산부로 근무하는 사람으로서 (…)'

본문 내내 사북 사태를 직접적으로 언급하지 않았던 선생은
작은 글씨로도 열한 페이지에 달하는, 기실 3부의 절반
가까이를 차지하는 공소장을 그대로 인용한다. 공소장 앞뒤에

첨언이 있으나 이는 공소장 복사본을 보관한 경위와 공소
이후의 후일담을 잠깐 언급한 것뿐이다. 이 공소장을 소리
내어 읽어보면 그 단호함과 효율에 질려버린다. 어떤 허구나
에세이도 이 집요한 사건 적시가 가져다주는 섬뜩한 압력에는
미치지 못한다. 일말의 감상도 허용하지 않는 221번 미주는
독자들에게 감동이나 도덕적 안도감을 안겨주며 자연스럽게
기억에서 사라져가는 글이 아니다. 공소장은 읽는 이에게
사건을 정확히 전달한다는 하나의 목적만으로 쓰인 글이므로
이 글 안에서 사북 사태는 영원히 현재의 상태로 잠재하는
것이다. 누군가 이 글을 읽을 때마다 그날이 되살아난다. 어떤
작가가 다다르고자 했던 한 경지가 법원의 공소장 안에 있다.
세상에 고통을 각인시키고자 했던 소설가가 이 글 앞에서 어떤
심경이었을지, 나는 차마 짐작하고 싶지 않다.

　　이제 『침묵의 뿌리』를 둘러싼 말들의 껍질은 모두
벗겨졌다. 세상의 어둠에 조응할 언어를 찾고자 소거법을
사용했던 작가가 최후에 다다른 장소가 이곳이다. 침묵의
뿌리다. 여기까지 오고 나면 돌아갈 수 없다.

　　침묵의 영토에는 각자 피어난 말들의 생태계가 장관이다.
몇 문장의 기예나 짤막한 허구의 뼈대 몇 개로 흉내낼 수 있는
세계가 아니다. 그렇다면 이제 소설가는 이 땅에서 무엇을
어떻게 할 것인가? 소설가 조세희는 여기에 다다랐고 다시는
돌아오지 않았다.

　　나는 앞서『침묵의 뿌리』가 내가 아는 가장 슬픈 사진
에세이라고 말했다. 그러나 그 슬픔은 단지 이 책이 시대의
비극을 다루고 있어서만은 아니다. 자신의 정체성을 깎아
부수어가며 침묵의 경계를 넘어간 글꾼의 뒷모습이 계속
어른거리기 때문이다. 그 경계 너머는 이제 이쪽에서는
보이지 않는다.

　　나는 그가 침묵의 경계에 세워놓은 팻말을 하염없이
바라보기만 한다. 이 팻말에는 선생이 한 야학에 들렀다가
발견했다는 문구가 씌어 있다. 희망은 결코 이루어지지
않음으로써 비참함과 함께 영속할 것인가? 나는 거기에
대해서는 알지 못한다. 나는 번잡한 말들의 땅에 서서 선생이
세운 팻말을 바라볼 뿐이다.

　　'가난한 자의 벗이 되고, 슬퍼하는 자의 새 소망이 되어라.'

글 속의 고통은 승화되어서는
안 된다. 고통은 영원한 현재로,
상처 또는 흉터로 잔존해야만 한다.

바보 같은 사랑

『휴먼 선집』

Human Vol.1-14

최민식 지음

눈빛

비평가 이영준은 2008년 출간한『비평의 눈초리』서문에서
'사진의 본질' 같은 말은 이제 개념 없는 지도교수들조차 쓰지
않는다고 말했다. 한물갔다는 뜻이다. 본질이니 정수니 하는
뜬구름 잡는 소리는 비평계에서는 방을 뺏긴 지 오래다.

사진가 최민식은 2009년 출간한『사진은 사상이다』에서
끝없이 사진의 본질과 정수에 대해 말했다. 제목이 잘 보여주듯,
이 책은 휴머니즘 사진을 방어하기 위한 프로파간다 텍스트라
할 만하다. '인간' '메시지' '감동' '사회' '삶-인생' '가치' '깊이'
등의 단어가 끊임없이 반복해 등장한다.

그리고 이영준은 2012년에 출간된 최민식의 사진집
『휴먼 선집』의 서문을 썼다. 재미있는 조합이었다. 서문에서
이름을 막 발견했을 때는 조금 웃었던 것도 같다. 서문은
예상대로 이제 와 비평적 요소로 삼기에는 곤란한 '최민식의
휴머니즘에 대한 열망' 바깥에 있는 다른 무엇을, 동시대에
비평적으로 적용 가능한 특성을 찾고 있었다. 동시에 이영준은
최민식의 사진들이 비평의 대상이 되기에는 이미 늦은 것이
아닌가 하고 아쉬움을 전한다.

훌륭한 작가를 뒤늦게 알아봤다는 상대적인 차원에서 늦은
것이 아니라, 범주적으로 늦은 것이다. 즉 그의 사진이 한참
시대의 결을 거스르고 빛을 발할 때는 못 본 척하다가 시절이
좋아지고, 뭐든지 표상 가능하고, 따라서 그의 사진의 힘이

상대화하여 흐물흐물해지고 나서야 주목하기 시작한 것이다.
따라서 최민식의 사진은 너무 일찍 나타났거나 너무 늦게
나타났다.

『휴먼 선집』10쪽

사진가가 세상을 뜨고 이 책을 다시 읽었을 때,˙ 서문은 돌이킬
수 없음에 대한 안타까운 헌사처럼 보였다. 최민식의 사진이
소비될 수는 있으되 작동하기는 어려운 상황. 나는 거기에 대해
부연하고자 한다. '사진가 최민식'이 위대한 인간임을 증언하는
말들은 이미 많으므로, 그의 유일한 유산인 사진들의 작동
여부에 대해 말함으로써 조금 다른 방식으로 그를 기리고 싶다.
　최민식이 사진을 찍기 시작할 전후에 많은 영향을
받았다고 알려진 두 가지 요소를 생각하면 최민식 사진의
지류에 접근할 수 있다. 하나는 에드워드 스타이켄(Edward
Steichen)의 〈인간 가족전(The Family of Man)〉 사진들이며,
다른 하나는 화가 장 프랑수아 밀레다.
　〈인간 가족전〉은 20세기 중반에 사진가이자 기획자인
에드워드 스타이켄이 기획한 대규모 전시회였다. 많은
사진가들의 작품들 중에서 휴머니즘을 표방하는 작품들이
선택되었다. 사진이 찍힌 조건은 다양했다. 부자와 빈자,
선진국과 후진국, 핵가족과 대가족……. 사진 속의 사람들이
처한 환경은 다양했지만 그들은 모두 공통된 태도, 즉 가족을

위시한 국지적 소집단에 대한 본능적인 애정을 보여주었다.

〈인간 가족전〉은 반복되는 '훈훈한 휴머니즘'을 통해 관람객들로 하여금 인류라는 하나의 대가족을 느끼게 하는 (이데올로기적으로) 거대한 전시회였다. 이 전시회에 수록된 작품들을 보면 어떤 위기나 괴로움에도 불구하고 도저히 부정할 수 없는, 약하지만 꺼지지 않는 촛불을 떠올리게 한다. 〈인간 가족전〉의 주제는 이토록 노골적이다. 그 어떤 상황에서도 흔들리지 않는 인류의 보편적인 미덕, 사랑 말이다.

최민식은 이 사진전에 커다란 영향을 받았다. 실제로 그가 남긴 사진들 중에서 유명한 작품들은 대부분 〈인간 가족전〉과 유사한 방식으로 기능한다. 어떠한 상황에서도 피어오르는 인생의 희로애락. 민중에 대한 애정과 그들에게 희망을 부여하고자 하는 의지는 최민식의 사진들을 떠올릴 때 가장 먼저 떠오르는 수식이다.

따라서 최민식의 사진이 받아들여지는 방식을 확인하기 위해 〈인간 가족전〉이 비평가들에게 비판받았던 지점을 생각해볼 필요가 있다. 그 전시회는 말하자면 신자유주의적으로 기능했던 것이다. 각기 다른 사회경제적 처지에 처한 사람들이 희로애락을 통해 하나로 묶이면서 그들 모두는 단일한 인류처럼

• 사진가 최민식은 1928년 3월 6일 태어나 2013년 2월 12일 사망했다. (편집자)

보인다. 불공평한 사회경제적 조건들은 뒤로 숨겨지고 '인류 보편'인 사랑의 메시지가 그 자리를 대신한다. 그래서 〈인간 가족전〉이 순회 전시되던 세계 대도시의 관람객들은 사진에 찍힌 '몇몇' 열악한 환경의 드라마틱한 피사체들을 양심의 거리낌 없이 구경할 수 있었다. 인류 보편이라는 감수성은 사진 속의 사람들을 자신들(관람객들)과 같은 위치로 손쉽게 끌어올려 '존중'할 수 있었기 때문이다. 그러나 정말로 미국 중산층의 가정과 아프리카의 험난한 상황 속에서 지은 웃음이 같은 것일까? 카메라 앞에서 한 번 웃기 위해 극복해야 할 고통의 양은 동일한가? 〈인간 가족전〉은 답하지 않는다. 수많은 사진들 속의 웃음은 질문을 거부한다.

　최민식의 사진들은 〈인간 가족전〉과 똑같은 약점을 가지지는 않았다. 그는 의도적으로 참담한 민중의 삶을 보여주려던 작가다. 그러나 결과적으로 그와 비슷한 경우가 발생한다. 자신을 강원도 철암 출신이라고 밝힌 한 독자는 최민식의 사진집에 대해 인터넷 서점의 리뷰란에 글을 남겼다. 그는 타지 사람들이 철암을 찍은 사진이 불편하다고 말한다. "그곳에도 '사람이 살고 있었네'" 식으로 구경거리화하는 대중적 사진 소비 방식 때문이다.

　최민식의 사진들은 가난한 사람들의 희로애락을 담은 이상 〈인간 가족전〉 유의 인류 동조화 시스템은 언제든지 작동 가능하다. 게다가 그 시스템의 작동 가능성은 시간이 지날수록

더욱 높아져가고 있다. 최민식이 사진을 찍은 시대에서 점점
벗어나고 있기 때문이다. 〈인간 가족전〉이 공간적(선택된
대도시)으로 사진 소비자들을 비극적 현실과 격리시켰다면,
최민식의 사진들은 시간적으로 사진 소비자들로부터 서서히
격리되고 있다. 최민식의 사진들은 불편함을 안겨주지 않을
정도로 격리되고서야 사람들에게 각광받았다. 노스탤지어의
형식으로 소비되었다. 그의 사진은 정말로 너무 늦게 다가온
것이다.

　　사진이 동시대에서 벗어나 노스탤지어로 진입하는 순간,
사진이 품고 있는 고발의 메시지는 '그때는 그랬었지'라는
회고의 형식으로 바뀌거나 아예 '겪어본 적 없는 시대의 일'로
타자화된다. 이 두 가지 반응의 공통점은 '무해하다'는 것이다.
이 무해함은 '우리(시공간을 넘어선 희로애락의 공동체)는
같은 인간'이라는 〈인간 가족전〉적인 반응으로 이어진다.
질문을 필요로 하지 않는, 타성에 젖은 휴머니즘은 어떤 고발도
발견하지 못한다.

　　이는 민중의 삶을 기록하고 고발한다는 최민식 사진이
맞닥뜨리는 커다란 딜레마다. 특정 시공간에서 벗어나
보편성 속으로 던져진 고발은 여전히 작동 가능한가? 시몬
베유(Simone Weil)는 "폭력을 당하게 되면 그 사람은
숨을 쉬는 생생한 인간에서 사물로 변형되어버린다"라고
말했다. 그렇다면 고발은 이미지 속의 인간-피해자를

사물화된(인간성을 박탈당한) 존재로 표현함으로써 보는
사람으로 하여금 왜 인간이 인간적으로 보이지 않는가에 대해
질문하게 만들어야 할 것이다. 그러나 최민식은 그와 반대의
방향을, 낮은 곳에서의 역설적인 존엄을, 폭력 또는 부조리'에도
불구하고' 여전히 웃고 우는, 신성불가침의 휴머니즘을
선택했다.

화가 밀레는 〈만종〉이나 〈이삭 줍는 사람들〉과 같은
대표작에서 노동하는 농민들의 삶을 많이 다루었다. 이
그림들 속의 노동은 정적이며 거의 종교적일 정도로 엄숙해
보인다. 그 엄숙함은 자기 완결적이어서 질문을 불러일으키지
않는다. 밀레의 그림 속 인물들은 노동을 노동 이상의 행위로
치환함으로써 노동과 농민의 삶에 대한 질문을 차단시킨다.
질문을 던지지 않았기 때문에 밀레의 농민 그림들은 열렬한
대중적 인기를 끌었다. 인간과 노동을 감동과 숭고함으로
치환하면서 불안의 그림자를 지워버렸기 때문이다.

물론 최민식은 인텔리였던 밀레와는 달리 민중을 자신의
삶 속에 직접 품은 사람이었다. 따라서 밀레처럼 노동자를
엄숙화한 미적 사물로 이용하지는 않았다. 다만 결과적으로
그와 닮은 함정에 다다르고 말았다.

저널리즘 사진의 한 분야인 피처(feature) 사진은 어떤
사실의 전달보다는 인간의 희로애락을 통해 간접적인 정보
전달과 감정적인 자극을 목표로 하는 분야다. 최민식의 능력

중에 가장 뛰어난 것을 꼽으라면 바로 이 피처 촬영 능력이다.
때로 구도 등에 아랑곳하지 않고 완전히 피사체 자체에 집중해
결정적인 포즈를 잡아내는 그의 능력은 단연 눈에 띈다.
최민식은 인상 깊은 표정을 잡아내는 과정을 통해 피사체를
특별한 위치로 격상시킨다. 그의 사진들 속에서 가난한
민중들은 빛이 난다. 위엄이라고 해도 좋다.

그러나 화면 전체를 장악한 피사체가 강렬한
감정적 제스처를 뿜어내는 순간, 사진이 주는 이야기는
완결되어버린다. 사진을 장악한 강력한 표정과 몸짓은 사진을
보는 이의 시야를 제한하고 질문을 던질 기회를 앗아간다.
하나의 피사체가 이야기의 시작과 끝을, 한 장의 사진이라는
작은 세계의 의미계를 장악하는 순간에 그 피사체는 사진 속의
신이 된다. 이것은 휴머니즘이라는 이름으로 인간의 부조리를
일거에 상쇄시키는 편리한 숭고함이다. 던져질 수도 있었던
질문과 불편함은 피사체의 표정과 몸짓을 통해 희로애락이라는
'인류 보편적'인 형질을 획득하면서 보는 이를 안심시킨다.
보는 이는 마음 편히 감동에 임하기만 하면 된다.

이렇게 되면 사진은 고발할 힘을 잃어버린다. 최민식의
사진들이 휴머니즘적인 감동을 불러일으키는 작품들이라고
불리는 순간, 휴머니즘은 고발이라는 본래의 의도를
무력화시키는 방향으로 작동한다. 감동의 형태로 번역된
휴머니즘은 민중을 위한 것일 수 있는가? 그의 삶은 완전히

민중과 함께하는 것이었지만, 결과적으로 그가 지향하던 바를 성취했는지는 확신할 수 없다.

최민식은 2011년 《서울신문》과의 인터뷰 "'가난한 인간'만 찍은 원로 사진작가 최민식"에서 다음과 같이 말했다.

"동정심이나 측은지심이 아닌 사회의 모순과 부조리에 대한 고발이야. 고난과 시련을 겪는 인간으로서의 아픔 그 자체에 초점을 맞추었지. 사람들로 하여금 직접 사진 속에 담겨 있는 인물의 고통에 직면하게 했어. 이것은 비참하고 불쌍하다는 동정적 의미보다 인간이 누리고 있는 삶의 존엄성을 일깨워주는 아픔이기도 해."*

그러나 그 존엄성이 사진을 향해 던져졌어야 할 물음을 차단하지는 않았는가? 폭력적인 비극에 인간미와 숭고함을 덧붙였을 때, 그리하여 사진이 스스로 답을 던져주었을 때 누가 사진을 향해 질문할 것인가?

몇 년 전 대학 후배가 최민식 사진가를 만난 이야기를 해주었다. 후배가 그에게 조언을 구했더니 그는 '아주 열심히 할 게 아니면 얼른 그만두라'고 답했다 한다. 나는 그 말을 듣고 최민식 선생은 워낙 힘들게 작업을 해오신 분이니 그런 고생쯤 각오하라는 의미일 거라고 생각했었다. 별다른 내용이 아니어서 금방 잊어버렸다. 그러다 이 글을 쓰기 위해 지나간 기사들을 뒤지던 중에 다시 그 말이 떠올랐다. 다음 내용을 볼 때였다.

"내 사진의 주제는 처음부터 끝까지 '인간'이다." 그러나
그렇게 끝없이 천착해온 인간이란 주제가 정말로 정직한
것이었던가 그는 이 책에서 되풀이해 묻기를 그치지 않는다.
어느 날 딸이 "아버지는 가난한 사람들을 팔아서 자신을
자랑하려는 거예요"라고 따졌을 때, "딸아이가 나에게 던졌던
말이 수도꼭지에서 끊임없이 떨어지는 물방울처럼 나를
괴롭혔다"고 고백한다.**

나는 후배가 조언으로 구해 들었던 '열심히'라는 말이 단지
외부적인 고난을 의미한 게 아니었을지도 모른다고 생각했다.
추호도 인간을 위한 리얼리즘을 의심한 적 없다는 그가,
의심하지 않기 위해 자기 자신과 얼마만큼 싸워야 했을까
싶어서다. 수도꼭지에서 떨어지는 물방울처럼 잦아드는 회의와
의심을 평생 동안 '아주 열심히' 막아내며 살아야 했던 게
아닐까. 나는 그 자기 확신에의 투쟁이 최민식의 사진에 힘을

* [김문이 만난 사람] "'가난한 인간'만 찍은 원로 사진작가 최민식"
  (《서울신문》, 2011년 7월 1일)
** "인간이 거기 있기에 나는 셔터를 눌렀다"
  (《한겨레》, 2006년 12월 15일)

실어주었다고 생각한다.

앞서 나는 그 투쟁의 힘이 도리어 원래의 의도를
벗어나게끔 조장한 것처럼 말했지만, 그게 결코 잘못된
것이라고는 말할 수 없다. 달리 어쩌겠는가. 그렇게 사랑하는데,
그토록 좋아하는데 어떻게 아닌 척하고 두 발짝 물러나 사진을
찍고 빈 공간을 통해 질문을 던지겠는가 말이다. 이제 나는
『휴먼 선집』을 타협할 수 없는 인민에의 사랑으로 살아온 한
인간에 대한 다큐멘터리로 읽는다.

아니, 그렇게 읽혀버린다.

그는 수도꼭지에서 떨어지는 물방울처럼
잦아드는 회의와 의심을
평생 동안 '아주 열심히' 막아내며
살아야 했던 게 아닐까.

흥이 많은 사람(들)

『한국의 재발견』

임재천 지음

눈빛

나는 열세 살까지 어촌에서 살았다. 1991년에 다가올 난개발을
앞두고서야 비로소 동네의 가장 큰 길에 아스팔트가 깔린
촌동네였다. 아스팔트를 깔던 날, 아이들은 길을 뒤덮은 시커먼
덩어리를 구경하러 집 앞에 나왔다가 눈이 마주치는 대로
삼삼오오 모여들었다. 이 떼거리들은 끈적거리는 아스팔트 위에
올라가 쩍쩍 달라붙는 발걸음이 재밌다고 걷고 뛰고 웃었다. 갓
깔린 아스팔트의 열기는 대단했다. 도로 위에서 신난 아이들과
내키지 않는 표정으로 다가온 개들 모두 힘찬 아지랑이에
휩싸여 윙윙거렸다. 석유 폐기물 냄새가 뜨거운 공기를 타고
올라왔지만 그 위를 뛰어다니는 아이들은 아무렇지도 않았다.

우리는 어촌의 아이들이었다. 우리는 배가 무엇으로
움직이는지 알았고, 그걸로 가족들이 먹고 산다는 것도
이해했고, 부두로 심부름을 갈 때나 어쩌다 심심해서 배를 얻어
탈 때나 아니면 짜장면 사먹을 푼돈을 벌려고 고기를 낚으러 갈
때조차 멀리서 실려 온 석유 타는 냄새를 맡아왔었다. 우리에게
아스팔트 도로는 삼사십 분을 기다려 버스를 타고 또 사오십
분을 가야 도착하는 '시내'로부터 전해진 문물이 아니었다.
바다 근처에서 기름밥을 먹는 사람들이 낳고 키운 아이들에게
아스팔트는 삶터의 냄새를 풍기는 덩어리였다. 그 순간만큼은
아스팔트는 바다에서 건진 물질이었는지도 모른다. 나는 정말로
잠시나마 그렇게 믿었는지도 모르겠다.

이 장면은 아주 오랫동안 기억 구석으로 밀려나 있었다.

그저 내가 살던 동네가 얼마나 깡촌이었는지를 기억해내기 위해 가끔 호적등본처럼 꺼내들 뿐이었다. 그런데『한국의 재발견』을 보던 어느 순간에 그 시절의 감각이 확 밀려왔다. 감각을 동반한 기억이 뜬금없이 찾아오는 순간은 언제나 감격적이다. 나는 즐거운 한편으로 왜 이 기억이 떠올랐는지가 궁금했다. 책 속에 전국 방방곡곡의 시골 풍경들이 수없이 출현해서였을까. 그건 아니다. 시골 풍경은 지금까지도 수없이 보아왔던 터다.

　　나는 책을 처음부터 다시 읽기로 했다. 출판사 대표가 쓴 발문에 힌트가 있었다. 슬라이드 필름을 썼구나. 이렇게 명암 대비와 색깔이 강렬한 필름이라면, 코닥 E100V 계열 아니면 후지 벨비아(Velvia)일 것이다. 물론 나는 이 책에 실린 사진에 실제로 어떤 필름이 사용되었는지는 모른다. 그러나 채도가 워낙 강렬해서 멀쩡한 사람을 찍어도 술 한잔 걸친 듯이 나온다던 그 필름들이 뿜어낼 법한 진한 색감이 고향 바다의 빛을 떠올리게 했던 것이다.

　　『한국의 재발견』 속 풍경들은 강렬한 빛과 함께한다. 그 빛은 바다의 빛이다. 빛이 물결과 파도로 흔들리는 수면에 부딪혀 온 사방으로 흩뿌려지는 곳에서는 풍부한 색감과 강렬한 명암 대비를 보다 쉽게 얻을 수 있다. 이는 필라이트(Fill Light) 기법과 비슷하다. 필라이트란 빛이 모자라서 어둡게 나올 만한 부분에 인공조명을 쏴서 빛을 채워주는(Fill) 기법을 뜻한다. 말하자면 바다는 천연의 필라이트를 제공하는 것이다. 바다가 반사한 빛은 햇빛과는 다른 각도에서 피사체를 비추고, 따라서 햇빛만으로는 그림자가 졌을 부분에 바다가 반사시킨 빛이 다다라 자연스레 필라이트 효과가 발생한다. 그래서 빛이 좋은 날의 바다 풍경은 보다 진하고 풍부한 색을 갖는다. 바다에 가본 사람들은 느껴봤을 것이다. 바다 풍경의 힘은 드넓게 펼쳐진 물의 스펙터클뿐만 아니라 어쩐지 더욱 생동감 있게 느껴지는 동행의 피부에서도 느껴진다는 사실 말이다.

그제야 나는 『한국의 재발견』을 보면서 느꼈던 이질감의 정체를 알아차렸다. 이 책에 실린 한국의 풍경은 너무 드라마틱한 색감을 지녔던 것이다. 사진이 촬영된 시기를 보면 계절의 분포가 고른데, 한여름에 찍은 사진 속의 빛들이 강렬한 건 당연하지만 봄이며 가을에 찍은 사진들마저 힘차게 색을 뿜어낸다. 대비가 강렬한 필름을 썼으니(또는 이를 기준으로 디지털 이미지를 후보정했으니) 당연한 결과다. 그러나 결과적으로 이 사진집의 가을과 겨울 풍경은 내가 봐온 한국의 빛과는 달랐다. 초봄과 늦가을과 겨울, 좀더 멀어진 태양이 좀더 오랫동안 대기권을 통과해 다다른 빛은 여름의 그것과는 달라야 했다.

사진가 역시 그에 대한 고민이 있었던 걸로 보인다. 나름의 방안으로 추측되는 바가 있다. 사진의 톤 전체를 어둡게 낮추는 것이다. 그러면 색깔들은 조금씩 어둠을 품는 과정에서 좀더 차분하고 단단하게 서로 엮인다. 그러나 그 색깔들

자체는 여전히 여름의 그것처럼 힘차다. 어째서 약해지지
않는가. 어째서 다들 여름처럼 최대한으로 살아 있을까.
나는 그 지점에서 『한국의 재발견』을 즐기지 못하고 맴돌았다.
이 사진들은 정말로 한국 땅을 '다시' 보게 한다. 평상시에는 이
땅에서 만날 수 없는 비현실적인 빛을 지니고 있기 때문이다.

그러나 나는 다소 이질감을 느끼는 와중에도 이를
섣불리 과잉이라고 단언할 수는 없었다. 확실한 답을 제시할
수 없는 문제다. 우선 사진 톤의 일관성 문제가 있다. 사진집은
글을 담은 책과 마찬가지로 일관된 정서 또는 스타일을 필요로
한다. 주제나 소재뿐만 아니라 색감과 톤에서도 일관성이
느껴지지 않으면 금세 잡탕 같은 느낌을 받는다. 계절 따라
색감을 빼고 더했다가는 시각적으로 난삽해질 확률이 높다.
『한국의 재발견』은 한국의 많은 빛들 중에 여름 나절의 강하고
진한 톤을 선택했고, 이를 기준으로 책 전체에 일관성을 부여한
것이다.

그렇다면 질문은 '왜 더 강하고 진한 톤을
선택했을까?'로 넘어간다. 여기서부터 임재천의 사진들을
'읽어야' 한다. 그의 사진들을 수놓는 색채의 폭발이 실재하던
빛으로부터 주어진 게 아니라면 그 폭발의 출처는 오직
한 군데, 사진가의 내면일 것이기 때문이다.

임재천의 사진 속 피사체들은 똑같은 포즈로 얼굴을
가린 아줌마들처럼 재미있는 패턴을 가진 사물로 존재하거나

화려한 색채의 대비를 구성하는 점, 선, 면으로 기능한다.
즉,『한국의 재발견』속 피사체들은 멋진 색과 포즈로 감탄을
자아내는 객체적인 요소로 동원된다. 이때 주체는 시각적 쾌감
그 자체다. 색과 명암 대비의 스펙터클이 주인공이며 그 안에
등장하는 모든 피사체는 이 화려한 스펙터클을 위해 평등하게
부품화된다. 이는 청소년 시절의 임재천을 사진가의 길로
이끌었다는 내셔널 지오그래픽의 모토이기도 하다. 자국의
독자들에게 이국의 풍경을 전달할 때, 다른 무엇보다도 먼저
독자들의 눈길을 사로잡을 수 있는 화려한 색 대비의 향연을
우선시했던 잡지 말이다.

　　따라서 임재천의 사진에서 '한국'의 특성을 읽어내려는
시도는 실패할 수밖에 없다. 그는 무국적의 스펙터클을 사사한
순전한 비주얼리스트기 때문이다. 나비는 아름다운 꽃들을 찾아
날아다니지만 꽃에게 왜 이런 모습으로 태어났느냐고 묻지는
않을 것이다. 그저 꽃이 많으면 흥에 겨울 뿐이다.

　　이러한 임재천의 특징 또는 장점은 그 장점이 발휘되지
못한 부분들을 보면 더욱 선명히 드러난다.『한국의 재발견』에
담긴 '한국적'인 피사체들, 제례나 불상 등을 담은 사진들은
거리를 떠돌며 찍은 스냅 사진들에 비하면 상대적으로
평범하고 관습적인 구도를 보여준다. 한국적이라는 주제의식을
의식적으로 사진의 중심에 밀어넣는 과정에서 사진가의 흥이,
그의 장점이 밀려나버린 게 아닐까. 확실히 그런 측면에서

수록된 사진들 간에 괴리감이 종종 느껴진다. 그러나 다행히도 이러한 어색한 사진들의 숫자는 적으며, 이 작은 요철들은 되레 임재천이라는 '사람'의 특성을 더욱 가깝게 느낄 수 있는 계기로 작용한다.

만약 이 책을 내셔널 지오그래픽 또는 초기 매그넘 에이전시풍의 멋진 스냅 사진들로만 구성했더라면, 나는 이 글의 제목을 '월드 오브 컬러 앤 라이트 - 사우스 코리아 편'이라고 이름붙였을지도 모른다. 비꼬는 뜻으로 떠올린 제목은 아니다. 임재천의 사진들은 국제적인 보편성(또는 무국적성)을 가진 멋진 스펙터클을 제공하기 때문이다.

그러고 나면 별달리 덧붙일 말이 없을 것이다. 본능적인 색채 감각을 갖춘 유능한 사진가를 보도자료처럼 깍듯하게 소개할 수 있을 뿐이다. 그럼 무엇으로 분량을 채울까. 거기서 촉발된 비평적인 맥락을 좀더 끌고 갔을 것이다. 내셔널 지오그래픽이 함축하는 강대국의 시선 권력이 어쩌고저쩌고, 무국적성은 곧 신자유주의의 모토이며 따라서 특정 정체성으로부터의 탈출을 표방하는 스펙터클의 소비란 이렇고 저렇고…….

그러나 『한국의 재발견』을 보면 볼수록 사진들 간의 괴리감이 안겨주는 작은 요철들 때문에 마음이 자꾸 흔들린다. 빛의 꽃밭을 보면 흥에 겨워 셔터를 누르는 사람이 떠오른다. 정체성 같은 건 아무래도 좋다. 한국이 아니면 어떤가. 한국답지

않으면 어떤가. 아니, 한국이란 게 뭔가? 이 비주얼리스트에게
중요한 요소란 길을 떠나서 새로운 이미지를 발견하고자 하는
열망과 그것을 발견했을 때의 기쁨뿐이다.

이 책을 관통하는 강렬한 빛에 대한 미스터리는 이렇게
풀린다. 아름다운 풍경을 열망하는 사람이 그 열망하는 풍경을
만났을 때의 감격이 빛의 형태로 드러난 것이다. 그는 같은
풍경을 보았어도 다른 이들보다 더 열렬히 받아들였을 테니,
내가 그의 사진에서 본 '너무 강한 빛'은 그의 내면에서는 분명
'진실'이었을 것이다.

따라서 『한국의 재발견』은 정말로 재발견이었다.
어떤 맥락에도 소용되지 않는, 아무래도 좋으니 그저 좋아서
노래하는 풍경. 한국이라는 관념적 압력을 거절하는 순전한
색의 세계. 프로 다큐멘터리 사진가와 취미 풍경 사진가 사이의
회색지대를 두려움 없이 떠도는 독특한 방랑자의 기록지.

이 스스럼없는 열렬함의 원천이 어디인가를 밝혀야
이 글은 말끔히 마무리될 것이다. 풍류의 심리학이랄까
역마살의 정신분석학이랄까. 그러나 나는 모른다. 천생 그렇게
태어난 사람이 아니다보니 그저 추측할 뿐이다. 집요하게
떠오르는 또다른 옛 기억 하나로 대신할 수 있을까. 그러니까
그, 대로가 흙바닥이던 촌 동네에도 멋쟁이 청년이 하나쯤은
있었는데, 1톤 트럭을 몰고 온 전국을 싸돌아다니길 좋아하던
그 청년은 결국 결혼하기로 했다는 여자도 놓아둔 채 아주

사라져버렸던 것이다. 청년이 어디로 갔는지 아는 사람은
아무도 없었다.

　말도 없이 사라진 애인이 야속해 몇날 며칠을 울다가
기어코 엄마한테 등짝을 두들겨 맞던 여자도 어느새 새로운
사람을 만나 결혼을 하고, 명절이면 아들이 돌아오려나 싶어
연휴 내내 집 안에 틀어박혀 안 나온다던 그의 부모도 연휴
끝물의 동네 술판에 얼굴을 내밀 만큼 시간이 흘러서, 그러니까
육 년쯤 지났을 무렵, 멋쟁이 청년은 예고도 없이 돌아왔다.
돌아왔다기보다는 잠시 들른 셈이었다. 사람들의 말에 의하면
그는 부모님께 인사를 드리면서 '쎄가 빠지게' 두들겨 맞은 뒤
다시 기약 없는 인사를 드리고 나와 친구들과 술을 마셨다고
한다. 그러고는 이튿날 아침에 다시 떠났다.

　마을을 떠나던 그는 등교하던 나를 정미소 앞에서
발견하고 차를 세웠다. 아니면 내가 그의 차를 발견하고 손을
흔들었는지도 모르겠다. 그는 차창을 내리고 내게 공부는
잘하는지, 부모님 말은 잘 듣는지 물었다. 나는 그렇다고
대답하고는 그에게 아주 돌아온 거냐고 물었다. 그는 아니라고
말했다. 나는 그러면 어디서 뭘 할 거냐고 물었고, 그는 잠시
생각하더니 모르겠다고 말했다. 나는 그러면 왜 떠나느냐
물었다. 아마, 그는 말없이 나를 잠시 쳐다보았을 것이다.
아니면 뭐라고 대답을 했던 것도 같다. 그는 자기가 몇 년
전에 가르쳐 준 주현미의 노래 〈비 내리는 영동교〉를 아직

기억하느냐 물었다. 나는 그렇다고 말했다. 태어나서 처음으로 처음부터 끝까지 외운 가요였기 때문이다. 그러자 그는 웃으면서 〈비 내리는 영동교〉의 마지막 소절을 부르고는 잘 있으라며 손을 흔들고 떠났다. 그러고는 우리는 다시는 만나지 못했던 것이다.

잊어야지 하면서도 못 잊는 것은
미련 미련 미련~ 때~ 문인가봐~

그의 사진들을 수놓는 색채의 폭발이
실재하던 빛으로부터 주어진 게 아니라면
그 폭발의 출처는 오직 한 군데,
사진가의 내면일 것이다.

어둠의 대항해시대

『미야자키 하야오 출발점 1979~1996』

미야자키 하야오 지음, 황의웅 옮김, 박인하 감수

대원씨아이

『미야자키 하야오 반환점 1997~2008』

미야자키 하야오 지음, 황의웅 옮김, 박인하 감수

대원씨아이

미야자키 하야오의 인터뷰와 짤막한 각종 글들을 모은 책
『미야자키 하야오 출발점 1979~1996』(이하『출발점』)과
『미야자키 하야오 반환점 1997~2008』(이하『반환점』)을
읽으면서 가장 놀랐던 순간은 그가 9·11 테러를 언급했을
때였다. 대부분의 사람들이 정의와 폭력의 상관관계에
집중하는 데 비해 미야자키 하야오는 테러로 인해 붕괴한
세계무역센터라는 존재 자체의 기괴함을 가장 먼저 언급한다.
그가 9·11 테러에 대해 가장 먼저 하고 싶었던 말,
즉 이 비극을 통해 최초로 파악한 점이 아래와 같았다고 하면
어딘가 오싹해진다.

> 5만 명의 인간이 한 장소(세계무역센터)에 모여 컴퓨터를
> 노려보며 돈을 벌 궁리를 하는 건 이상해요. 그게 전부입니다.
> 『반환점』237쪽

'이상해요. 그게 전부입니다.' 미야자키 하야오는 9·11 테러를
문명의 업보로 받아들인다. 누가 비행기로 들이받지 않아도
저 빌딩은 무너졌을 것이다. 아니, 이 세계 자체가 곧 무너질
것이다. 『출발점』과 『반환점』을 통틀어 미야자키 하야오가 현
문명의 종말에 대해 언급한 부분은 십여 군데가 넘는다. 그는
'이래서는 망해버리고 만다'거나 '아무래도 망하겠지'라고
아무렇지 않게 주장한다. 그에 따르면 이 문명의 종말은

비극적인 사건이 아니라 고도자본주의 사회가 갖는 필연적인
귀결이다. 그런데 이는 노동자 혁명과는 관계없는 시나리오다.
자본주의는 혁명에 공격당하는 것이 아니라 구성원들의
몰락으로 인해 내부로부터 붕괴한다.

미야자키 하야오의 문명 종말론은 '정서'라는 내적
자원의 고갈에서 촉발한다. 자본 획득이라는 이데올로기에 너무
일찍 포섭당한 아이들이 인간으로 살아갈 동력을 발생시키고
축적할 시기를 놓쳐버린 채 어른이 되기 때문이다. 미야자키
하야오는 그들을 '시작하지 못한 아이들'이라고 부른다. 마치
공장식 양계장에서 사육되는 육계처럼, 마음이 무엇이고 세계란
무엇인지 알아볼 준비조차 하지 못한 채 성장을 강요당한
아이들의 세계다. 이런 아이들이 자라서 어떤 세계를 만들
것인가. 자기 아닌 존재에 대한 경외를, 또는 사랑을 경험하지
못한 아이들은 어떤 어른이 될 것인가. 마음이 채워지는
경험 없이 어른이 된 인간들로 가득한 세계는 서로가 서로를
인간으로 파악하지 못하는 곳이다. 인간은, 타인은 대상으로
전락하고 만다. 타인은 수단이고 사물이며 장애물이 된다.
이런저런 덩어리가 되어버린다. 인간이 그 지경에 다다랐다면
이미 인간 외의 '것'들은 치욕스러운 꼴을 당한 지 오래일
것이다. 이런 걸 왜, 어떻게 지키자는 거냐고 미야자키 하야오는
다시 묻는다.

수만 명이 두 개의 거대한 탑 속에 모여 전부 돈을 벌려고
컴퓨터 키를 두드리고 있었잖아요. 그편이 문명의 형태로선
이상합니다. 그런 문명을 '지키자'고 해도 '그런데 문명이
뭐더라' 하는 이야기가 되죠.

『반환점』 247쪽

'그러니까 다 죽어버리면 좋을 텐데.'※ 이 파국이 절멸을
향한다면 전망도 소용이 없을 테니 마음 편히 망연자실할 수
있을 것이다. 편안한 마음으로 파국의 스펙터클을 감상하는
것만큼 시원한 일도 없다.

　　그러나 미야자키 하야오의 세계(또는 미래)에서는
절멸조차 쉽게 찾아오지 않는다. 그는 어리석은 인간들조차
어떻게든 살아남고야 만다고 말한다. 환경오염이 심해진다는
등 아토피가 대유행이라는 등 투덜거리면서도 과포화된
개체수를 여유 있게 유지하는 인간이라는 종족은 그렇게 쉽게
사라질 리 없다는 것이다. 자연재해나 전쟁처럼 급작스러운
환경 변화를 불러일으키는 사건이 발생하더라도 역시 모두
끝나지는 않을 거라고, 자연도 인간도 그렇게 만만하지 않다고
하야오는 말한다.

　　●　애니메이션 <엔드 오브 에반게리온(The End of Evangelion)>에
　　　　등장하는 대사다.

227

살아남으려는 의지가 그 원동력이다. 그 의지는 모든
생물이 공유하는 강령이기 때문에, 아무리 삐뚤어졌다 하더라도
인간은 살아남고자 하는 동안은 세상 자연의 일부일 수밖에
없다. 그런데 그 자연이란 어떤 역경에 마주해서도 결코
무너지지 않는 경이로운 힘과 의지의 집합체다. 미나마타 병
때문에 인간이 떠나가자 그전까지는 모습을 드러내지 않던
여러 종의 물고기들이 돌아와 힘차게 그 바다의 중금속 물을
마시고 인간의 업보를 짊어진 채 살아가더라는 이야기를 전하는
하야오였다.* 종말은 좀처럼 찾아오지 '못할' 것이다.

그래서 문제는 '살아라'가 되었다. 어쨌든 살아남게
된다면 이제 어떻게 살 것인가라는 문제다.

특히 세기말에 접어들어 수많은 일본 애니메이션들이
'살아라'를 여러 방식으로 변주했다. 수많은 로봇들과 마법
소녀들과 외계인들과 스포츠 천재들이 이를 위해 투쟁했다.
그런데 이들 대부분은 그 안에 함정을 갖고 있다. 살아남고 싶은
자는 체제에 복속해야 한다는 점이다. 이것이 '어떻게'의 문제다.
하야오는 권투 애니메이션 〈내일의 죠 2〉를 '시대에 남겨져
썩은 내밖에 풍기지 못'했다고 비판하면서 다음과 같이 말한다.

남은 것은 (…) 직업의식밖에 없다. 로봇병사이기 때문에
싸우고, 형사이기 때문에 범인을 쫓으며, 가수를 지망하니
경쟁상대를 이기고 (…) 그리고 나머지는 관심이 치마

속인지, 바지 속인지 정도가 돼버렸다. (…)

우연히 자신이 요미우리에 속하고 상대가 주니치나
히로시마나 한신에 속한다고 해서 상대를 미워할 수는
없다. 지고 싶지는 않지만 서로 힘들겠구나 라는 것으로
돼버린다. 그런 로봇우주전쟁의 TV 애니메이션이 많이
만들어졌는데, 등장인물은 서로 편이 갈린 사람들이 법석을
떨기만 할 뿐으로 시청자들은 앞으로 나아가야 할 사회의
시뮬레이션으로서 그 분열을 리얼리티로서 받아들이기도
하는 한편, 싫증을 낸 것이다.

직업의식과 프로의식이란 것은 일종의 몰가치론으로,
어딘가에서 생존경쟁설에 녹아버리는 말이다. (…) 모든 것이

- 환경오염에 대한 미야자키 하야오의 견해를 엿볼 수 있는 영화
  <바람계곡의 나우시카>는 거대 산업문명이 붕괴하고 천 년이 지난 후,
  유독가스를 내뿜는 곰팡이의 숲 '부해(腐海)'가 점점 커지며 사람이 살
  수 있는 땅조차 얼마 남지 않은 황폐한 죽음의 행성 지구를 배경으로
  한다. 모티프가 된 일본 미나마타 현은 수은 중독으로 인한 환경오염
  피해가 심각한 마을이었다. 1950~1960년대 일본 열도에 돌았던
  '미나마타 병'은 창업 100년을 훌쩍 넘은 화학공업 회사 '칫소'의
  미나마타 공장에서 메탈수은을 포함한 폐수를 아무 처리 없이 미나마타
  만과 강 하구에 장기간 배출함에 따라 생긴 병으로, 심각한 바다 오염을
  일으켜 결국에는 병든 바다에서 자란 물고기를 먹고 살던 지역 주민들을
  병들게 했다. 미야자키 하야오는 이렇게 말했다. "미나마타 만이
  수은으로 오염돼 죽음의 바다가 됐다. 인간들은 고기잡이를 그만뒀다.
  몇 년이 지나자 미나마타 만에는 물고기 떼가 몰려오고 바위엔 굴이
  엄청나게 붙었다. 등골이 싸늘해지는 감동이었다." (편집자)

게임이 될 수밖에 없다.

『출발점』99쪽

이런 종류의 '살아라'들은 현 체제의 뻔뻔한 표면에 일말의
틈도 만들어내지 못한다. 오히려 체제의 힘을 공고히 할 뿐이다.
이런 '살아라'는 자신 외에는 구원을 찾을 길 없는 무자비한
각개전투를 향해 나아가라고 요구하는 출격 명령이다. 패전의
역사를 기억 속에 품은 채 고도자본주의의 경제 전쟁을
수행하는 세대가 구사하는 유사 전시 동원 명령인 셈이다.
세상은 바꿀 수 없으니 네 자신의 힘으로 살아남으라고 말이다.
이것은 자연의 강령이 아니다. 가짜다. 이 가짜 강령은 '패전을
겪은 이후 민중 혁명을 포기하고 경제 전쟁이라는 새로운
전면전에 투입되어 소기의 성과를 거둔 일본의 중산층'이
자신의 내면을 정당화하기 위해 만든 판타지다.
이 수많은 '살아라'들은 '우리는 이렇게 전쟁에 임했다. 이제
너희 차례다'라고 말한다. 우리가 옳았다고 말한다. 이것은
응원이 아니라 교묘한 압력이다. 신병을 모집하기 위해 만든
전쟁 프로파간다다.

그러나 다른 '살아라'도 있었다. 이 '살아라'는 기존의
이데올로기를 답습하지 말라고, 우리는 이미 틀렸다고
고백한다. 후카사쿠 긴지의 마지막 영화 〈배틀 로얄〉의 마지막
장면이 그렇다. 정서적으로 거세당한 배틀 로얄의 진행자 겸 '옛

담임 선생님'은 그를 죽이고 배틀 로얄에서 탈출한 여주인공의
꿈속에 나타난다. 사운드가 소거된 이 꿈 속에서 선생님은
우리(어른들)는 실패했다고 말한다. 그리고는 커다란 글씨가
화면을 가득 채우며 영화는 끝난다. '달려라.'

　　무엇을 만들고 가르쳐야 할지 도저히 알 수 없게 된 자의
자조 섞인 요청이라고 할까. 이런 어른들로 가득한 이곳을
벗어나 또다른 장소를 향해 달려가라는 요청이다. 다만 그곳이
어디인지는 모른다. 이미 어른들은 시야를 확보할 수 없을
정도로 추락했기 때문이다. 육성이 아니라 문자로 남겨진
'달려라'는 폭력과 불의의 세계에 천착해왔던 노감독 후카사쿠
긴지(深作欣二)의 유언장이었는지도 모른다. 이 유언으로서의
'살아라'는 '어떻게'라는 답을 발견하지 못한 어른이 다음 세대에
전하는 유일한 당부며 회한이다. 침몰하는 배처럼 가라앉는
세계에 울려퍼지는 이함(離艦) 신호다.

　　그렇다면 〈배틀 로얄〉 이후는 어디일까. 정말로 목적지를
발견할 수 있을까. 아직 목적지가 보이지 않는다면 어떻게
해야 할까. 가만 앉아 걱정하는 수밖에 없을까. 아니, 어떤
아이는 정말로 그냥 달렸다. 그렇게 달려서 세계의 양태를
바꾸어버렸다. 바로 열 살짜리 여자아이 치히로(또는 '센')다.
이 아이의 놀라운 점은 미야자키 하야오가 쓴 〈센과 치히로의
행방불명〉의 짧은 기획서 속에서 이미 작품의 하이라이트로
적시되어 있다. 화려한 장면이 아니다. 바로 치히로가 온천장의

마녀 유바바와 마주한 뒤 유바바의 온천에서 일하겠다고 말하는
대화 장면이다.

보통의 모험물이라면 마녀를 만났을 때 그 마녀를
격퇴하거나 아니면 마녀의 주문을 거절 불가능한 숙명으로
받아들이고 그 저주의 체제 속에서 아등바등하는 수밖에 없다.
그런데 치히로는 저주를 받아 죽거나 축생이 되어 자신의
비참한 숙명(또는 직업)에 복속되는 수밖에 없는 위기의 순간에
대뜸 마녀에게 "여기서 일하겠어"라고 말한다. 치히로는 자발적
노동을 선언하고 '없었던 선택지'를 만들어낸다. 그리고 이는
유바바가 지배하는 세계, 즉 마녀가 등장하는 평범한 판타지
모험 활극의 구조를 뒤집어버린다. 이런 치히로의 놀라운
선택에 대해 유바바는 "시시한 맹세를 하게 해버렸어"라며
후회와 감탄이 뒤섞인 평가를 내릴 뿐이다.

> 살고 싶다고 말하면 존중할 수밖에 없다는 룰은 권선징악의
> 세계가 아니에요. 악마는 그냥 죽여버리니까요.
> 『반환점』 242쪽

체제의 균형을 단숨에 흐트러뜨린 이 아이는 결과적으로
특별하다. 그러나 이 특별함은 모든 아이들이 가지고 있었어야
할 평범함에서 기인한다. 치히로가 "여기서 일하겠어"라고
말할 수 있었던 건 별 생각이 없었기 때문이다. 이 아이에게

세계의 의미 같은 건 아무래도 좋다. 세계를 구할 의무도 권리도
관심도 없다. 재미있을 것 같으면 그냥 하고, 이놈은 무리다
싶으면 열심히 도망간다. 심지어 치히로는 그다지 착하지도
않다. 동정과 연민에 가득 찬 소녀였다면 고독하고 불쌍한 괴물
가오나시를 돌보다가 잡아먹혔을 것이다. 치히로는 아무것도
동정하지 않는다. 가오나시가 안 돼 보이긴 하지만 얘만 붙잡고
있을 수는 없다. 나도 놀아야지 않겠는가. 할 일도 좀 있고
말이다. 그리고 미안한 얘기지만 가오나시는 별로 재미없는
녀석이기도 하고.

　　미야자키 하야오가 아이들에게서 발견한 '시작'이란 그런
것이다. 재미있을 것 같으면 일단 한다. 하고 싶은데 안 되면
우긴다. 마냥 내키는 방향으로 달려간다. 이것이 〈배틀 로얄〉의
'달려라'에 대한 미야자키 하야오의 대답이다. 네 표정은 네
것이라는 말이다. 어디로 달려갈지는 너희가 알아서 재미난
데를 들쑤셔보라는 식이다. 멋대로다. 멋대로여야만 한다.

　　지브리의 아이들은 그렇게 살아왔다. 오래전 코난과
나우시카에서부터 〈이웃집 토토로〉의 사츠키와 메이, 사춘기
마녀 키키와 바다에서 올라온 포뇨에 이르기까지 지브리의
아이들은 외부로부터 주입받지 않은 자기 안의 목소리를 따라
고민하고 살아왔다. 나우시카가 종교적인 신념을 가진 '하늘을
나는 잔 다르크'가 아니냐는 질문에 미야자키 하야오는 다음과
같이 답한다.

애니미즘은 저도 좋아합니다. 돌멩이도 바람에도 인격이
있다고 생각하는 것, 납득할 수 있습니다. 하지만 그런 걸
종교로서 외치고 싶진 않았어요. 그러니까 나우시카는
잔 다르크가 아닙니다. 바람계곡의 모두를 위해서가 아니라
나 자신이 견딜 수 없었기 때문에 행동한 거예요. 죽는다거나
산다거나 하는 것보다 그 오무의 새끼를 도와서 무리로
데리고 돌아오지 않으면, 마음에 뚫린 구멍이 메워지지 않는
그런 사람이라 생각합니다.

『출발점』443쪽

그렇게 지브리의 아이들은 매 작품마다 서로 다른 세계관에
구애받지 않고 늘 주체성을 확립해왔다. 그 주체성은 어떤
상황 앞에서도 통용되는 제일의 강령이다. 따라서 지브리의
어떤 작품에 대고 '그 세계는 어떤 세계인가'라고 묻는다면
작품의 중심을 비껴갈 확률이 높다. 어디에서도 살아갈 수 있는
아이들에게 거기가 어디냐고 묻는 질문은 부차적일 수밖에 없기
때문이다. 〈센과 치히로의 행방불명〉에서 현실과 신들의 세계를
잇는 전철이 어디까지 이어져 있냐는 질문에 미야자키 하야오는
답한다.

보통 자신이 사는 세계와 주변 일에 관심을 갖지 않는 사람이
어째서 이야기 속의 일에만 그렇게 관심을 갖나요? 집이나

회사 옆을 달리는 전철이나 트럭이 어디로 가는지는 신경도
쓰지 않는 인간에 한해서 그 전철은? 이라고 물어옵니다.
치히로는 그런 거엔 관심을 갖지 않아요. 눈앞에서 일어나는
현실로도 벅찹니다. 그 세계는 우리가 사는 현대 세계처럼
막연한 세계입니다. 그곳에 사는 사람들에게 있어선
자신들의 세계입니다. 그곳에 어쩌다 타지에서 사람이
왔어요. 그게 치히로입니다. 그걸로 됐다고 생각하지 않나요?
(…) 예를 들어 스튜디오 지브리에서 10살 소녀가 일을
해야만 한다고 합니다. 그건 친절한 사람도 짓궂은 사람도
포함해서, 개구리 무리에 들어간 것 같은 겁니다. 이건 그런
영화예요.

『반환점』 223~224쪽

어디에서고 살아갈 수 있는 힘. 이것이 미야자키 하야오가
문명의 종말을 예상하고 그 뒤를 바라보며 내민 패다. 그가
아이들을 위한 작품을 만드는 이유는 그저 아이들이 인류의
미래를 책임져야 한다는 단순한 사실 때문이 아니라, 아이일
때만 체득할 수 있는 '나다움'이야말로 요동치는 세계를
헤쳐 나갈 힘이라고 믿기 때문이다. 나다움을 간직한 채
성장한 아이들은 세상을 받아들이는 시기가 다가와도 쉽게
비틀어지거나 쓰러지지 않는다.

　　지브리 역사상 최고의 내적 난관에 부딪힌 소년,

〈모노노케 히메〉의 아시타카를 보자. 부족의 차기 족장으로 지목되었다가 재앙신의 저주를 받은 이후 마을에서 추방당한 이 청소년은 그 과정에서 커뮤니티가 제작해낸 신념, 즉 집단으로부터 발생한 이데올로기의 허망함을 깨달았다. 아시타카는 탐욕이 아닌 생존 자체를 위해 숲을 파괴하는 에보시 고젠 일당과 숲의 세력이 싸우는 모습을 지켜보며, 양쪽 모두의 의심어린 눈초리에도 불구하고 어느 쪽에도 가담하지 않는다.

아시타카는 숲의 세력과 인간의 세력이 모두 나름대로 합당한 이유와 필요한 만큼의 욕망만을 가진 채 서로를 불가피하게 죽인다는 사실을 인정한다. 그는 고민 끝에 이 딜레마를 해결할 수 없는 상황에서는 어떤 세력에도 속할 수 없다는 자신의 신념을 재확인한다. 결국 아시타카는 체제에 복무하며 거기에 한 명 몫의 힘을 보태는 '어른'이 되기를 거부한다. 대신에 투쟁의 접경 지역을 홀로 거닐며 약자를 보살피는, 어미 동물의 미덕을 갖춘 낭인이 된다.

그래서 나중에 아시타카에게 어느 정도 마음을 연 산이 "아시타카는 좋아해. 하지만 인간을 용서할 순 없어"라고 말했을 때, 아시타카는 웃으며 "그래도 좋아. 나와 함께 살아줘"라고 말할 수 있었던 것이다. 그는 인간의 편도 자연의 편도 아니다. 그러니 '아시타카는 좋아해. 다만' 뒤에 어떤 범주가 따라붙더라도 아시타카는 개의치 않을 것이다. 그는

어떤 범주에도 속하지 않기로 했기 때문이다. 아시타카는
이데올로기의 비무장지대를 홀로 걸어가기로 했으므로 어떤
'다만'도 그를 막을 수 없다. 그는 기꺼이 혼자됨으로써, '우리'가
생존하기 위해 없애야 할 필연의 적을 상정하지 않음으로써
자비무적(慈悲無敵)의 상태를 지향한다. 이는 스스로를
진영 바깥으로 추방한 열외자만이 이루어낼 수 있는 경지다.
아시타카는 살아남기(위해 죽이기)에 복무하기를 거부함으로써
자신 — 이라는 세계 — 을(를) 살아가기로 결심한 것이다.

　　지브리 역사상 어떻게 살(고 죽을) 것인가에 대해 가장
처절하게 고민해야 했던 이 소년소녀 이야기의 개봉 당시
캐치카피는 '살아라'였다. 그렇게 살아가자. 그렇게 살아가면
언젠가 어른이 될 수 있을까. 그러나 지브리 스튜디오는 이에
대해서는 오랫동안 입을 열지 않았다. 또는 답하지 못했다.
그나마 '성인 돼지'가 등장하는 〈붉은 돼지〉는 지브리의 인간
성장사(또는 '어린이 보완 계획')와(과)는 동떨어진 일종의
외전일 뿐이었다.

> (시바 료타로는) 스무 살의 자신이 "왜 이 어리석은 전쟁을 벌인
> 나라에 태어났는가?"라고 의심했던 물음에 "지금 그때의
> 자신한테 편지로 소설을 쓴다"고 답했었다.
> 『출발점』 219쪽

그러던 중에 〈바람이 분다〉가 찾아왔다. 제로 전투기를 개발한 실존 인물을 바탕으로 한 〈바람이 분다〉는 최초로 '지브리의 어른'을 주인공으로 한다. 미야자키 하야오 작품의 특성상 주인공의 나이가 많을수록 '진짜 세계'를 묘사하는 비중이 높아지면서 현실의 압력이 강해지는데, 〈바람이 분다〉는 그 압력이 가장 강한 작품이다. 게다가 여기에는 역사가 드리운 태평양전쟁의 굴레까지 추가되었다. 지브리 최초의 어른은 시작부터 막다른 골목에 놓여 있다.

따라서 나는 〈바람이 분다〉가 역사적 비극을 직접 언급하지 않기 때문에 비겁한 작품이라는 주장에는 동의하지 않는다. 미야자키 하야오는 설정 속에서 이미 퇴로를 다 끊어놓았다. 그렇기 때문에 앞으로 나아가는 수밖에 없다. 전범 국가의 중산층으로 태어났다는 변명할 수 없는 역사적 조건 속에서 살아가는 것이 어떤 의미인지에 대해 최선을 다해 말하는 수밖에 없다. 진영을 선택할 권리도, 진영의 성질을 바꾸어버릴 힘도 가지지 못한 '어른'인 채로도 여전히 자신으로서의 세계를 구축하고 또 유지해나갈 수 있을까. 어딘가를 향해 달릴 수 있을까. 이미 어른이 된 우리는 대체 무엇을 원동력으로 삼아 살아가야 할까.

신쵸문고판 생텍쥐페리의 『인간의 대지』에는 하야오가 쓴 해설이 담겨 있다. '하늘의 희생'이라는 제목의 해설은 이렇게 시작한다. "인류가 하는 짓은 너무 흉포하다." 이 해설에는

비행이라는 꿈이 단 십여 년 만에 대량 살상의 주역으로
탈바꿈하는 과정과 그 과정에서 '놀랄 정도로 빨리 소모되며
죽어간' 비행기 위의 청년들에 대한 이야기가 비관적으로 쓰여
있다. 그는 말한다. "비행기의 역사는 흉포 그 자체다. 그런데
나는 비행사들의 이야기를 좋아한다. 그 이유를 변명처럼
써놓는다. 내 안에 흉포한 것이 있기 때문이다."

　　미야자키 하야오는, 또는 지브리의 어른은, 또는 사회에
진입한 우리는 이제 세상이 안겨준 딜레마를 품에서 부화시키지
못하고 등에 짊어진 채 살아간다. 대량소비문명을 비판하면서도
토토로 비디오로 많은 돈을 번 자신을 조소하면서, 국가 폭력을
부정하면서도 전쟁병기로 이용되었던 비행기에 늘 매혹되면서,
하야오는 그러한 자기 안의 모순을 해결하지 못했다고 말한다.
그저 인정하고 살아갈 수밖에 없었다고 말한다. 답을 구하지
못한 채 질문만을 일삼고, 그러면서도 아이들에게는 이렇게
저렇게 살아달라고 끊임없이 요청하면서 저물어간 세월이었다.
이런 우리여도, 이런 어른들이어도 괜찮을까. 저만치 앞서서
빛을 뿜으며 달려가는 아이들과 보조를 맞추어 함께 살아갈 수
있을까?

　　〈바람이 분다〉는 답하지 못했다. '지브리의 어른'은
끝내 자기 안의 모순을 해결하지 못한 채 방황했다. 또는
어설픈 변명만을 남겼다. 육박해 들어오는 세계의 압박을
돌파할 방법은 나타나지 않았고 주인공은 자신의 환상 속으로,

239

꿈속으로 후퇴하지 않고서는 안식처를 찾지 못했다. 이렇게
시나리오가 활로를 찾지 못하면서 작품 역시 동력을 잃었다.
〈바람이 분다〉는 작품 자신의 결점을 통해 '어른 됨'의 노곤함을
재확인시켜주었을 뿐이다. 미야자키 하야오가『출발점』과
『반환점』에서 더 나아가지 못하고 멈추어 선 바로 그 자리에
〈바람이 분다〉역시 불시착했다. 그 불시착한 곳에서, 미야자키
하야오와 다카하다 이사오라는 두 거장의 삶과 함께 지브리
프로덕션의 세계는 황혼을 향해 저물어가고 있다.

그러나 답을 발견하지 못했기 때문에 지브리의 여정은
더욱 눈여겨볼 필요가 있다. 끝나지 않았으므로 계속될 것이기
때문이다. 지브리와 함께 커온 아이들은 이 해결되지 않은
물음을 유산으로 떠안음으로써 지브리가 선사한 세계를 계승할
것이다. 남겨진 질문으로부터, 선대의 빛 또는 저주로부터
또다른 시대가 펼쳐질 것이다. 해가 뜨지 않는 몰락한 땅에서
출발하는 어둠의 대항해시대가. 검은 바다 저 멀리 새 희망이
넘실거린다.

종말은 좀처럼 찾아오지 '못할' 것이다.
그래서 문제는 '살아라'가 되었다.

4장
문과 바깥

회의주의자를 위한
좀비 서바이벌 가이드

『국제정치 이론과 좀비』

대니얼 W. 드레즈너 지음, 유지연 옮김

어젠다

2002년, 대니 보일 감독의 〈28일 후〉가 개봉했을 때 좀비
영화 팬들은 충격에 빠졌다. 달리는 좀비가 등장했기 때문이다.
속도가 곧 충격 에너지로 작용하는 독일군의 전격전을 처음
목도한 프랑스군의 심정이랄까.

물론 좀비 팬들은 나름대로 합리화할 수 있었다.
뭔가 잘못된 게 아니었다. 그러니까 이들은 좀비가
아니었다. 〈28일 후〉의 좀비는 일반적인 의미의 '죽은 채
움직이는 자들'이 아니라 분노 바이러스에 감염된 살아
있는 인간이었기 때문이다. 실제로 분노 바이러스 좀비들은
대부분 굶어죽음으로써 그들이 생체 활동에 기반한 존재임을
확인시켰다.

좀비들의 세계는 그대로 남아 있는 것처럼 보였다. 그러나
이 유사 좀비들의 격렬한 액션은 무척 인상적이었고, 결국
2004년에 등장한 〈새벽의 저주〉가 '진짜' 좀비들을 육상의
세계로 밀어넣고 말았다. 이제 좀비들은 살아생전에도 제대로
쓰지 못했을 육체의 능력을 한껏 발휘해 달리고 점프하며
인간을 더욱 위협하고 있다. 이 변화한 위협은 종종 작품 내에서
직접적으로 언급되기도 한다. 영화 〈좀비랜드〉는 좀비 사태에서
미국이 위기에 처하게 될 가장 큰 이유로 증가하는 비만율과
유산소운동 부족을 꼽았다.

그러나 좀비의 특성 분화는 이미 여러 작품 속에서
다양한 방식으로 이루어져왔었다. 행동이 느리고 지능이 낮으며

스포츠 마사지를 받을 때에나 나올 법한 탄식을 흘리고 다니는 정통파 좀비가 아직 대세이긴 하지만, 좀비들은 이미 예전부터 어딘가에서는 도구를 사용했고 때로 소집단을 형성하기도 했으며 특정 개체가 돌연변이를 일으키면서 특수한 능력을 갖추기도 했다. 따라서 이제는 인류가 좀비 사태에 직면했을 때, 더이상 일관된 대응 지침을 갖출 수가 없게 되었다. 어떤 특징을 가진 좀비가 출현했는지를 확인한 뒤에야, 즉 적의 형태를 파악하고 나야 비로소 그에 상응하는 생존 지침 및 전투 전술이 개발 가능하기 때문이다.

민간인을 위한 좀비 사태 가이드북 중에서 가장 유명한 맥스 브룩스의 『좀비 서바이벌 가이드』를 예로 들어 보자. 느리고 지능이 거의 없는 정통파 좀비들을 대상으로 한 이 가이드북은 일반적인 통념과는 달리 사용 조건이 까다로운 각종 원거리 발사 무기보다 근접 전용 무기를 권장한다.

이 지침은 민첩성과 순간 근력에서 인간이 좀비들보다 우월하다는 점을 바탕으로 한다. 그런데 만약 발생한 좀비들이 체육 우수생 스타일이라면 이 전투 지침은 무용지물로 변할 것이다. 이처럼 세세한 설정에 매달려서는 변종이 출몰하는 좀비 사태에 적절히 대응할 수가 없다. 좀더 거시적인 접근, 각종 변형 좀비를 포괄 가능한 폭넓은 시야가 필요하다.

『국제정치 이론과 좀비』는 그런 넓은 시야를 제공한다. 3장 '식인 구울(ghoul)에 대한 분분한 논쟁'에서 저자 대니얼

W. 드레즈너는 우선 각종 좀비 영화의 서로 다른 설정들을 보여준 뒤, 그 차이에도 불구하고 이들이 도달하게 될 공통 지점을 제시한다. 바로 좀비에 대한 국제정치적 대응이다.

드레즈너는 어떤 종류의 좀비가 발생하건 간에 이는 결국 좀비 사태의 국제적 확산과 그에 따른 국제적 차원의 대응이라는 동일한 결론에 다다를 것으로 예측한다. 짧은 잠복기와 빠른 속도를 갖춘 좀비에 대해서는 폭발적인 사회적 반응이 발생하고 거기에 맞춰 정부의 빠른 대응이 이뤄지며, 긴 잠복기와 느린 이동 속도를 가진 좀비에 대해서는 초기 단계의 모호한 사회적 반응과 함께 다소 느리고 더욱 미온적인/부정확한 정부의 대응으로 귀결된다.

그런데 '느린 좀비'에 대해 '빠르게' 대응한다면 다른 결과를 얻을 수 있지 않을까? 국내 정치를 다룬 8장과 관료제의 특성을 다룬 9장이 그 질문에 답한다. 정부라는 집단의 특성상 그건 거의 불가능하다. 정부의 정책 결정은 대중 또는 정당의 압력에 크게 좌우되며, 이러한 압력은 발생한 사건의 파급 속도와 충격량에 비례해서 늘어나기 때문이다. 또한 재난 대응 시스템을 신설 또는 변화시키기 위한 각종 규정 재검토 및 발령에도 비슷한 원리가 적용된다.

위기가 긴박하고 강력할수록 시스템은 빠르게 대응하며, 그와 같은 강력한 변인이 없을 경우 관료제 시스템은 가급적 기존의 표준 처리 양식을 고수하려는 경향이 있다. 즉, 느린 좀비에 대한 빠른 대응은 기대하기 어렵다. 좀비의 번성 속도는 인류가 최초로 마주할 좀비 사태에서 겪을 필연적인 시행착오의 발생 빈도의 차이를 보여줄 뿐(열흘에 열 건이냐 하루에 열 건이냐), 실패의 총량과는 거의 관계가 없다.(열 건이다.) 치러야 할 대가에는 별 차이가 없을 것이다.

그럼 속도는 포기하더라도 보다 정확한 대응을 할 수 있다면 어떨까? 이쪽도 어렵다. 기초적인 행동심리학을 소개하는 10장은 위기에 직면한 인간이 판단 오류를 저지를 확률이 높아진다는 점을 지적한다. 자신이 믿는 것을 가장 객관적으로 좋은/옳은 것이라고 믿는 확증 편향, 그리고 불리한 상황에 처할수록 도박적인 선택에 이끌림을 증명한 전망 이론의 관찰 결과가 그 증거로 제시된다. 실제로도 적을 눈앞에 둔 상태에서 도박하듯 정책을 결정한 경우는 역사 속에서 수없이 발견할 수 있다. 이러한 강경 성향의 더 큰 문제는 해당 정책이 실패했을 경우 그 원인이 정책 자체의 방향이 아니라 강경함의 부족에서 온다고 판단하는 것이다. 이는 판돈을 잃을수록 더 큰 판돈을 걸어 만회하고 싶어지는 도박의 늪과 비슷하다. 위기 상황에서 반사적이고 즉흥적인 대응은 대부분 좋지 않은 결과로 향한다. 이는 좀비 사태의 초기 대응에서도 크게 다르지 않을 것이다.

확산은 사실상 불가피하다.

좀비 사태는 필연적으로 국제적인 사태로 확대된다.

그렇다면 좀비 사태에 휘말린 국제 관계는 어떻게 진행될
것인가? 아마 각자의 머릿속에 한두 가지의 시나리오가 떠오를
것이다. 완전한 무정부 혼란 상태? 좀비에 대응하기 위한
초국가적인 공동체 결성? 그러나 그 시나리오를 쉽게 믿어서는
안 된다. 앞서 소개한 10장의 교훈을 떠올려야 한다. 확증
편향이야말로 내부의 적이다. 드레즈너는 좀비 사태에 직면한
국제 관계의 미래에는 정답이 없다고 말한다. 드레즈너는 여러
방식의 국제정치론을 소개한 뒤, 그 이론들이 좀비 사태에
어떻게 대응할지를 각기 언급한다. 그리고 이 이론들 중 하나가
옳은 게 아니라 이들이 복합적으로 작용할 것임을 강조한다.
이들 중에는 서로 상반되는 예측도 존재한다.

예를 들어 현실주의 이론은 각종 자연 재해가 기존의
분쟁을 악화시켜왔다는 점을 지적하면서 좀비 사태가 기존의
패권주의를 강화할 것이라고 예측한다.

쿠바에 미 82공수사단 배치를 정당화하려면 쿠바의 좀비
무리는 규모가 얼마나 되어야 할까?

『국제정치 이론과 좀비』 78쪽

비록 소설이지만 실제 국가들의 외교적 개성을 잘 보여주는
좀비 국제학 도서 『세계대전 Z』에서는 파키스탄이 국경 지대의
좀비 확산을 저지하지 못했다는 이유로 이란에게 트집을

잡혀 분쟁에 휘말리기도 한다. 만약 파키스탄과 인도 사이의
국경에서 좀비 사태가 발생한다면 인도가 회심의 미소를
지을지도 모를 일이다. 비극은 비극이고 이득은 이득이다.
세계 정치는 제로섬 게임이며, 누군가 잃는 쪽이 있다면 다른
누군가는 분명히 무언가를 얻는 법이다. 그중 어느 쪽에 서고
싶은가는 자명한 일이다.

반면 자유주의 이론은 국제적인 좀비 대항 연합이
위력을 발휘할 것이라고 예측한다. 좀비라는 강력한 위기에
직면해서는 '생존'이라는 커다란 기대 효과가 각국의 이기심을
앞지를 것이기 때문이다. 비록 더욱 개방적인 교류를 지향하는
자유주의 체제가 초기의 좀비 사태 확산에는 악영향으로
작용하더라도, 초국가적인 위기 상황을 타개할 연합 전선을
예상하는 자유주의 이론은 현실주의에 비해 훨씬 낙관적으로
보인다. 각 국가들은 생존, 즉 체제 유지를 위해 제로섬 게임을
잠시 중단할 것이다.

앞서 언급한 소설 『세계대전 Z』는 대체로 이 자유주의
노선을 지지하는데, 여기서는 평소에 유명무실하던 UN이
좀비에 대한 대공세를 결의하는 순간이 '좀비 세계대전'의
분수령으로 작용한다.(늘 그렇듯 예외는 있다. 특히 독재
국가들은 자국의 재해가 체제 붕괴로 이어지는 성향을 보이므로
이를 인정하지 않는 성향을 보인다. 『세계대전 Z』에서 좀비
바이러스가 처음 창궐한 중국은 그 사실을 부정하다가 상황이

손쓸 수 없을 단계에 다다르고서야 인정했는데, 이는 실제로
사스 바이러스가 창궐했을 때 중국의 대응 방식이기도 했다. 또
어떤 나라는 한술 더 떠서 좀비 창궐이 확인되자마자 완전히
국경과 통신을 폐쇄하고 국제 사회로부터 아주 사라져버린다.
바로 북한이다.)

　　국제 연대를 둘러싼 이 두 가지의 상반된 이론 중에
어떤 게 맞을까? 모른다. '공유지의 비극'은 반복될 것인가,
아니면 인류 생존이라는 기대 가치가 평상시의 이기심을
억누를 것인가? 알 수 없다. 반대의 결론을 제시하는 두 가지의
이론이 상존하고 있다는 것은 이들 중에서 아직 승자가 나오지
않았다는 뜻이다. 이런 결론은 앞서 내가 이 책에 '어떻게 좀비
사태에 대응할 것인가를 알려줄 것'이라고 말했던 것과는
전제와는 다르게 보인다. 모른다는 게 어떻게 답이 될 수
있겠는가.

　　그런데 그게 답이다. 드레즈너는 모름을 인정하기야말로
위기에 대응함에 있어 가장 필요한 마음가짐임을 은연중에
설파한다. 『국제정치 이론과 좀비』는 얼핏 좀비 사태에 직면한
각종 정치 이론들을 단순히 병렬한 교양서처럼 보이지만,
특정 이론에 힘을 싣지 않고 각 이론들의 장단점을 설명하면서
독자들로 하여금 다양한 패들을 모두 손에 쥐어보게끔 만든다.
여기에 취향은 개입하지 않는다. 아니, 개입해서는 안 된다.

　　7장에서 소개되는 구조주의 이론은 "크든 작든 재난의

경험은 일반 대중의 문화적 상상을 매개로 실현되는 사회적 현상이다"(124쪽)라고 말한다. 따라서 이 이론은 실제로 좀비 사태가 일어난다면 많은 사람들이 자신들이 접한 미디어나 엔터테인먼트 중에서 자기 취향에 따라 선별한 시나리오를 현실에 대입시키고 거기에 자의적으로 현실성을 부여할 것이라고 예측한다. 그리고 그 자의적인 시나리오들은 현실보다 비관적이어도, 낙관적이어도 모두 비참한 결과를 향할 것이다.

나는 앞서 『좀비 서바이벌 가이드』가 대 좀비 육탄전을 권장하는 이유에 대해 말했다. 좀비에 비해 상대적으로 우위에 있는 민첩성을 최대한 이용할 수 있기 때문이다. 여기서 중요한 점은 '상대적 우위'다. 그렇다면 좀비에 대해 가장 큰 상대 우위를 보이는 지점이 어디일까? 바로 두뇌다.(그래서 좀비가 뇌를 좋아하는지도 모르겠다.) 그러나 두뇌는 판단을 내리기 위한 정보를 필요로 하며, 급박한 사태에 다다랐을 때 정보가 부족한 두뇌는 좀비의 뇌보다 나은 판단을 할 수 있으리라는 보장이 없다.

이때 (그게 체제든 자기 생명이든) 목숨을 좌우할 수 있는 기준은 단 하나다. 자신이 현재 사고 기능에 있어서 좀비보다 별로 나을 게 없다는, 즉 판단력의 비교 우위를 일시적으로 잃어버렸다는 사실을 받아들일 수 있는가 아닌가라는 '태도'다.

드레즈너가 제안하는 '태도'는 사실 서문에 해당하는 1장에 이미 나와 있다.

계획을 세우는 과정 자체가 장차 있을 정책 대응의 질을
향상시킬 수 있다. 지난 10년간 이루어진 무력 침략에서
얻은 교훈은 잠재적 적에 대한 안이하고 피상적인 지식으로
외교정책을 수행하는 게 얼마나 위험한지다.

『국제정치 이론과 좀비』 33쪽

무엇보다도 우선 완벽한 대응책을 가지려는 불가능한 열망과
그 열망에 따른 자기최면에서 벗어나야 한다. 그러면 실패를
일찍 받아들이고 가능한 한 최단시간에 자기 체계를 재조정하는
신속한 '포기'를 '얻을' 수 있다. 미리 여러 개의 계획을 세우는
과정은 이를 위한 훈련이다. 계획을 수립하는 사람이 누구건
간에 더 많은 가능성을 시야에 넣을 수 있다면, 그래서 다양한
선택지를 함께 관찰하는 버릇을 들일 수 있다면 상황은 최악의
경우에도 최악으로 치닫지는 않을 것이다.

초기 대응에 실패했을 경우 대응 패러다임을 전면적으로
(아까워하지 말고!) 조정하고 일반 대중의 직관적인 편향을
잠재울 객관적인 공식 법령 또는 대응 매뉴얼을 빠른 시간에
발표하기. 이는 『국제정치 이론과 좀비』의 주요 대상인 정부에
대한 이야기지만 동시에 독자들 각자에게 던지는 메시지기도
하다. 정부건 개인이건 부족한 정보를 가지고 최대한 밝은
미래를 도모하려는 원리는 같기 때문이다.

그에 대해 드레즈너는 『세계대전 Z』의 한 구절을 빌려

말한다. "어떤 유형의 국가라도 인간이 모인 집단에 지나지 않는다. 나머지 우리처럼 두려워하고 근시안적이고 오만하고 옹졸하고 일반적으로 무능한 인간 말이다."(166쪽) 아마도 여기가 우리가 출발해야 할 지점이 아닐까. 좀비, 터미네이터, 외계인, 또는 그보다는 덜 신기한, 모든 종류의 새로운 역경을 마주했을 때 말이다.

뭐? 나는 그런 어리석은 인간이 아니라고? 그렇다면 『국제정치 이론과 좀비』는 딱 당신을 위한 책이다.

PS. 이 책은 국제정치학 교양서일 뿐만 아니라, 그 이론들을 바탕으로 좀비물에 대한 여러 가지 흥미로운 분석들을 보여주는 예술/대중문화 도서이기도 하다. 특히 좀비는 왜 서로 다투지 않고 협력하는가에 대한 자유주의적인 해석은 어딘가 감동적이기까지 하다. 좀비를 다룬 영화, 소설, 게임 등에 대한 보다 다양한 통찰을 얻기 위한 목적지향적인 독서도 가능하다.

아울러 영어가 가능하다면 이 책을 통해 좀비 외의 친구들도 만날 수 있을 것이다. 국제 호빗 학회의 자료나 언데드의 인권을 주장하는 NGO의 웹사이트 주소 등이 주석 속에서 여러분을 기다리고 있다. 덕질의 신세계랄까.

그런데 모른다는 게 답이다.
드레즈너는 모름을 인정하기야말로
위기에 대응하기 위해
가장 필요한 마음가짐임을
은연중에 설파한다.

에로에로 오디세이

『일본 섹스 시네마』
재스퍼 샤프 지음, 최승호·마루·박설영 옮김
커뮤니케이션북스

아래는 이 책에 수록된 영화 제목들 중 일부다.

〈자매 돈부리〉(한국에서는 '자매 덮밥'이라고 일컬어지는 서브 장르의 원형이랄까)〈로리타 바이브레이터 고문〉〈전원 관능 로망-젖 짜기 배덕의 외양간〉〈아름다운 수수께끼-거대남근전설〉〈털이 자라난 권총〉〈선생님, 절 흥분시키지 마세요〉.

위에 언급된 영화 제목들과 『일본 섹스 시네마』라는 도서 제목을 보고 기대하셨을 몇몇 분들에게 우선 양해의 말씀을 구하고자 한다. 『일본 섹스 시네마』는 AV(Adult Video)를 거의 다루지 않는다. 이 책에서 주로 다루는 장르는 소위 핑크 영화와 로망 포르노다. 책 서문에 핑크 영화에 대한 정의가 내려져 있지만, 배급과 제작 등에 얽힌 조건을 언급하면 너무 길어지므로 여기서는 그보다 간략하게 언급하겠다.

왜 AV를 다루지 않는가? AV는 '시네마'가 아니기 때문이다. 그럼 뭘까. 이노우에 세쓰코(井上節子)가 『15조 원의 육체 산업』에서 굴지의 AV메이커인 '소프트 온 디맨드 (SOD)'의 초기작들을 판별할 때 사용한 단어가 적절할 것이다. AV는 '예능'이다. 극 형식의 내러티브에 의존하지 않는 섹스 버라이어티인 셈이다.

반면에 핑크 영화는 (형식 파괴를 포함한) 극영화 형식을 가진다. 물론 핑크 영화의 제작 목적 역시 원론적으로는 AV와 같다. 20세기 중반에 탄생한 핑크 영화 역시 관객들에게 섹스

신을 보여주기 위해 만들어진 장르였고, 제작사는 섹스 신 분량만 채우면 아무래도 좋다며 영화 제작 전반을 스태프에게 일임했다. 그런데 '섹스 신 분량만 채우면 나머지는 아무래도 좋다'는 사실을 절호의 찬스로 받아들인 야심가들과 예술가들이 있었다. 그들은 '섹스 신 필수'라는 제작 조건을 내러티브 속에 흡수시켜 동시대의 욕망에 얽힌 각종 정황들을 비추어냈다.

『일본 섹스 시네마』는 이들 섹스 '시네마'를 둘러싼 정황들을 재구성한다. 여기에는 일본 현대사와 당대 예술계의 조류, 놀라운 재능을 가진 젊은이들과 그들을 핑크 영화로 이끈(또는 내몬) 주류 영화계의 시스템, 당대의 영화론과 미학, 버블 경제와 붕괴, 검열 기준 및 사회 통념의 변화, 영상 기술의 발전 등이 서로 얽혀 있다.

저자인 재스퍼 샤프(Jasper Sharp)는 이 다양한 변인들을 종횡무진 잡아내고 조합함으로써 그저 핑크 영화를 소개하는 데 그치지 않고 그를 둘러싼 복잡한 세계를 보여준다. 여기에 더해 양 페이지 전체를 할애해 커다랗게 실은 〈천사의 황홀〉의 초현실적인 스틸 컷처럼 적절하게 배치된 인상 깊은 이미지들이 도처에 자리잡고 있다. 게다가 일본 핑크 영화에 출연한 서양 배우의 이름을 알아내기 위해 크레디트에 나온 가명의 철자를 바꿔가며 IMDB(Internet Movie Database) 검색창에 일일이 쳐서 넣어보는 저자의 눈물겨운 노력과 유머 센스까지 더하면『일본 섹스 시네마』는 차라리 한 편의

오디세이라 불러야 할 것이다. 이 '이상 성애 영화의 서사시'는
이렇게 시작한다.

> "자동소총으로 무장하고 상반신을 드러낸 한 무리의
> 10대들이 높은 산중의 외딴 호숫가 근처에서 전투복 차림의
> 군인들을 꽁꽁 묶어놓고 신이 나서 뛰어다닌다. 유니폼을
> 입은 직장 여성이 붐비는 통근 열차 안에서 자신의 스커트
> 아래를 더듬거리는 수염을 기른 남자의 손길에 쾌락의
> 신음소리를 낸다. 변태적인 사회 부적응자가 세일러복을
> 입은 여학생들을 버려진 컨테이너로 유혹한다. (…) 그리고
> 그녀들을 참혹하게 살해한 후 시체를 산성 물질이 담긴
> 욕조에 넣어 뒤처리를 한다. 나가노의 시골 외양간에서 한
> 농부가 양팔과 두 다리로 엎드려 있는 발가벗은 여자의
> 젖을 짜려 하고, 도쿄 중심부 한 건물의 옥상에서는 한 젊은
> 여성이 다른 사람도 아닌 바로 미국 대통령의 손가락을 본떠
> 만든 고무 모형을 자신의 허벅지 사이에서 재빠르게 놀리며
> 황홀감에 몸을 비틀고 있다. 그리고 그녀의 뒤에는 전쟁
> 장면이 흘러나오는 TV가 놓여 있다."

(꿈틀거리는 수염이 스커트 아래를 더듬는 장면을 나도 모르게
상상하긴 했지만) 이 콜라주는 본문의 풍부한 유머에 비하면
특별히 인상적이지는 않다. 그럼에도 잔뜩 기대하게 만든다.

이 도입부에는 『일본 섹스 시네마』가 선사하는 가장 큰 선물이 살짝 드러나 있기 때문이다. 바로 100페이지에 달하는 친절한 색인과 작가별 필모그래피까지 제공하는 수많은 핑크 영화들, 그리고 그 가운데서 적색거성처럼 빛나는 걸작들의 목록이다.

재스퍼 샤프는 영화를 평가하면서 작품 자체에 대한 평가를 최대한 자제하고 있는데(아무래도 리뷰는 이 책의 본질이 아니라고 생각했던 듯하다), 그 와중에도 그가 감탄을 금치 못한 작품들이 있다. 〈감각의 제국〉? 당연히 들어가 있다. 그렇다면 오즈 야스지로의 다다미 쇼트를 재현하고 인물의 포즈와 동선과 연기 스타일까지 그를 떠올리게 하는 에로-오마쥬 〈변태 가족: 형의 새 각시〉는 어떤가? 이 영화는 나중에 〈쉘 위 댄스〉를 만든 수오 마사유키의 데뷔작이다. 히치콕의 〈이창〉과 비슷한 콘셉트를 통해 (역시 히치콕을 사랑했던 불란서 영화인들 중 한 명인) 초기 고다르의 강렬한 영향 아래에 있음을 고백하는 〈간다천 음란전쟁〉은 〈큐어〉와 〈도쿄 소나타〉로 유명한 구로사와 기요시의 데뷔작이다. 저예산이라는 한계를 적극적인 조명 트릭을 통해 돌파하는 과정에서 표현주의 영화의 미덕을 재발견해버린 사이키델릭 에로 스릴러 〈태아가 밀렵될 때〉는 어떤가.

이미 너무 유명한 영화들인가? 이 정도의 유명작(?)은 다 뗀 핑크 팬들을 위해 그 수십 배의 영화가 준비되어 있다. 에로틱하고 그로테스크하다는 면에서는 더없이 영화화하기

좋았음에도 불구하고 수십 년이 지나서야 영화화된 에도가와
란포의 〈다락방의 산보자〉는 어떨까. 다니자키 준이치로의
단편소설을 조합해 유명 호러영화 〈링〉의 업적을 이미 선취한
1983년 작 〈오이란〉도 있다. 아니면 스틸 컷만 봐도 매력적인,
영화 잡지 《키네마 준보》가 그해의 영화 4위로 뽑은 강렬한
드라마 〈빨간 머리의 여자〉도.

나는 아직 20세기 말의 핑크 사천왕(네 명이라서)과
21세기 초의 칠복신(거의 일곱 명이라서)의 필모그래피는
꺼내지도 않았다. 이 책을 읽으면서 점찍은 영화들을 나열하는
것만으로도 한참이 걸릴 것이다. 『일본 섹스 시네마』는 다른
어느 책에서도 만나기 힘든 보석 같은 영화들을 품고 있는
초대형 선물 상자다.*

그리고 이 선물 상자 안의 보석들은 다채로운 방식으로
조립이 가능하다. 우선 일반적으로 가장 선호되는 방식인
'역사로 조립하기'를 위한 풍부한 배경지식이 태평양전쟁 패전
직후부터 각 시대별로 상세히 첨부되어 있다. 특히 그 자체로
드라마나 다름없는 1960년대, 즉 전공투와 적군파의 시대는

---

* 이런 걸로 각주를 달기는 좀 뭐하지만, 기회가 기회이니만큼
  개인적으로도 꼭 소개하고 싶은 영화가 있다. 제제 다카히사의
  〈가물치〉다. 나는 이 영화가 극동아시아의 세기말 영화 중 최고라고
  생각한다. 기회가 되면 꼭 보시기 바란다.

그 정점이다. 앞서 언급한 〈태아가 밀렵될 때〉를 포함한 당시의
대표적인 핑크 영화들은 섹스와 폭력을 둘러싼 내러티브를
사회의 권력체계로 치환시키며, 한 발 더 나아가 직접적으로
정치적 소재를 다루면서 메시지를 담기도 했다. 특히 실제로
중동에서 일본 적군의 다큐멘터리를 찍었던 '전직 핑크 영화
감독' 아다치 마사오(足立正生)의 기구한 인생은 저급한 대중
매체로 알려졌던 핑크 영화에 대해 '그렇기 때문에 오히려 보다
대중적인 프로파간다가 될 수 있다는 기대'를 품고 있었던
1960년대 일본 혁명 세력의 축소판처럼 보인다. 짧다면 짧은
불꽃이었다.

정치적 이슈는 이후 1989년, '평화를 이루다'라는 뜻의
헤이세이 시대에 핑크 영화와 다시 접속한다. 격동의 현대사와
연관된 히로히토 일왕이 서거하면서 지나온 역사에 대한 성찰이
재점화되었기 때문이다. 이때 작가주의 핑크 영화를 만든
사천왕들의 작품들이 등장하는데, 이 영화들은 앞선 전공투
시기의 핑크 영화와 비교할 수 있는 지점들을 여럿 제공한다.
실력 혁명이 실패하고 버블 경제의 잔재가 마취제처럼 남아
있는 세계에서는 누구도 큰 목소리를 낼 수가 없다. 또는 비명을
질러도 누구도 듣지 못한다.

따라서 이 시대의 핑크 영화는 더욱 극복하기 어려워지는
사회적 계급 간의 장벽과 점점 소통이 어려워지는 개인의
고독에 초점을 맞추면서 주제 의식이 달라졌다. 특히 호러-

스릴러의 장르 형식을 빌려온 그로테스크한 우화인 제제 다카히사의 영화들은 수십 년 전 전공투 시대의 그로테스크 핑크 영화들과 흥미로운 비교가 가능하다. 비슷한 소재를 사용함에도 일체의 정치경제적 확신을 박탈당한 1990년대의 그로테스크는 공황 상태에 빠져 더욱 절망적인 형태를 보이며, 이는 정치사회적인 시스템이 변화했다는 징후로 읽을 수 있다. (이 변화에 대해 언급하자면 이야기가 너무 길어지므로 추천 도서를 언급하는 것으로 대신하고자 한다. 다카하시 도시오가 쓴『호러국가 일본』이다.)

　　방금 언급한 영화의 정치적 요소들은『일본 섹스 시네마』라는 에로 오디세이의 일면일 뿐이다.『일본 섹스 시네마』는 핑크 영화들끼리 또는 동시대의 다른 예술 장르와의

- 아다치 마사오는 일본영화 사상 가장 특이한 이력을 가진 영화감독 중 하나다. 일본대학 재학 시절부터 실험 정신이 가득한 중·단편으로 주목을 끌었던 그는 와카마츠 코지 감독과 함께 저예산 핑크 영화를 바탕으로 실험영화와 정치영화를 모색했으며, 풍경 촬영을 통해 정치적 시스템을 뒷받침하고 지속시키는 억압 구조를 폭로하자는 '풍경론'을 바탕으로 영화의 혁명을 주창했다. 1971년 와카마츠 코지와 함께 칸국제영화제에 참가했다가 팔레스타인으로 건너가 일본 적군 PFLP의 게릴라 활동에 가담했으며, 팔레스타인 해방인민전선의 투쟁을 기록한 <적군-PFLP: 세계 전쟁 선언>(1971년)을 발표하고 얼마 뒤, 적군파 병사로 투쟁에 직접 몸을 던지며 일본영화계에서 사라졌다. 1997년 레바논에서 체포되어 3년간 수감, 일본으로 강제 송환되었고, 2007년 36년 만에 신작 <테러리스트>를 발표했다. (편집자)

연결점 역시 다양하게 제공한다. 연결점의 개수는 독자 자신이 어디에 관심을 두고 있느냐에 따라 계속 늘어날 것이다.

이 링크들이 당장 무슨 의미를 제공하지는 않겠지만 어떤 장르 내에서 '차이와 반복'을 발견하는 건 늘 재미있는 일이며, 그렇게 열린 시야는 다른 무언가를 볼 때에도 더 넓은 시각을 제공하게 마련이다.

내 경우에는 1980년대에 들어 핑크 영화가 AV에 밀리게 된 가장 큰 이유가 VHS의 보급 때문이었다는 부분이 무척 인상 깊었다.

VHS는 에로물을 혼자 집에서 감상할 수 있게 함으로써 더 노골적이고 내밀한 영상을 스스럼없이 즐길 수 있도록 했고, 성적 욕구 해소라는 측면에서도 남의 눈치 볼 것 없이 자위행위를 할 수 있다는 엄청난 장점을 안겨주었다. 핑크 영화는 성적 욕망 해소라는 본래의 용도에서 VHS AV의 상대가 되지 못했다. 이때 핑크 영화계는 AV와의 차이를 두는 전략 포인트로 놀랍게도 '작가주의'를 선택했고 이 결과로 핑크 사천왕이 탄생하면서 1990년대 '핑크 누벨바그'•가 일어났다. 섹스 영상을 소비하는 층을 다수 빼앗긴 핑크 영화는 '독립 영화 비슷한 영화'라는 타이틀을 얻음으로써 새로운 지지 기반을 찾으려 했던 것이다. 이를 기점으로 '에로 영상물'은 내러티브의 중요성을 두고 서로 다른 장르로 분리되었다.

보다 사적인 장소에서 선호되는 영상물일수록

내러티브에 의존하지 않는다. 화면 속의 배우가 '나'를 주시하며 관계를 가질 때 또는 나 혼자 누군가의 섹스를 엿보고 있을 때 극적 당위성을 부여할 내러티브는 불필요하다. AV의 감상자는 간접적인 당사자 혹은 직접적인 관계자가 됨으로써 어떤 당위나 설득을 필요로 하지 않는다.(사정을 알 필요가 없다. 남 일이 아니기 때문이다. 이 섹스 신은 이미 '나의 일'이다.) 섹스중에 카메라, 즉 감상자와 자주 눈을 마주치고 때로는 데이트도 하고 같이 밥도 먹는 AV 파트너(배우), 또는 섹스를 안전하게 엿보게끔 도와주는 조력자로써의 AV 파트너(카메라, 연출)는 감상자에게 단 하나의 조건만을 요구한다. 그것은 감상자가 홀로 있어야 한다는 것이다.

감상자가 고립될수록 몰입하기 수월한 AV 감상의 시스템을 생각해볼 때, 사건과 인물들 사이의 관계망을 설정하는 극 형식의 내러티브는 어쩌면 AV에 있어 불필요한 특징이 아니라 애초부터 이질적인 것이었는지도 모른다. 이러한 고립-감상의 특성은 점점 강화되는 가상-증강현실을 둘러싼

- 누벨바그(Nouvelle Vague)는 '새로운 물결'을 뜻하는 프랑스어로, 1858년경부터 일어나 전 세계적 영향력을 발휘한 프랑스의 새로운 영화 운동을 의미한다. 기존 영화산업의 틀에서 벗어나 소규모의 영화 제작, 사실적 구성, 즉흥적 연출 등의 방법으로 창조적인 영화들을 탄생시켰다. '핑크 누벨바그'는 이러한 누벨바그와 유사한 핑크 영화의 새로운 경향을 말한다. (편집자)

징후일 수도 있고, 내러티브의 가능성을 완전히 재설정한
새로운 서사 양식에 대한 예고일 수도 있다. 아직 뭐가 뭔지
몰라서 그렇지, 아마 미래는 이미 당도해 있을 것이다.(AV
관람의 고립성과 내러티브 간의 관계, 그리고 그 위 문단에서
언급한 전공투 시대와 헤이세이 시대의 그로테스크 핑크 영화의
차이에 대한 언급은 책을 읽으면서 촉발된 연상의 사례들이다.
따라서 책 본문에는 등장하지 않는다.)

　　잠깐, 아직이다.『일본 섹스 시네마』에서 뽑아낼 수 있는
이야기는 끝나지 않는다. 1970~1980년대 하드코어 섹스
영화가 붐을 일으킨 데 대한 사회병리학적 분석, 예술과 외설의
경계를 둘러싼 법정 대립, 핑크 영화의 주연(영화배우)과
AV 여배우(아이돌) 사이의 간격과 그 의미, 독립 자유 영화
프로덕션의 가능성 등 무궁무진한 소재가 펼쳐져 있다. 여기에
유현목 감독이 일본 영화에서 시나리오를 무단 차용한 일화나
야쿠자에게서 빌린 영화 대금을 갚지 못해 잠적한 뒤 지금은
종적을 찾을 수 없는 한때의 명감독 소네 주세이의 슬픈 후일담
등 다양한 일화들까지 합하면 무궁무진함은 더욱 배가된다.

　　『일본 섹스 시네마』는 이처럼 독자들이 뛰놀고 씨 뿌릴
수 있는 비옥하고 넓은 땅을 제공한다. 아니면 이렇게 표현할
수도 있겠다. 이 책은 오디세이가 아니라 트로이에서 이타카에
다다르는 광대하고도 환상적인 영토, 영화를 중심으로 한 각종
담론의 팬들을 모험으로 이끄는 위대하고도 기이한 땅이라고

말이다. 한 권에 5만 8천 원짜리 책을 과감하게 구입할 수 있는 '용자'들은 어서 이곳으로 달려와 모험을 펼치기 바란다. 아무리 과소평가하더라도 본전 생각은 안 날 거라고 분명히 장담하는 바다.

어떤 장르 내에서 '차이와 반복'을
발견하는 건 늘 재미있는 일이며, 그렇게
열린 시야는 다른 무언가를 볼 때에도
더 넓은 시각을 제공하게 마련이다.

귀여운 프로페셔널의 기록

『차이코프스키 콩쿠르, 그 숨겨진 이야기』

나카무라 히로코 지음, 김경욱 옮김

음연

중년을 넘긴 일본의 여성 저술가 중에서는 어쩐지 고양이를 연상케 하는 분들이 많다. 이들은 날카롭고 정확한 관찰력의 소유자이면서도 타고난 자태가 어쩐지 귀엽다. 이는 유머를 갖추었다거나 재미난 일화 몇몇을 보유한 것과는 별개의 매력으로, 엉뚱한 상상력과 발랄한 감수성과 예의 바름에 기인한 소심함과 투철한 프로 의식 사이의 헐렁한 빈틈이 주는 귀여움이다. 말하자면 '모에'한* 분들이다. 기발한 구상을 해박한 지식과 간결한 문장으로 구체화시키는 요네하라 마리(米原万里)가 그렇고, 에세이를 쓸 때만큼은 무모하리만치 엉뚱하고 새침하게 변하는 미야베 미유키(宮部みゆき)도 그에 뒤지지 않는다. 이제 이 소중한 '영원한 소녀들'의 목록에 한 명을 더 추가할 때가 왔다. 피아니스트 겸 저술가인 나카무라 히로코(中村紘子)다.

『차이코프스키 콩쿠르, 그 숨겨진 이야기』(이하 『차이코프스키』)는 말 그대로 나카무라 히로코가 1986년 차이코프스키 콩쿠르에 피아노 부문 심사위원으로 참가했을 때의 경험담을 엮은 책이다. 도입부를 읽어보면 발걸음이 가볍다.

• 모에(萌え)는 일본어로 '싹트다'라는 뜻을 갖지만, 만화나 애니메이션, 비디오 게임 등의 (특히 귀여운) 캐릭터에 대한 사랑과 호감을 뜻하는 표현으로도 쓰인다. (편집자)

지금(1986년)으로부터 15년 전이었다. 《뉴욕 타임스》에서
탁월한 음악 평론을 해왔던 해롤드 숀버그가 처음으로 일본에
왔을 때, 나는 그의 가이드로서 도쿄에서 열리는 연주회를
함께 관람했던 적이 있었다. 여러 연주회를 다니며 듣는
중에 그는 가끔 무릎 위에 펼쳐진 프로그램에 무언가를 한참
메모하기도 했었는데, 그때면 나를 보고 씨익 웃으며 메모한
것을 보여주곤 했다. 그는 미키 마우스를 아주 잘 그렸다.
콩쿠르가 열린 한 달 동안 나도 심사용지에 내 고양이
'탕크'를 그리기도 했다. 그러면 옆의 심사위원이 꼬리에
리본을 덧그리고, 뒤의 심사위원이 또 안경을 그려 넣거나
했다.

『차이코프스키』 7쪽

같은 해에 발생한 체르노빌 참사 때문에 방사능 문제를 고심한
나머지 직접 비타민을 섭취하려고 재배용 무순과 알파파를
챙겨간 나카무라의 '치밀한' 준비성은 곧 관상용으로 전락한
무순 싹을 보며 고향을 그리는 모습으로 이어지면서 웃음을
자아낸다. 맛없는 소련제 간식에 실망한 이야기와 황당할 정도로
실력이 부족한 참가자들에 대한 유머 섞인 비판들도 재미있다.
변덕스러운 날씨에 둘러싸인 모스크바의 정경을 스케치하는
능력도 꽤 근사하다.
　　그러나 이 책은 재미난 일화의 나열에 그치지는 않을

것이다. '영원한 소녀들'은 그저 천진함만으로는 이룰 수 없는
경지다. 자신만의 시야를 통해 세계를 냉철히 관조하면서도
'그럼에도 불구하고' 순진하고 엉뚱한 모습을 간직할 수 있어야
한다. 더없이 비정한 소설 『화차』를 쓴 미야베 미유키이기
때문에 생활 속에서 실수를 연발하는 에세이스트 미야베
미유키가 더욱더 귀여워 보이는 것이다. 나카무라 역시
도입부에서 프로페셔널의 징후를 보여준다. 앞서 발췌한
'고양이 탱크' 이야기는 이렇게 마무리된다.

> 하지만 내가 심사용지에 끼적거린 건 고양이뿐만은
> 아니었다. 앞으로 내가 써나갈 이 글은 그때 심사용지에
> 진지하게 적어 놓은 메모들, 그리고 거기에 얽힌 숨겨진
> 이야기들이다.

『차이코프스키』의 본문 초반에는 세계에서 가장 권위 있는
피아노 콩쿠르 중 하나인 차이코프스키 기념 국제 콩쿠르의
역사와 그에 얽힌 유명한 일화들이 몇 가지 등장하는데,
여기서 마치 소나타 형식의 음악처럼 책의 제1주제가
자연스럽게 제시된다. 바로 전설적인 제1회 콩쿠르의 우승자
반 클라이번(Van Cliburn)에 얽힌 이야기다. 이전까지 특별히
두각을 드러내지 못했던 미국 청년이 소련에서 야심차게
개최한 콩쿠르에서 1위를 차지했고, 마침 관심을 보였던 언론의

273

힘을 얻어 미국의 영웅으로 등극했다는 내용이다. 자국에서
주최한 콩쿠르의 첫 수상자가 하필 미국인이라는 사실에
당황한 소련 당국이 심사위원들에게 압력을 행사하는 과정에서
전설적인 피아니스트 스비아토슬라프 리흐테르가 반발했다는
이야기도 유명하다. 리흐테르는 최종 심사에서 반 클라이번을
포함한 세 명에게만 점수를 주고 다른 피아니스트들에게는
모두 0점을 주면서 무언의 시위를 했고, 다시는 소련 내
콩쿠르의 심사위원으로 초대받지 못했다. 한편 반 클라이번
역시 과도한 일정과 언론의 지나친 관심으로 인해 수년 만에
피아니스트로서의 능력을 급격히 상실하고 이른 나이에
은퇴하고 만다.

이런 스토리야말로 사람들이 세계 최고의 콩쿠르에
기대하는 바일 것이다. 최고의 콩쿠르에 참가한 천재와 그에게
닥친 시련, 권력의 방해를 뚫고 불꽃처럼 타오른 재능과
드라마틱한 종결. 그러나 사람들이 꿈꾸는 이상향과 같은
제1주제로서의 제1회 차이코프스키 콩쿠르는 이내 그에
반대되는 대비 주제와 맞닥뜨린다. 이 대비 주제에 부제를
붙이자면 '드라마 없는 현실의 녹록함' 정도가 되겠다. 다소
권태로운 반복 속에서 종종 작은 선율만이 반짝이는, 마치
일상만으로 이루어진 인생 같은 '보통의 콩쿠르'가 1986년에도
어김없이 펼쳐졌던 것이다. 피아노를 가장 잘 치는 사람이
1등을 하면 되는 간단한 이야기에 인생의 여러 요소들이

개입되기 시작한다. 인생의 많은 일들이 그러하듯이.

나카무라는 피아노 실력 외에 콩쿠르에 얽힌 많은 변수를 지적한다. 우선은 선입견의 문제다. 못생기거나 옷을 괴팍하게 입은 피아니스트에게는 무의식중에 페널티를 주게 되고, 자신의 제자이거나 국적이 같은 피아니스트를 보면 팔이 안으로 굽는다. 나카무라 본인조차도 일본에서 온 참가자에게 마음이 기우는 순간들이 있었음을 고백할 정도다. 그러나 일본인으로 말하자면 당시에는 페널티가 더 많은 쪽에 속했다고 한다. 1980년대에 '경제 동물'로 명성을 떨친 일본인이라는 선입견 때문이었다. 예술이 뭔지 모르면서 어쨌건 열심히는 하는 사람들이라는 선입견. 일본인 피아니스트들은 기계처럼 정확하지만 역시 기계처럼 감흥이 없다는 고정관념과 싸워야 했다. 그런가 하면 나이도 변수로 작용한다. '젊은이의 미래'를 위한 콩쿠르에서 서른 줄에 접어든 피아니스트들은 대부분 배척당한다.

문제는 여기서 그치지 않는다. 정치적 요소들도 출현한다. 특정 심사위원의 제자가 출현하면 심사위원들끼리도 미묘한 기류가 발생하고, 본선 진출자를 정하면서 국가별 안배를 해야 하는 상황이 발생하기도 한다. 소련 당국은 자국 최고의 콩쿠르를 위해 특별히 훈련시킨 이들을 많이 참가시켰는데, 아이러니하게도 실력대로만 뽑아서는 소련 참가자가 너무 많이 뽑혀 국제 콩쿠르로서의 위상이 떨어질까봐 걱정했기 때문이다.

비슷한 실력을 가졌을 경우, 소련 참가자는 국적 때문에
페널티를 받는 셈이다. 이와 같은 인생의 여러 요소들, 어른들의
사정이라고 일컬을 법한 장애물들이 콩쿠르 여기저기에서
튀어나온다. 오직 실력만으로는 이러한 장애물들을 모두
비껴나갈 수 있다고 보장할 수 없을 것이다. 검은 백조 정도의
특별한 존재감이 없다면 말이다.

그러나 콩쿠르의 가장 커다란 난관은 심사 체계 자체다.
나카무라는 세계적인 피아노 콩쿠르의 심사 체계를 설명하면서
그 한계를 지적한다.

앞서 출현했던 제1주제가 여기서 변주될 것이다.
제1주제의 부제를 '사람들이 꿈꾸는 천재 피아니스트
탄생기로서의 콩쿠르'라고 하자. 이를 둘러싼 두 개의 동기가
있다. 첫 동기는 '심사위원 리흐테르'이고 두번째 동기는
'임프레사리오'다. 이 두 동기의 균형이 무너지면서 제1주제는
불안한 모습으로 일그러지고 만다.

우선 '심사위원 리흐테르' 동기를 살펴보자. 인간이
만든 많은(어쩌면 모든) 사회 체계가 그러하듯 콩쿠르 역시
체계로서의 자신을 존속시키기 위한 방안을 모색한다. 이는
다음과 같이 전개된다. 콩쿠르는 명성을 통해 유지되며 그
명성은 특히 상위 입상자들의 면면을 통해 규정지어진다.
수상하는 자와 그 상을 수여하는 콩쿠르는 일방적인 호혜가
아니라 서로의 명성을 드높이는 공생 관계인 셈이다. '올해는

1, 2등 없는 공동 3등' 같은 시시한 결과를 반복해서는 콩쿠르
자체의 위상과 생명력에도 타격을 입을 수 있다. 그러나
천재는 매번 등장하지 않는다. 따라서 콩쿠르는 그 자신의
생존을 위해서 검은 백조 같은 천재들이 없이도 매번 상위
수상자를 발표할 수 있도록 자기 자신을 보다 보편적으로
규격화하는 것이다. 결국 한두 가지에 특화된 능력보다는 여러
스타일의 곡을 골고루 무난히 소화하는, 즉 피아노라는 악기를
종합적으로 이해하는 능력이 높아 앞으로의 발전 가능성이 높아
보이는 참가자들에게 보다 높은 점수가 부여된다.

　물론 그중에도 중심 종목은 있다. 대부분의 콩쿠르에서
쇼팽과 라흐마니노프를 위시한 낭만파 음악은 핵심 종목으로
지정된다. 특히 쇼팽은 그랜드 피아노가 막 꽃피우던 시대에
곡을 썼기 때문에 그의 음악 안에는 현대 피아노의 능력이 모두
집약돼 있다. 따라서 쇼팽을 잘 연주할 수 있다면 현대 피아노를
잘 다룰 수 있는 사람이라고 판단할 수 있을 것이다. 이는
논리적인 결론이다.

　그러나 만약 쇼팽을 좋아하지 않거나, 매우 드물게 유독
쇼팽에 부적격한 천재들은 어떻게 할 것인가? 예컨대 대부분의
낭만파 음악을 경멸한 글렌 굴드는 차이코스프키 콩쿠르를
통과할 수 있었을까? 나카무라는 "이런 엄격한 심사로는
가령 호로비츠가 나왔다고 해도 붙을 리가 없을걸"이라는
심사위원들의 푸념 섞인 농담을 전하는데, 아닌 게 아니라

이렇게 규격화한 채점 체계는 특정 분야에만 천재적인 특성을 지닌 피아니스트들에게는 넘기 힘든 관문이다. 아무리 모차르트나 바흐를 잘 쳐도 쇼팽이나 라흐마니노프를 제대로 소화할 수 없다면 결코 상위에 입상할 수 없다. 무난히 평균 점수가 높은 참가자가 특정 레퍼토리에 천부적인 재능을 가진 참가자보다 상위권을 차지할 수밖에 없는 배점 체계는 불가피하게도 보편적인 체계 바깥의 천재성을 배제하고 만다. 이렇게 '가장 뛰어난 재능'이라는 개념은 타고난 천재에서 성실한 범재의 몫으로 넘어간다. 결국 '만점과 그 이외의 0점'이라는 심사위원 리흐테르의 시대, 심사위원 또는 관객의 마음을 직격하는 특별한 캐릭터가 우위를 점하는 시대는 끝을 고한다. 주제 선율의 제1동기 '심사위원 리흐테르'는 이렇게 소멸한다.

　나카무라는 1986년의 참가자 중에서 이런 비운의 피아니스트를 한 명 발견한다. 모차르트와 바흐, 슈베르트에서 두각을 드러냈으나 낭만파 협주곡 연주에서 한계를 보여 점수를 잃은, 그해 4위 수상자인 칼레 랜달루다.

　(…) 훌륭한 재능을 타고난 사람이 적잖게 있었다. 그러나 그들의 일부는 라흐마니노프나 리스트나 쇼팽에서 잘해내지 못하고 무대에서 사라져갔다. 그 모습을 생각하면 마음이 아프다. 차이코프스키의 그 화려한 피아노 협주곡은

못 치더라도 그렇게 아름답고 지적인 바흐를 칠 수 있다면
그것 또한 훌륭한 인생이 아닐까라고, 내 마음은 어쩌면 두 번
다시 들을 기회는 오지 않을, 랜달루가 연주한 바흐를 그린다.
(…) 한편 랜달루는 만일 그가 이후에도 그의 피아니즘,
그리고 그건 필시 그가 사는 방식 그 자체이기도 할 테지만,
그 무언가에 중대한 변화를 줄 만한 것을 만나지 못하는
한 앞으로도 소련 국내에 묻혀서 외국에 나갈 기회도 없이
사람들의 기억에서 사라져갈 것이다. 그리고 그 정도로
예술성을 간직한 슈베르트 소나타를, 나는 더이상 만날 일도
없을지 모른다.
(…) 랜달루로 시작하는 이를테면 만능형이 아닌, 그러나
훌륭한 재능을 타고난 젊은이들 중에서 미래의 미켈란젤리나
베르만이 나올 것인가. 그리고 그 특출난 재능을 발휘하게
하는 상황이 충분히 주어질 것인가. 그런 것을 문득 상상할 때
나는 사람이 사람을 고르는 콩쿠르의 허무함과 슬픔이라고도
할 만한 감정이, 순간 마음속 깊은 곳을 스치는 걸 느꼈다.

『차이코프스키』 128~129쪽

이제 두번째 동기 '임프레사리오(Impresario)'가 등장할
차례다. 이탈리아어로 극장 지배인이나 흥행사를 뜻하는 이
단어는 말하자면 매니저나 브로커 역할을 맡은 사람들을
뜻한다. 임프레사리오는 연주자 또는 지휘자들과 계약한 뒤에

그들을 음반사나 각종 공연과 연결시켜주며, 특히 거대한
규모를 자랑하는 임프레사리오는 세계적으로 손꼽히는
클래식 음악 예술가들을 다수 보유하고 있기 때문에 대형
행사일수록 이들에게 의지할 수밖에 없다. 노먼 레브레히트의
『거장 신화』에 따르면 지휘자 쪽에서 임프레사리오의 권력이
급팽창한 때는 헤르베르트 폰 카라얀(Herbert von Karajan)과
레너드 번스타인(Leonard Bernstein)이 세계적으로 명성을
떨치기 위해 홍행사들과 전략적으로 제휴를 맺은 20세기
중후반이다. 피아노의 경우도 크게 다르지 않았을 것이다.
(마침 각종 유명 콩쿠르가 설립된) 20세기 중반 이후 클래식
공연계의 시장 확대와 함께 영향력을 증대시켜온 '제2동기'
임프레사리오는 다음과 같은 과정을 통해 제1동기가 소멸한
지점을 그대로 점령하게 된다.

세계경제의 점진적인 활황과 함께 음악 대학이 늘어났고
고급 과정을 수료한 연주자 역시 그에 맞추어 증가했다. 그러나
연주회나 음반 녹음과 같은 기회는 그 공급의 수요를 모두
소화하지는 못했다. 따라서 수많은 어린 피아니스트들 중에서
옥석을 어떻게 가릴 것이냐는 문제가 발생한다. 유망주와
일찌감치 계약하고 싶은 임프레사리오들은 이전처럼 신인들이
등장하는 작은 음악회들을 수시로 체크하는 대신에 높은
권위를 부여받은 새 연주자를 정기적으로 배출하는 세계
수준의 콩쿠르로 눈을 돌렸다. 그저 간편해서가 아니다. 권위

있는 콩쿠르의 상위 입상자라는 '스펙'이야말로 대중들이 가장
손쉽게 받아들일 수 있는 척도로 기능했기 때문이다. '굳이
뛰어난지 아닌지 확인하기 어려운, 별로일지도 모르는 신인
피아니스트의 연주회에 시간과 돈을 투자하시겠습니까? 여기
콩쿠르 2위 수상자가 왔습니다!'

　이는 일종의 공생관계다. 임프레사리오는 콩쿠르의
대중적 권위에 주목하고, 콩쿠르는 자신들이 배출한 인재가
어떻게 성공 가도에 오를 수 있었는지를 미래의 참가자들에게
보여줄 수 있기 때문이다. 이들 임프레사리오와 계약하는
연주자들은 유명 음반사나 대형 음악회와 연결될 확률이
높아지므로, 과잉 공급 시장에서 성공적인 경쟁을 펼쳐야 하는
피아니스트들에게는 임프레사리오와의 계약이 성공을 향한
거의 유일한 길처럼 여겨지는 것이다.

　그리고 이 공생관계는 반복될수록 자신의 권위를
강화한다. 작은 연주회에서부터 점진적으로 명성을 쌓아가는
오래된 데뷔 방식은 한 달도 안 되는 기간 안에 명확한 순위와
화려한 경쟁 시나리오를 선사하는 서바이벌 연주 경연의
'효율'에 밀려났다. 그리고 임프레사리오들은 전도유망한
신인들이 등장할 수 있는 중견급 음악회에 자신들이 콩쿠르를
통해 영입한 연주자들을 출연시킴으로써 젊은 연주자들이
커리어를 쌓을 기회를 독점한다. 예전에 불꽃같은 신인들을
탄생시키던 연주회들은 이제 임프레사리오들의 연주자

카탈로그 속에서 움직이게 되었다.

　이렇듯 콩쿠르 입상이 피아니스트의 커리어를 출발시키는 거의 유일한 방식으로 변하면서 콩쿠르의 채점 방식이라는 수단은 어느새 최종 목적으로 변했다. 콩쿠르는 경쟁의 순위를 매기기 위해 불가피하게 보편적인 채점 기준을 채택했지만, 이 불가피한 기준이 입상에 관한 한 절대적인 힘을 갖게 되면서 어린 피아니스트들은 콩쿠르의 심사 기준을 연주의 목적 그 자체로 받아들이고 만다. 심사위원의 확고한 음악적 주관을 의미하는 제1동기 '리흐테르'는 임프레사리오와 보편적인 채점 기준이라는 조합에 밀려났다. 이에 따라 위대한 피아니스트 겸 교육자들이 자신들의 음악적 주관을 전수하는 과정에서 이어져 오던 정서적·기법적 개성은 소멸하거나 영향력이 축소될 수밖에 없다. 음악 해석의 방향은 연주자 자신의 개성 또는 그가 몸담은 유파의 지론 대신에 흥행사와 콩쿠르가 제시한 기준에 맞추어진다. 이것이 현대의 젊은 피아니스트들에게서 소위 '개성적인 거장의 싹'을 발견하기 어렵다고 불평하게 되는 가장 커다란 이유가 아닐까. 개성 있는 피아니스트들은 여전히 태어나지만 '그 정도로 예술성을 간직한 슈베르트 소나타를, 나는 더이상 만날 일도 없을지 모른다'.

　이러한 클래식 연주 음악계의 콩쿠르 의존 경향은 점점 심화되어 『차이코프스키』를 쓴 1986년에 나카무라는 이미 콩쿠르의 숫자가 너무 많다고 언급하기에 이른다. 결국 하나의 콩쿠르에서 상위 입상한 것만으로는 어필하기 어려운 지경에 다다르다보니 세계 유수의 콩쿠르들을 돌아다니며 입상 타이틀을 지속적으로 수집하는 지망생들이 생겨났고, 나카무라는 이러한 지망생들에게 '히치하이커'나 '프로페셔널 파이널리스트'라는 별명을 붙이며 다소 냉소적으로 바라본다.

1986년의 차이코프스키 콩쿠르 우승자인 배리 더글라스가 바로 '프로페셔널 파이널리스트'였다. 나카무라는 자신 역시 그를 1위로 꼽았으면서도 그를 높이 평가하지 않는 점이 이율배반적이라고 고백한다. 어쩔 수 없었다는 얘기다. 수많은 콩쿠르를 섭렵한 배리 더글라스는 심사위원들의 성향 및 콩쿠르의 배점 체계를 공략할 줄 아는 전략적인 연주자였던 것이다. 나카무라는 그의 전략적인 노력 자체를 폄하하지는 않으나 이러한 방향이 정말로 피아니스트로서 예술적인 발전을 도모하는 방향인가에 대해서는 물음표를 던진다. 피아노 음악계가 공급 과잉에서 비롯된 악순환에서 빠져나오지 못할지도 모른다는 의구심은 좀처럼 나카무라의 뇌리에서 떠나지 않는다. '반 클라이번'이 '배리 더글라스'에 이르고 말았던 것처럼 말이다. 슬픈 예감은 좀처럼 틀리지 않는 법이다.

재미있는 건 『차이코프스키』가 처음부터 이러한 결론을 염두에 두고 쓴 글은 아니었다는 사실이다. 이 글은 본래 콩쿠르의 심사위원으로 선정된 나카무라가 현지에서 연재 형식으로 썼던 에세이다. 나카무라는 이 콩쿠르에 어떤 참가자들이 기다리고 있을지, 그곳에서 어떤 일화들을 만날지 전혀 알 수 없는 상황이었다. 물론 나카무라는 이미 여러 번 심사위원을 했던 경험이 있었기 때문에 '보통의 콩쿠르'가 어떤 식으로 진행되는지를 이미 알고 있었고, 그에 따라 대략의 시나리오를 이미 마음속에 그려놓았을 수는 있다. 그러나 마치 기다렸다는 듯이 최종 수상자들의 순위가 나카무라가 지적했던 문제들을 보여주면서 『차이코프스키』는 미리 설계된 이야기처럼 부드럽게 이어진다.

만약 이런 내용을 '클래식 피아니스트의 프로 데뷔 체계에 대한 고찰'이라는 식으로 논문에 가깝게 썼더라도 내용 자체는 크게 다르지 않았을 것이다. 그러나 『차이코프스키』는 콩쿠르 피아니스트들의 삶을 엿보게 해줌으로써 독자들에게 더욱 친근하게 다가선다. 나카무라는 예술 천재들의 세계 역시 사람들이 살아가는 세계의 다른 곳들과 마찬가지로 시스템과 개인 사이의 투쟁이 펼쳐지는 곳임을 풍부한 사례들을 통해 보여준다. 주요 콩쿠르에서 상위 입상을 하고도 식당에서 일하고 있는 피아니스트, 집안과 고국의 재력을 등에 업고 보잘것없는 실력으로 세계를 돌아다니며 관광하듯 콩쿠르의 문을 두드리는 범재들, 실어증에 걸렸다가 피아노를 배우면서 갑자기 말을 하게 된 영화 주인공 같은 천재, 발개진 눈으로 심사석에 앉아서 왜 차이코프스키 콩쿠르는 늘 월드컵과 일정이 겹쳐서 이렇게 밤을 새우게 만드느냐며 분노하는 심사위원…….

『차이코프스키』는 시스템에 대한 비판과 개개의 인간들에 대한
애정을 동시에 품고 있다.

삶의 조각들이 모여 하나의 체계를 증거하고
그 체계는 또다시 다른 생각과 사건들을 꽃처럼 피워낸다.
『차이코프스키』가 품고 있는 꽃잎과 씨앗들은 생각보다
풍부해서 이들을 모두 소개할 수는 없다. 특히 사대주의적인
열등감과 함께 시작된 일본의 클래식 음악사에 대해서는 이와
밀접한 근현대사를 지닌 한국의 클래식 음악 팬 입장에서도
무척 유사한 특질이 발견되는 바, 이에 대해서는 아마 지금껏
책을 소개하느라 쓴 만큼의 분량을 더 필요로 할 듯하다. 다만
이 다양한 꽃과 씨앗들이 200여 페이지의 그리 길지 않은 책
속에 빼곡히 들어앉아 있다는 놀라움만큼은 다시 강조할 필요가
있겠다.

이 다채로운 무늬 중에 가장 쓸쓸한 꽃무늬는 이렇게
생겼다고 한다.

여기에 그 시절 일본 음악교육의 성과 중 하나인
메이지·다이쇼 시대를 대표하는 피아니스트로 여겨지는
쿠노 히사코 여사의 연주 모습을 전하는, 1883년생인
음악학자 다나베 히사오의 회상이 있어서 인용하도록
하겠다.

"쿠노 히사코라는 피아노과 학생은 키가 작으며 게다가 다리
한 쪽이 안 좋고, 딱히 미인이라고 할 만한 여자는
아니(…)지만, 그녀가 피아노 앞에 앉아서 격정적으로
머리를 앞뒤로 흔들어가며 엄청난 팔 힘으로 건반을 치고
있는 모습은 뭐라 말할 수 없는 매력을 느끼게 하여, 재능의
힘과 일종의 성적 매력은 또 장안의 청년을 매혹하고야
말았다. (…) 격렬한 머리의 움직임에 마침내 곡 도중에 묶은
머리가 풀어져 어깨에 흘러내리고, 꽃 모양의 머리 장식이
날아가 무대에 흩어진 그 순간, 청중의 흥분을 최고조에
달하게 했다."
– 〈메이지 음악 이야기〉에서

이 글을 읽으면 리스트나 브람스의 대곡이라도 친 건가라고
생각되지만 그게 다름 아닌 클레멘티 소나타였다고
하니까, 생각에 빠지게 함과 동시에 무언가 괴로워진다.
아마 치는 쪽도 듣는 쪽도 클레멘티 소나타라는 것이 어떤
건지 상상되지 않았을 것이다. 이 쿠노 히사코 여사는 훗날
문부성 유학생으로 빈에 가게 되었으나 그곳에서 의문의
투신 자살을 하고 말았다.
『차이코프스키』 164~165쪽

나카무라는 자신의 대선배라고 할 수 있을 최초의 일본인 여류

피아니스트를 둘러싼 웃지 못할 이야기를 전하면서 자신의
심경을 자세히는 밝히지 않는다. 나는 저 화려한 인용구에
비하면 쓸쓸하리만치 짧게 처리한 '의문의 투신'이라는 표현
앞에서 잠시 머물러야만 했다. 빈에서 드디어 '제대로 된'
클레멘티를 듣게 된, 그래서 이전까지의 자신을 어떻게
받아들여야 할지 알 수 없게 된 한 피아니스트의 굳은 표정이
떠올랐기 때문이다. 메이지 시대의 일본에 태어난 피아니스트가
벗어날 수 없는 숙명이었을까. 그렇다면 백 년이 지난 시점에서
이 숙명은 '일본인 피아니스트' 나카무라 히로코에게 어디까지
드리워져 있었을까. 이 짧은 일화가 생각에 꼬리를 물고, 어느새
나는 이미 이 책을 읽으며 수없이 그랬던 것처럼 삶에 대해
또다시 생각하고 있었다.

삶의 조각들이 모여 하나의 체계를
증거하고 그 체계는 또다시
다른 생각과 사건들을 꽃처럼 피워낸다.

야생신비보호구역

『안톤 체호프 사할린 섬』

안톤 체호프 지음, 배대화 옮김

동북아역사재단

내가 총독에게 종이를 가지고 갔을 때, 그는 내게 사할린의
징역과 식민에 관해서 자신의 견해를 설명했고 자신이 말한
모든 것을 기록해줄 것을 제안했다. 물론 기꺼이 수락했다.
이 기록된 것에 총독은 "불행한 자들의 삶의 기록"이라는
제목을 붙이자고 청했다.

『안톤 체호프 사할린 섬』150쪽

작가이자 의사, 본인의 표현에 따르면 의학을 부인 삼고 문학을
애인 삼은 안톤 체호프는 1890년에 사할린과 시베리아로
여행을 떠났다.* 그가 작가로서의 삶에 전기를 마련하기 위해
왜 하필 유형지로나 유명한 조국의 변방으로 떠났는지에 대한
설명은 어디에서도 발견할 수 없다. 불모지나 다름없는 거친
자연 속에서 불행한 삶을 이어가는 동포들의 모습을 통해
자신이 살고 있는 나라의 또다른 면모를 발견하고 싶었던 게
아닐까 추측할 수 있을 뿐이다.

　그러나 사할린과 시베리아는 체호프의 예상을 뛰어넘을
정도로 초라한 모습으로 그를 맞이했다. 사전에 해당 지역의
풍토와 문화, 역사를 꼼꼼히 공부한 그였지만, 그마저도 현실의

• 사할린(Sakhalin) 섬은 러시아 동부의 주(州)로 일본 홋카이도와 소야
　해협을, 러시아 본토와는 타타르 해협을 사이에 두고 남북으로 길게
　뻗어 있다. (편집자)

충격을 감소시켜주진 못했다. 체호프는 사할린으로 가는 여정중 시베리아 인근에서 한 남자와 나눈 대화를 이례적으로 길게 기록해두었는데, 이 대화는 마치 예언처럼 이후의 여정 위로 그림자를 드리운다.

표트르 페트로비치는 잠시 생각에 잠겼다가 말했다.
"사람은 말이 아니죠. 대체로 이곳 전 시베리아에는 정의란 게 없습니다. 그런 게 있었다고 해도 벌써 오래전에 사라져버렸습니다. 그래서 말입니다. 인간이라면 바로 이런 정의를 추구해야 합니다. 나는 부유하고 권력도 있습니다. 배심원과도 잘 통하고 이 집 주인을 내일 당장이라도 욕보일 수 있을 정도죠. 그는 감옥에서 썩을 것이며 자식들은 세상을 떠돌게 되겠죠. 나를 막을 정의란 없으며 그에겐 보호해줄 것이 아무것도 없죠. 우리가 아무런 정의도 없이 살기 때문이죠. 말하자면 호적부에는 표트르나 안드레이나 다 인간으로 기록되어 있지만 실제로는 늑대들이죠. 아니면 하느님 생각에만. 실제로 농담이 아니라 무시무시하죠. 이 집 주인은 누워서 세 번이나 십자가를 그었죠. 마치 그게 전부라는 듯이. 그는 돈을 벌고 그 돈을 숨깁니다. 보십시오. 벌써 800루블이나 모았죠. 그걸로 새로 말을 사 모으죠. 대체 무슨 소용이 있을까 스스로 한번 생각이라도 하면 좋겠지만 사실은 아무 짝에도 소용이 없습니다! 왜 필요할까 생각해본다 해도 알 수가 없죠. 머리에 든 거라곤 없으니까."

『안톤 체호프 사할린 섬』 83~84쪽

시베리아와 사할린에서 살아가는 대부분의 불행한 인간들 중
하나인 표트르 페트로비치는 이 대화에서 체호프에게 "무슨
이유로 사는지는 알아야 하잖아요. 러시아에서는 틀림없이
알고들 있겠죠?"라고 묻는다. 체호프는 "아뇨. 모릅니다"라고
대답할 뿐이다. 이 겸손한 관찰력은 『안톤 체호프 사할린
섬』(이하 『사할린 섬』)의 가장 커다란 장점이다.

체호프는 일반적인 문인의 여행기와는 다른 방식으로
자신의 여정을 기록한다. 브루스 채트윈(Bruce Chatwin)이
쓴 『파타고니아』의 반대편에 서 있다고 볼 수 있다. 풍경을
문자화하는 과정에서 『파타고니아』와 『사할린 섬』은 서로 다른
방향을 향해 나아간다.

『파타고니아』는 자신이 열망하던 곳에 당도한 인간이
엄혹한 자연 속에서 자신의 꿈을 재발견해나가는 일종의
명상록이다. 니컬러스 셰익스피어(Nicholas Shakespeare)는
『파타고니아』의 서문에서 이렇게 말한다.

"그의 진정한 성취는 파타고니아를 있는 그대로 서술했다는
데 있는 게 아니라 파타고니아라는 풍경과 아울러 새로운
탐구 방식, 세상의 새로운 측면을 창조해냈다는 점에 있다."

293

즉, 풍경과 그곳에서 만난 사람들은 브루스 채트윈에게
영감을 선사하는 기능적인 소재다. 이 책에서 작가의 모습은
거의 드러나지 않지만, 채트윈이 파타고니아에서 마주하는
풍경과 사건들은 그가 원하는 방식으로 재해석되어 배열되고
각색된다.『파타고니아』에서는 파타고니아 자체가 채트윈이라는
개인의 풍경으로 전유되는 것이다. 이렇듯 세계를 자신이
이해하는 방식으로 표현하는 문학적 변형은 단순한 일지
형식의 여행기에서 벗어나기 위한 유일한 문학적 수사법처럼
느껴지기도 한다.

　따라서『파타고니아』가 20세기의 '깊이 있는' 기행문들의
전형을 보여준다는 주장은 일리가 있다. 실재하는 풍경과 역사와
사건들을 문자로 전유하기 위해 작가의 내면이라는 소화기관을
통과시키는 모더니즘적인 방법은 아직도 가장 효과적으로
사용되고 있기 때문이다. 그런데 이는『파타고니아』처럼 작가
자신의 내면을 향하는 글에서는 괜찮지만, 세계를 사유하기를
원하는 글에서는 문제를 일으킨다.

　그 예로 황폐한 유럽의 풍경 속에서 그에 얽힌 역사적
비극을 고찰하는 W. G. 제발트(Winfried Georg Sebald)의
1995년 작『토성의 고리』를 들 수 있다. 소설가 김사과는
『토성의 고리』에서 "윤리를 문학적 제스처로 환원시키는 일종의
문학 지상주의, 즉 '문학적인 것'의 과잉"의 징후를 읽었다고
말한 바 있다.

나는 김사과의 지적에 동의한다. 실재가 문학적으로
전유되는 과정이 매끄럽게 이루어질수록 실재가 가지고 있는
규정 불가능한 요소들이 문학 작품이라는 시스템 안에 착실히
삽입되면서 규정 가능한 요소들로 변하기 때문이다. 실재하는
세계는 문학이라는 가상의 체계를 구축하기 위해 동원되는
과정에서 해당 문학 작품이 추구하는 내적 원리를 주입당하고,
문학 작품의 내러티브 속에서 인위적인 질서를 부여받는다.
문학 속에서는 정말로 이해할 수 없는 일도, '아무것도
아닌 사람'도 존재하지 않기 때문이다. 실재에 내러티브가
삽입되면서 현실은 수수께끼를 잃어버린다. 이렇게 '문학화'한
세계는 철학과 종교를 탄생시켰던 자신의 위엄을, '기막히고
신비로운 조화'를 잃어버리고 만다.

이는 문학이 현실을 다루는 방식 자체에 기인한 일종의
숙명적인 먹이사슬이다. 따라서 역사와 윤리를 다룬 문학
작품을 살펴보려면 그 소설이 대상을 바라보는 방식을 파악하기
이전에 문학 자체에 대해 고찰하고 있는지부터 확인해야 한다.
작품이 자신의 내러티브 속에 세계를 담는 과정에서 어떤
종류의 착취가 일어나는지, 그리고 그 착취를 어떤 방식으로
극복하려고 시도했는지를 확인하는 것이다.

- 김사과 "소설에서 '윤리'를 찾는 나르시시스트에게 고함"
  (《프레시안》, 2011년 11월 11일)

제발트가 『토성의 고리』 이후 8년이 지나 발표한
2003년 작(작가가 2001년에 사망했으므로 사후에 발간된)
『공중전과 문학』은 그 성찰에 있어 한 발짝 더 나아가 있다.
이 논픽션에서 제발트는 자신이 겪은 일 이외의 사건들을
평가하거나 '문학적으로 재구성'하려는 모습을 좀처럼 보이지
않는다. 제발트는 독일을 향해 이루어진 연합군의 무차별적인
대폭격들과 그 폭격들에 대해 아직도 매듭지어지지 않은
논쟁들, 그리고 그 비극적인 사건들을 강제로 지워버리려는
현대 독일의 역사적 풍토에 대해 언급하면서 거기에 선을
하나 긋는다. 그가 직접 개입하고 의견을 개진하고 비판하는
소재들과 그렇지 않은 소재들 사이에 그은 선이다.
　전자(의견을 개진하는 소재들)는 각종 역사 이론과
그 이론들을 둘러싼 현대 독일의 사회상이며, 후자(그렇지
않은 소재들)는 실재하는 역사와 그 역사를 구성하는 사건들
및 등장인물들이다. 제발트는 언어와 논리로 구성된 해석과
재해석의 세계 속으로는 거침없이 파고들지만, 실제로 벌어진
사건들과 '실제로 죽은 사람들'을 언급하는 순간에는 기록들을
그대로 옮기거나 사건 자체를 최대한 간략히 묘사하는 데
그친다. 실재했던 것들을 내러티브 속에 편입시키는 과정에서
최대한 사실 본연의 형태를 유지시키려는 것이다. 『공중전과
문학』을 쓴 제발트가 역사로 문학하기에 대해 이전보다
좀더 깊은 단계에 다다랐다고 나는 생각했다. 작품에 윤리를

탑재하기 전에 자신이 그 질문을 다루는 방식부터 고찰하는 것이다.

그런데 제발트가 『토성의 고리』에서 『공중전과 문학』을 향해 나아간 시절로부터 약 백 년 전에 안톤 체호프가 이미 그 길을 걷고 있었다. 『사할린 섬』에서 비극적인 현실을 목격한 체호프는 무엇보다도 사할린 섬에 대한 각종 문서와 직접 발로 뛴 설문조사를 통해 얻은 '사실들'을 남기려 노력한다. 그는 자료와 논리를 갖춘 사람이라면 누구라도 다다를 수밖에 없는 선명한 결론, 즉 사실의 총합을 통해 이루어내는 '실재'를 추구한다.

따라서 『사할린 섬』을 쓴 체호프는 작가 체호프가 아니라 마치 계몽주의의 일반의지처럼 보인다. 『사할린 섬』의 체호프는 천재적인 묘사력과 스토리텔링을 통해 인상적으로 각색된 풍경을 보여주는 작가가 아니라 지식과 양식을 갖춘 '교양 시민' 중의 한 명이다. 체호프는 문학을 위해 사할린이라는 실재를 해체하고 재구축하는 대신에 마치 카프카의 소설 속 주인공처럼 압도적으로 불가해한 '현실'이라는 성 주위를 맴돌며 끊임없이 분석하고 관찰한다.

체호프가 직접적으로 의견을 개진하는 때는 유형수에 대한 법체계의 부조리한 면이나 러시아 변방의 부실한 행정 체계를 비판하고 그 개선안을 제시할 때뿐이다. '시민'은 특히 자신이 몸담은 사회 체계에 대해서는 얼마든지 발언할 권리가 있다. 그러나 시민이자 작가인 안톤 체호프는 그 체계 안에

실재하는 인간들에 대해서는 논평하지 않는다.『공중전과
문학』의 제발트처럼 체호프도 선을 긋는다. 체호프는 그 어떤
악인도 비난하지 않으며 비참한 사건을 묘사할 때도 장황한
비극적 색채를 덧칠하지 않는다. 체호프는 세계를 자신의 시선
속에서 재해석하거나 문학적으로 작동시키는 대신에 입증
가능한 자료와 분석을 바탕으로 사할린을 성실히 스케치해나갈
뿐이다. 체호프는 관찰자, 그것도 가능한 가장 객관적인
관찰자가 되기 위해 노력한다.

　　체호프는 사할린 섬에 도착하자마자 설문지를 직접
제작한 뒤 주민들과 각 가구의 기원 및 현재 상황을 파악하는
통계 작업을 바탕으로 사할린을 그려가기 시작한다. 이때의
체호프는 미신이나 전설을 믿지 않으며 여하한 감상주의도
거의 드러내지 않는다. 그는 사실 아닌 것들을 수집한 뒤에 모두
부수어버린다. 예를 들어 사할린에서 유독 출산율이 높다는
점을 발견한 체호프는 사할린이 다산에 적합한 기운을 받은
땅이라는 미신을 조목조목 반박한다. 쌍둥이 출산이 잦다는
루머는 당시 러시아의 평균 쌍둥이 출산율을 들어 심리적인
오류(확증 편향)에 지나지 않음을 지적하고, 불규칙한 노동으로
인한 잉여 시간의 잦은 발생과 함께 그 시간을 소모할 적절한
여가가 주어지지 않는 사할린의 척박한 문화 때문에 출산율이
높아졌으리라는 의견을 내놓는다. 아무것도 할 게 없는 부부가
집 안에서 할 수 있는 건 섹스뿐이고 피임은 거의 개념조차

잡히지 않았으므로 출산율 증가는 자명하다는 결론이다.

물론 『사할린 섬』은 보고서처럼 완전히 딱딱한 모습만
보여주지는 않는다. 체호프는 종종 조심스럽게 인간에 대한
애정을 표시한다. 또는 고백한다. 출산을 다룬 부분을 예로 들면
온갖 미신을 박살내는 그의 객관적인 시선이 발견한 다음과
같은 '사실들'을 만날 수 있다. '작가 체호프'는 이런 순간에 잠시
모습을 드러낸다.

> (사할린의) 가족은 새로운 인간의 출생을 반가워하지는
> 않는다. 아이의 요람 위에서 아무도 노래를 불러주지 않으며
> 들리는 것은 오로지 슬픈 푸념 소리뿐이다. 아이에게 먹일
> 것도 없고 사할린에서 아이들이 배울 만한 것이라고는
> 아무것도 없다. 그래서 "가장 좋은 일은, 자비로운 주님이
> 아이를 가능한 한 빨리 데리고 가버리는 일"이라고 아버지와
> 어머니가 말한다. (⋯) 그러나 뭐라고 말하고 슬프게 푸념을
> 늘어놓든지 간에 사할린에서 가장 유익하고 가장 필요하며
> 가장 기분 좋은 인간이 바로 아이들이며 유형수들도 스스로
> 이것을 잘 알고 아이들을 소중히 여긴다. (⋯) 순진무구한
> 그들은 결함 있는 어머니와 강도인 아버지를 세상의
> 무엇보다도 사랑한다.
>
> 『안톤 체호프 사할린 섬』 396~397쪽

그런데 체호프가 이토록 조심스러운 여행기를 쓰게 된 동기는 무엇이었을까? 우선『사할린 섬』이 본래는 신문 연재를 위해 쓴 글이었다는 점을 들 수 있다. 당시까지만 해도 미지의 변경이었던 사할린 지역에 대한 체호프의 리포트는 신문 독자들을 위한 '내셔널 지오그래픽'이었던 셈이다. 따라서 기본적으로 기록과 보고 형식을 취해야 했을 확률이 높다. 그러나 체호프가『사할린 섬』의 양식을 자발적으로 선택했는가는 그다지 중요한 문제가 아니다. 그는『사할린 섬』을 집필하는 과정에서 자신이 작가로서 현실 및 역사에 대해 어떻게 반응해야 할지에 대해 자기 식의 방법을 발견했던 것이다.

실제로 체호프의 작품들은 사할린 여행 이전과 이후로 나눌 수 있다. 여행 이후 체호프는 소설 대신에 희곡 창작에 열을 올린다. 희곡은 그 자체가 하나의 작품이기도 하지만 본래는 공연을 통해서 비로소 완성되는 장르다. 실제로 공연에 오르는 과정에서 희곡이 얻는 육체, 즉 배우의 생김새와 목소리부터 몸짓과 시선에 이르기까지의 디테일한 측면들은 작가가 통제할 수 없는 요소다. 즉, 희곡을 집필하는 작가에게 작품의 '살점'은 미지의 영역으로 남는다. 미지의 영역을 보유한 세계는 완전히 이해될 수 없으므로 정복당하지 않는다. 따라서 희곡 속에 들어온 세계는 문학에 잠식당하지 않는다. 사할린에 다녀온 뒤의 체호프는 희곡에 집중함으로써 자기 완결적인 서사의 내러티브 속에 세계를 가두기를 거절한 셈이다.

물론 희곡에서도 작가는 얼마든지 이 세상에 대해 자기 나름의 의견을 개진할 수 있다. 그러나 글을 쓰는 시점에서 아직 이루어지지도 않은 공연에 대해서는 아무 말도 할 수 없다. 이런 제한된 조건이야말로 사할린 이후의 체호프가 원하던 것이었는지도 모른다. 그의 희곡은 세상을 잡아먹는 대신에 세상에 주어진 먹이가 되었다. 체호프는 세계에 대해 글을 쓴 뒤에 다시 세계가 그의 글을 집어먹고 자기 각자의 방식대로 꽃피도록 던져주었다.

또한 그는 기존에 소설가로서 자신이 가졌던 최고의 장기, 즉 인물들 사이에서 발생하는 긴장을 아이러니로 이끌어내는 능력도 봉인한다. 사할린 이후의 체호프는 인물들 사이의 긴장을 그대로 펼쳐놓은 채 극을 이끌어나가거나 또는(인생 속 수많은 사건들이 그러하듯이) 수수께끼 속으로 파묻어버린다.

체호프가 사할린 여행 이후 처음으로 발표한 희곡 「갈매기」를 보면 잘 알 수 있다. 작품 속에 등장하는 뜨리고린과 뜨레쁠레프 두 작가의 상반된 세계관을 한몸에 담고 출현하는 갈매기는 해결될 수 없고 이해할 수도 없는 세계의 총화다. 체호프가 「갈매기」를 희극이라고 명명한 이유는 진짜로 웃긴 작품이어서가 아니었을 것이다. 「갈매기」는 발자크 유의 야망을 품은 체호프의 '인간 희극'이다.

사할린 이후의 체호프는 삶의 신비에 접근하기를

망설이거나 거절한다. 너무 다가갔다가는 문학이 신비를
집어삼켜버릴 것이다. 한때의 체호프는 생수에 탄산을
삽입하듯 아이러니를 소설 속에 집어넣어 맛깔나게 터뜨리는
이야기꾼이었지만, 사할린에 다녀온 뒤의 그는 작가가 말할 수
있는 것이 무엇인가에 대해 끊임없이 고뇌하는 것처럼 보인다.

　　이렇듯 『사할린 섬』은 체호프의 남은 인생을 부여잡을
고통스러운 사색, 즉 작가는 세계를 어떻게 말할 수 있는가라는
고뇌의 시작을 알리는 신호탄이다. 어떤 작가가 자신의
작가됨에 대해 치열하게 사색했으며, 그 사색이 침묵 속에서
이루어지는 가운데 눈앞에 펼쳐진 처연한 삶들을 가능한 한
그대로 '기록'하려고 애쓰고 있었던 것이다. 세상을 사랑한다고
해도 막연한 애정만으로는 충분치 않다. 상대를, 세계를
내 안에서 전유하지 않고서 있는 그대로 받아들일 수 있는가?
또는 그러려고 노력할 준비가 되어 있는가? 이 질문은
존재론이나 문학론의 여부를 떠나서 삶의 양식에 대한 질문으로
이해되어야 할 것이다. 모두가 저 질문에 답할 필요는 없다.
그러나 체호프는 답하기를 원했고, 답을 찾기를 원했으며,
그렇게 했다. 『사할린 섬』은 그 위대한 발견의 기록이다.

　　여행을 통해 자기 자신을 재발견하고 재확인하는 수많은
기행문들의 틈바구니에서 『사할린 섬』은 다른 방식으로 빛난다.
이 책은 자신이 이제껏 쌓아왔던 것들을 세계로부터 부정당한
피로한 정신이 세계를 받아들일 새로운 방법을 탐구하는

여정이다. 실제로 『사할린 섬』을 읽는 과정 역시 정서적인
체력과 일정한 휴식을 요구한다. "나는 사할린 섬에서 매일 새벽
5시에 일어났고, 늦게 잠들 수밖에 없었다. 생각에 사로잡혀
모든 나날이 극도의 긴장이었다"라고 짧게나마 토로하고
싶어했던 체호프의 고충이 책 전체에 무언의 형태로 묻어 있기
때문이다.

> (…) 동거인으로 가정부 올랴나라는 노파가 유형수 출신의
> 늙은 농민 집에 살고 있다. 언젠가 아주 오래전에 올랴나는
> 자기 아이를 죽여 땅에 묻었고 재판에서는 자신이 아이를
> 죽이지 않고 산 채로 묻었다고 말했다. 그녀는 이렇게
> 말하는 것이 자신의 범죄를 더 정당화할 수 있다고 생각했다.
> 법정은 20년을 선고했다. 이 이야기를 내게 하면서 올랴나는
> 슬프게 울었고 이윽고 눈을 닦고선 "절인 양배추를 사주시지
> 않을래요?"라고 물었다.
>
> 『안톤 체호프 사할린 섬』 316쪽

체호프는 이 일화에 대해 더이상 말하지 않는다. 나는 이 피로한
침묵이 좋다. 겸손하고 사려 깊으며 회의주의적인 지성을 가진
인간이 이 세계의 날풍경을 목격했을 때, 그때 부서진 자기
삶(으로서의 문학)의 조각들을 쥐고 한숨을 쉬며 다시 시작하는
순간들이다. 피로와 희망을 동시에 안고 살아갈 수 있다는 걸

믿을 수 없어질 때면 나는 늘 이 섬으로 돌아온다. 슬픈 표정 속에 차가운 눈빛을 담은 한 인간의 곁으로.

체호프는 세계에 대해 글을 쓴 뒤에
다시 세계가 그의 글을 집어먹고
자기 각자의 방식대로 꽃피도록
던져주었다.

폐허에서 별들에게로

『프루스트와 기호들』
질 들뢰즈 지음, 서동욱·이충민 옮김
민음사

『헤아려 본 슬픔』
C. S. 루이스 지음, 강유나 옮김
홍성사

나는 2014년에 접어들어 틈틈이 마르셀 프루스트에 대한 글을 쓰기 시작했다. 어느 정도는 나 자신의 지난 몇 년을 돌아보는 글이기도 했다. 『잃어버린 시간을 찾아서』는 소설과 예술 도서를 담당하는 MD가 자신의 두 분야를 행복하게 결합시킬 수 있는 좋은 소재였다. 나는 이 아름다운 소설을 소위 '일반 독자'들에게 소개하려고 했다. 굳이 이해하지 않아도 좋으니 어떤 사물이나 장면이 또다른 무언가를 불러오는 마술적인 순간들을 천천히 받아들이는 것만으로도 우선은 충분하다고 말하고 싶었다. 만약에 그 마술적인 매력의 기원을 확인하고 싶다면 그때 시작하면 된다고 말이다. 일단은 그걸로도 충분하다고.

감식안은 지성만으로는 원활히 작동하지 못한다. 늘 더 많은 경험과 자극을 필요로 한다. 이는 수많은 교양 예술서들이 강조하는 바이기도 하다. 어느 정도는 맞는 말이다. 그렇게 감식안이 키워지고 자신이 좋아하는 작품 속에 숨겨진 의미를 알게 되면 세상은 그 사람에게 또다른 문을 열어 보인다.

그 문 너머에는 무엇이 있을까.

아래는 질 들뢰즈의 『프루스트와 기호들』을 인용한 것으로, 다소 길지만 이외에 더할 말이 없으므로 그대로 옮기고자 한다.

프루스트는 그를 짓누르는 필연성에 대해서 자주

이야기한다. 이는 어떤 사물이 다른 사물을 연상시키거나
다른 것을 상상하도록 만드는 데 있어서의 필연성이다.
(마들렌은 우리를 콩브레로 보내고) 그러나 어떤 것에서 그와
유사한 것으로 이어지는 이런 진행이 예술에서 얼마나
중요하든지 간에 이것이 예술의 가장 본질적인 요소는
아니다. 우리가 한 기호의 의미를 어떤 다른 사물에서 찾는
한, 물질이 여전히 조금은 남아서 정신에 거역한다. 반대로
예술은 우리에게 참된 통일을 가능케 해준다. 하나의
비물질적인 기호와 하나의 완전히 정신적인 의미와의 통일
말이다. 본질이 예술 작품 안에서 드러나는 한, 본질이란
정확하게 이와 같은 기호와 의미의 합일을 일컫는다. 본질들
혹은 이데아들-소악절의 기호들 각각이 드러내는 것이
바로 이것들이다.(플레이아드 판 『스완』, I, 349쪽) 이 본질들
혹은 이데아들이 소악절에 실재적인 현존을 부여해준다.
이는 그 소악절을 (작곡한다기보다는) 재생하거나 구현하고
있는 악기나 소리와는 상관없는 별개의 문제이다. 우리가
삶 속에서 마주치는 모든 기호들은 아직은 물질적인
기호들이다. 그 기호들의 의미는 늘 다른 [물질적인] 사물
속에 [감싸여] 있으며 완벽하게 정신적인 것은 아니다. 바로
여기에 삶에 대한 예술의 우월성이 있는 것이다.
예술 작품을 통해 드러나는 그 본질이란 무엇인가? 그것은
하나의 차이, 궁극적이고도 절대적인 차이이다. 존재를

구성하고 우리가 그 존재에 대해 사유하고 이해할 수
있도록 해주는 것이 바로 차이이다. 이런 이유로 본질들을
드러내주는 예술만이 우리가 헛되이 삶 속에서 찾으려고
했던 것, 즉 〈삶에서, 여행에서 찾아다녔지만 찾지 못한
다양성〉(『갇힌 여인』, III, 159)을 제공해줄 수 있는
것이다. 〈인간의 지각이 모든 고장(pays)들을 동일하게
만들어버리므로 차이 있는 세계는 지구상에 존재하지
않는다. 그러니 말할 것도 없이 그 차이의 세계는 '이
세계'에는 존재하지 않는다. 그러면 그 세계는 여기가 아닌
다른 어딘가에 존재한단 말인가? 뱅퇴이유의 칠중주는 바로
그렇다고 내게 대답하는 듯했다〉(『갇힌 여인』, III, 277).

그러면 절대적인 궁극적인 차이란 무엇인가? 언제든
외부로부터 얻을 수 있는, 두 사물 혹은 두 대상 사이의
경험적 차이는 아니다. 본질이란 주체의 중심에 있는
어떤 최종적인 성질의 현존으로서, 주체 속에 내재하는
어떤 것이라고 프루스트는 말했다. 이는 본질에 대한
가장 근접한 해명이다. 여기서 본질은 내재적 차이,
〈세계가 우리에게 나타나는 방식 속에 들어 있는 '질적인
차이', 예술이 없었더라면 영원히 각자의 비밀로 남게
되었을 차이〉(『되찾은 시간』, III, 895)이다. 이런 점에서
프루스트는 라이프니츠주의자이다. 본질들은 진정한

모나드(단자)들이며 각각의 모나드는 각각이 세계를
표현하는 관점에 의해 정의된다. 각각의 관점은 그 자체가
모나드 내부의 궁극적 성질을 나타낸다. 라이프니츠가
말하듯 모나드는 문도 없고 창도 없다. 관점은 차이 자체이며,
동일한 것으로 가정된 하나의 세계에 대한 여러 개의
관점들은 서로 가장 멀리 떨어져 있는 세계들에 비교할
수 있을 정도로 각각이 서로 다르다. 이런 이유로, 우정은
결국 오해 위에 세워진 허구적인 의사소통밖에 만들어
내지 못하며 가짜 창들만을 관통하는 것이다. 우정보다
현명한 사랑이 원칙적으로 모든 의사소통을 포기하는
것도 이런 이유에서이다. 우리의 유일한 창문, 우리의
유일한 문은 완전히 정신적이다. 다시 말해 우리에게는
예술적인 상호주관성만이 있을 뿐이다. 우리가 헛되이
친구에게서 기대했고, 헛되이 애인에게서 기대했던 것을
오직 예술만이 줄 수 있다. 〈우리는 오로지 예술을 통해서만
우리 자신으로부터 벗어날 수 있다. 또 오로지 예술을
통해서만 우리가 보고 있는 세계와는 다른, 딴 사람의 눈에
비친 세계에 관해서 알 수 있다. (⋯) 예술 덕분에 우리는
하나의 세계, 즉 자신의 세계만을 보는 것이 아니라 세계가
증식하는 것을 보게 된다. 그리고 독창적인 예술가들이
많으면 많을수록 우리는 무한 속에서 회전하는 세계들 어느
것과도 다른, 우리가 마음대로 할 수 있는 세계들을 더 많이

가진다)(『되찾은 시간』, III, 895-896).

『프루스트와 기호들』71~73쪽

　나는 이 부분을, 이 부분만을 좀더 쉽게 풀어쓰는 중이었다.
『잃어버린 시간을 찾아서』와 '예술'을 권하기 위한 전단지 같은
글이었다.

　　그러던 중에 세월호가 침몰했다. 나는 더이상『잃어버린
시간을 찾아서』에 대한 글을 쓰지 못했다. 그때부터 이 소설은
다다를 수 없는 세계를 발견하고자 심미적으로 투쟁하는,
선택받은 영웅의 이야기처럼 보였다. 노화와 이별과 죽음에
대한 이야기들도 이미 감정의 자장에서 벗어난 상태로
주인공의 사고 실험을 위한 소재로 사용되고 있었다. 모든
아픔은 소설이 시작하기 전에 이미 지나갔다. 소설 속에는 그저
이 탈색된 기억들을 짜 맞추어 세계라는 웅대한 퍼즐을
완성하기 위해 나아가는 감상적인 탐정 또는 초인(또는
유령)이 있을 뿐이었다.

　　그리고 이 모든 조립과 재조립은 마들렌의 향기 위에서,
또는 향기보다 높은 차원에 있는 단자들의 네트워크 위에서
펼쳐졌다.『잃어버린 시간을 찾아서』는 산화하는 피냄새나
썩어가는 것들의 달큰한 악취는 만날 수 없는 격리 실험실
같았다. 이 방대하고도 조밀한 의미의 그물망은 불가해한
동시에 불쾌한 것들은 논의하지 않는다.(둘 중 하나만 해당되는

경우는 괜찮다.) 마치『잃어버린 시간을 찾아서』속에 효용의 무게를 재는 저울이 있어서 그 저울이 모든 사건을 측량한 뒤 각 사건들에게 합격 불합격을 선고하는 모습을 머릿속에서 지울 수가 없었다. 불합격한 사건들, 불가해한 동시에 불쾌한 것들, 함량 미달의 기억-존재들은 어디로 가는 것일까.

물론 이 상상은 세월호라는 슬픔이 불러일으킨 감정적이고 편파적인 반작용이었다.『잃어버린 시간을 찾아서』에는 문제가 없었다. 그저 내 문제였다. 저 아름다운 소설에서와는 달리 실제 세계가 보여주는 비극은 그저 비참하고 절망적일 뿐이었다. 나는 세월호의 침몰에서 어떠한 선(善)도 추론해내지 못했다.

그런 상황에서 선택받은 단자들의 네트워크에 대해 논할 수는 없었다. 대신에 나는 선택받지 못한 나머지 모든 것들에 대해 말해야 했다.『잃어버린 시간을 찾아서』라니. 수많은 기억과 고찰과 추억들을 연결해 하나의 의미계를 구축할 수 있는 사람이 세상에 얼마나 되겠는가.

그리고 그걸 알아볼 수 있는 사람은 또 얼마나 있을까.

나는 보다 많은 종류의 예술이 대중적으로도 받아들여지기를 희망해왔다. 그러나 그 희망의 대부분은 기만으로 이루어져 있었다. 그런 꿈이 정말로 이뤄질 거라고는 생각하지 않았다. 많은 이들이『잃어버린 시간을 찾아서』를 사랑하게 될 날은 찾아오지 않을 것이었다. 그래서 나는 내

역할을 한정했다. 사람들에게 책을 권하는 것으로 할 일을 다
했다고 생각했다. 나머지는 내 알 바 아니었다. 그들 중 누군가는
이해하고 누군가는 발견할 것이며 그렇지 못한 사람들은
이게 내 취향이 아니라고 생각하고 자기 갈 길을 가면 된다고
생각했다. 애초에 누구도 예술을 이해해야 할 의무는 없다.

그렇다면, 좋은 것이지만 많은 이들이 그 진가를
발견하지 못한다면 그 좋은 것들은 어디로 가게 될까. 예술에
대한 감식안을 보유한 선택받은 이들 바깥에서 예술은 어떤
모습으로 돌아다니고 있을까. 신전 속에서, 박제된 우상으로서
존재하지는 않았을까. 나는 그렇다고 생각했고 또 어쩔 수
없다고 생각했다. 나는 신전과 박물관을 소개하는 일종의 관광
가이드였기 때문이다. 뭐, 패키지 관광 중에 깨닫는 자가 나오지
말라는 법이 있는가. 다만 그 확률이 낮을 뿐인 걸. 그리고 그건
내 책임은 아니니까.

세월호 사건이 있은 지 일주일쯤 뒤에 프루스트에 대한
글을 지웠다. 그 일주일은 어쨌건 좋은 책을 팔면 된다고,
거기까지가 내 책임이라고 자신을 기만해온 지난날들을
반성하는 시간이었다. 그렇게 속 편하게 책을 파는 데에만
머물지 않기 위해서는 애당초 추천의 출발점 자체를 재설정할
필요가 있었다. 『잃어버린 시간을 찾아서』에서 시작하는 게
아니라 그와는 비교할 수 없을 정도로 참담하고도 권태로운
지상에서 출발하는 것이다. 당락을 결정하는 저울이 존재하지

않는, 낙오자가 발생할 수 없는 최저의 기준, 절대적인 바닥에서 시작한다면 어떨까. 보편타당한 '인간의 조건'. 누구도 제외하지 않는 일종의 원죄 또는 종교적인 사랑.

나는 죽음에 대한 책을 고르기 시작했다. 죽음을 이용한 프로파간다는 당연히 제외되었다. 죽음을 소재로 한 예술을 일별하고 소개하는 책들도 모두 제외했다. 이 경우 죽음은 자신의 보편성보다는 작품의 개성을 통해 특별한 메시지를 전달하게 되기 때문이다.

조금 독특한 케이스로, 작가 자신이 사랑하는 이의 죽음을 애도하고 그 죽음이 안겨주는 부재를 받아들이는 과정이 작품 전체를 관통하는 은유로 작용하는 경우가 있다. 작품은 작가가 사랑하는 이를 떠나보내는 과정을 담은 기나긴 애가가 된다. 아름다운 소설이지만 작품 자체를 설명할 부분이 많아서 역시 제외했다.(이 작품은 특별히 제목을 밝히고 싶다. 앤 라이스의 『뱀파이어와의 인터뷰』다.)

좀더 죽음 자체에 접근할 필요가 있었다. 죽음을 둘러싼 슬픔을 솔직하게 말하고 그 슬픔을 관찰하는 책이 필요했다. 죽음의 형태를 강제하는 담론을 펼치기보다는 사적인 기록일수록 좋을 것이었다. 죽음에 대해 말하되 그것이 무엇인지는 정의하지 않는 책, 그래서 독자들로 하여금 자신 또는 사랑하는 사람의 죽음을 떠올리게 하고 각자가 자신의 장례복을 고를 수 있도록 하는 책. 즉, 오직 하나의 '단자'만을 위한 이야기가 좋을 것이었다. 나는 C. S. 루이스의『헤아려 본 슬픔』을 골랐다.

『헤아려 본 슬픔』은 C. S. 루이스가 아내를 암으로 잃고 나서 쓴 일기 형식의 에세이다. 본문은 백 페이지가 채 되지 않는다. 내용은 중구난방이다. 정확한 일자는 기록되지 않았지만 작성된 순서대로 원고가 배치되어 있어서, 루이스가 자신의 지난 기록을 읽고 실망하는 장면들을 종종 만날 수 있다. 이를 통해 알 수 있듯이『헤아려 본 슬픔』은 명확한 목적이나 계획을 가지고 쓰인 책이 아니다. 이 책은 아내를 잃은 슬픔을 버텨내기 위해 닥치는 대로 쓴 글을 모은 것이다. 죽음을 통해서 다른 무엇을 말하려는 책이 아니다보니 죽음은 수수께끼의 형태를 유지하고 있다. 사랑하는 이를 잃는다는 게 어떤 의미인지를 묻는 루이스의 질문들은 집요하지만 그는 그 해답의 윤곽조차 찾지 못한다.

『헤아려 본 슬픔』은 곧바로 눈에 띄는 특징을 몇 가지 갖고 있다. 우선 '슬픔은 게으른 것이라고 아무도 내게 말해주지 않았다'처럼 인상적인 문구들이 여기저기에 흩어져 있다. 또한 무신론자들이 특히 반겨할 만한, 기독교 변증가가 신에 대한 원망 속에서 제작한 그럴듯한 함정도 몇 가지 준비돼 있다. 예를 들어 (욥이 그러했듯) 자신들의 원죄로 인해 왜곡된 인간의 시선으로는 신의 뜻을 올바로 이해할 수 없다면, 신의 미덕과 악덕이 인간에게도 그대로 미덕과 악덕으로 받아들여질 수 있느냐는 의문이다. 최악의 경우, 신의 지옥이 인간의 천국이고 그 반대 역시 가능하다면 인간은 무엇을 위해, 또는 '왜' 신을 믿어야 할까? 루이스는 질문한 뒤에 답을 제시하지는 않는다. 그는 이후에 덧붙인 원고에서 그런 질문을 던진 자신을 책망할 뿐이다. 수수께끼는 풀리지 않는다.

이 책에 서사가 있다면 그건 오직 사랑에 대한 이야기뿐이다. 돌이킬 수 없는 사랑의 기억들. C. S. 루이스는 부당하리만치 강력한 죽음의 힘을 증명하고자 자신이 가장 사랑했던 이와의 소중한 기억들을 일별한다. 죽음이 무엇인지는 말할 수 없으나 그것이 무엇을 앗아갔는지는 말할 수 있다.

> 그녀의 임종이 다다랐을 무렵 나는 "당신이 할 수만 있다면, 그것이 허락된다면, 내가 죽을 때도 내 곁에 와주오"라고 말했다. 그녀는 "'허락된다면'이라고요!"라고 말했다. "천국에서 날 붙잡고 있으려면 애 좀 먹어야겠지요. 만약 지옥에서 날 붙잡는다면, 지옥을 박살 내버리겠어요."
> 『헤아려 본 슬픔』 105쪽

죽음에 대해 말할 수 있는 것이라고는 오직 죽음이 앗아간 것들에 대해 말할 때뿐이다. 소중한 추억들, 다시 만나지 못하는 사랑을 받아들이고 이해하려고 노력한 시간들, 어째서 사랑을 잃어버리는 고통이 신앙에 있어 필요한 시련인가라는 물음("내게 (…) 종교적 위안에 대해서는 말하지 말라. '당신은 모른다'고 나는 의심할 것이다"), 시간이 흐름에 따라 달라지는 슬픔의 형태, 그렇게 형태가 달라지는 슬픔을 바라보며 이것이 나아감인지 아니면 후퇴인지를 가늠할 수 없을 때의 혼란……
이 종잡을 수 없는 조각들이『헤아려 본 슬픔』의 전부다.

루이스는 죽음에 대한 보편적인 성찰을 거부한다. 그는 심지어 자신의 절친한 친구가 죽었을 때조차 이런 슬픔과 분노를 느껴본 적이 없다고, 사랑하는 사람의 죽음은 완전히 특별하고 독단적인 사건이라고 말한다. 완전히 하나뿐인 현상으로 어떤 보편도 발견할 수 없다. 어떤 질문에도 응답은 이루어지지 않고 죽음은 수수께끼인 채로 남는다.

그런데 루이스는 오히려 아무런 놀라운 변화도 생기지 않았다는 사실에 안도하는 것처럼 보인다. 사랑은 오로지 둘 사이의 문제이기 때문이다. 그들 사이에는 설령 천사가 들어오더라도 불청객에 불과했을 것이다. 루이스는 사랑하는 이의 죽음에 대해 일체의 네트워크를 단절시켜버렸다. 각각의 사랑의 종류와 크기에 따라 서로 다른 모습으로 태어난 죽음들을 어떻게 서로 이해시킬 수 있겠는가?『헤아려 본 슬픔』은 자신의 사랑을 보존하고 애도하기 위해 스스로 창문을 닫은 한 단자를, 작은 점 하나를 보여준다. 아무도 그의 슬픔을 이해할 수 없을 것이다. 같은 순간이 우리에게 다가왔을 때 아무도 우리의 슬픔을 가늠하지 못할 것처럼. 사랑이 오직 하나이므로 죽음 역시 오직 하나일 뿐이다.

　이 홀로됨, 스스로 문을 걸어 잠근 단자로부터 어떻게 『잃어버린 시간을 찾아서』의 조화로운 우주로 나아갈 수 있을까. 예술을 소개한다는 것은 이런 방식이었어야 했는지도 모른다. 질문에서 시작하는 것이다. 당신은 누구이며 무엇을 좋아하고 또 무엇을 아주 사랑하는지. 이 완전히 내밀한, 분리 불가능한 단자로부터 모험은 시작될 것이다. 이 낮은 곳에서 저 하늘 위의 별자리들 속으로, '잃어버린 시간'들 속으로 향하는 모험이.

　(…) 판단하는 것은 내 일이 아니다. 모두 추측일 뿐. 내 앞가림이나 잘할 일이다. 어쨌든 내게는 앞으로의 계획이 명백하다. 나는 가능한 자주 기쁜 마음으로 그녀에게 다가갈 것이다. 나는 그녀를 웃음으로 맞이하기조차 할 것이다. 내가 그녀를 덜 애도할수록 그녀에게 더 가까이 다가가는 것처럼 느껴진다.
　멋진 계획이다. 불행히도 그렇게 행할 수가 없어서 탈이지만. 오늘밤에는 철부지 슬픔이 지옥처럼 다시 입을 벌린다. 실성한 말들, 비탄에 젖은 후회, 위장의 울렁거림, 악몽 같은 비현실, 눈물이 앞을 가린다. 슬픔 속에서는 어떤 것도 '거기 머물러 있지' 않는다. 사람은 어떤 단계를 계속 벗어나지만, 그 단계는 언제나 되풀이된다. (…) 나는 그저 뱅뱅 돌고 있는

것인가, 아니면 나선형의 계단 위에 있다고 감히 희망할 수
있는 것인가?

(…) 얼마나 자주, 언제까지나 계속 그럴 것인가? 얼마나
자주 그 광대한 공허감이 나를 새삼스레 덮쳐 오며 이렇게
말하게 할 것인가? "지금까지도 나는 내가 잃어버린 것이
무엇인지 깨닫지 못했다."

『헤아려 본 슬픔』 82~83쪽

여기가 우리의 그라운드 제로다. 모두들 행운을 빈다.

아무도 그의 슬픔을 이해할 수 없을 것이다.
같은 순간이 우리에게 다가왔을 때
아무도 우리의 슬픔을 가늠하지 못할 것처럼.
사랑이 오직 하나이므로
죽음 역시 오직 하나일 뿐이다.

들어가는 문

버려진 빛들의 우주

『한 장의 사진, 스무 날, 스무 통의 편지들』

필립 퍼키스 지음, 박태희 옮김

안목

사진의 가장 강력한 힘은 사진의 이미지 바깥에서 온다. 바로 이미지를 둘러싼 욕망의 힘이다.

설명 없이 주어진 한 장의 사진은 사진을 보는 이의 마음속에 있는 욕망을 불러와 자신만의 이야기를 찾도록 이끈다. 인간은 언제나 자신이 몸담은 세계를 이해하려들기 때문이다. 세계를 작가 자신의 방식으로 변환시켜 작품 자체를 독립된 작은 세계로 완성시키는 고전적인 미술 장르에 비해, 사진은 세계를 그대로 옮겨 보여준다는 착각을 일으킴으로써 감상자들로 하여금 이미지를 자신만의 방식으로 이해하고자 하는 욕망을 자연스럽게 불러일으킨다.

그러한 이해는 꼭 논리적일 필요는 없다. 오히려 어떤 기억이나 이야기에 가깝다. 사진 이미지 속 피사체들은 이 세계에 실제로 존재했던 것들이므로, 즉 이 세계의 일부이므로 감상자는 사진 이미지를 자신의 실제(라고 믿는) 세계 속으로 아무 의심 없이 끌어다 배치시키는 것이다. 그 순간 사진은 감상자의 삶 속 일부가 된다. 따라서 사진으로부터 촉발되는 이야기의 구조는 그 사진을 바라보는 이가 누구인지, 언제인지, 어떤 상황 하에서인지에 따라 달라진다. 이야기는 서사일 수도 있고 묘사일 수도 있다. 감상자가 겪었던 사건이 덧씌워질 수도 있고 그가 겪지 못했기 때문에 마음속에서만 존재했던 꿈이 그 자리를 대신할 수도 있다. 사진은 한때 존재했으나 이제는 사라져버린 한 순간을 보여주면서 그 순간을 둘러싼 과거와 미래를 감상자의 몫으로 남겨둔다. 세계는 단 한 번도 정지한 적이 없었으므로, 사진을 보는 이는 사진 속 정지한 세계의 과거와 미래를 자신도 모르게 써내려가고 만다.

그러나 너무 예쁜 사진들이 있다. 보는 순간 즉각적인 감탄을 불러내는 사진들이다. 다채로운 색의 대비로 눈을 사로잡거나 고전 미술의 전통적인 구도를 충실히 따름으로써 회화처럼 인식되는 사진들이다. 그 아름다운 구도 속에서 세상은 이미 질서를 확충한 것처럼 보인다. 이런 사진들의 시각적 완결성은 철저히 계산적이고 합목적적(이런 인상을 주기 위한 피사체, 저런 느낌을 주기 위한 색 배치)이어서 좀처럼 질문의 여지를 남기지 않는다. 이런 사진은 익숙하고 편안한 즐거움을 제공한다. 사진을 찍은 사람과 그 사진을 보고자 하는 사람들 사이에 시각적 쾌락에 기인한 암묵적인 합의가 있었고, 이 합의는 순조롭게 이행된다. 보여주려고 하는 것과 보고자 하는 것이 일치하므로 궁금할 것이 없다. 감상자는 사진 너머를 보고자 할 이유를 찾지 못한다. 그 너머는 이미 시각적 스펙터클의 텅 빈 놀라움으로 가득 채워져 있다.

반면에 수수께끼로 가득한 사진들이 있다. 즉각 감탄하기에는 너무 잔잔하고, 그래서 가만히 바라보게 되고, 그 과정에서 마음속에서 알 수 없는 감정들이 서서히 솟아오르는 사진들이다. 필립 퍼키스(Philip Perkis)의 사진들이 그런 부류에 속한다. 그의 사진에서는 강렬한 피사체나 완벽한 구도가 시선을 압도하는 일이 없다. 사진을 보면 무엇을 찍으려고 했는지는 알 수 있지만, 그 주요 피사체는 사진 속에 등장하는 다른 피사체들을 내리누르지 않고 평등하게 프레임 속에 머문다. 그의 사진들 속에 있는 세계는 아직 깨어나지 않은 것 같다. 거기에는 어떤 힘의 평형 상태가 존재한다. 세계는 가만히 종이 위에 내려앉아 있고, 여기에 주제와 리듬을 부여하는 것은 보는 이의 몫이다. 감상자는 어느새 깨끗하고 고요한 사진 위에 자신의 사색을 투사하게 된다.

'영원을 향한 노정의 절반에 도달했을 때 남은 거리를 뛰어넘기 위해서는 하늘의 은총이 필요하다'고 필립 퍼키스는 말했다. 여기서 은총이란 하늘에서 떨어지는 순전한 기쁨이 아니다. 천사들이 가져오는 은총이란 불분명한 시적 문구로 가려진 소명이었다. 정확한 목적지와 경유지를 전달하지 못한 채 풀조차 누워 스러진 길을 걷는 자들이 은총을 받은 자들이다.

이러한 은총의 실행은 대개 침묵을 수반한다. 하늘로부터 내려받은 소명이 언어를 통해 쉽게 공유하고 사고할 수 있는 것이었다면 굳이 시나 수수께끼의 형태를 띠지 않았을 것이기 때문이다. 소명은, 수수께끼는 오직 소명을 받은 이만의 과제다. 은총을 받은 자는 그 받은 것을 말할 수도 전할 수도 없이 품에 안은 채로 일단 나아가는 수밖에 없다. 그는 홀로 생각하고 홀로 그 생각 속으로 떠나야 한다. 침묵은 소명을 얻은 자의 자연스러운 태도다.

바로 그런 고요함이 필립 퍼키스의 사진들을 채운다. 특별하지 않은 피사체들이 별스러울 것 없는 배경과 안온한 빛 속에서 아무 일 없다는 듯이 존재한다. 그의 사진들 속의 어느 피사체도 다른 무언가에게 자신을 의존하지 않는다. 필립 퍼키스의 사진들이 주는 감동은 이 아무렇지 않게 자존하는 피사체들의 굳건함에서 출발한다. 의미에 기대지 않는, 도그마를 필요로 하지 않는 작은 것들의 힘. 태생적인 완벽함이다. 귀를 잡힌 채 시장에 끌려나온 토끼나 도살장에서 몇 초 뒤에 죽게 될 소조차 그림 속의 성인들이 순교하기 전에 보이는 고요한 무표정으로 충만하다. 밭에 버려진 호박들은 차분한 회색 톤 안에서 자신들에게 주어진 상황을 초월해버리는 묵묵한 존재감을 과시한다. 이들이 처한 상황이 보여주는 치욕적인 숙명은 피사체들의 무심한 침묵 속에 삼켜져 녹아버린다. 다른 강렬한 도큐먼트들이 '삶이 그렇게 아무것도 아닐 리가 없다, 이것을 보라'라고 말할 때, 필립 퍼키스의 사진은 침묵을 통해 판단을 무력화시켜 사물들을 존엄한 위치로 끌어올린다. '나는 자신을 동정하는 야생동물을 보지 못했다. (I never saw a wild thing sorry for itself.)'•

• 영국의 소설가 D. H. 로렌스(D. H. Lawrence)의 말을 빌렸다.

328

필립 퍼키스의 섬세한 관찰력과 구도를 결정하는 감각은
모두 고요함을 둘러싼 힘의 평형을 위해 쓰이고 있다. 프레임의
절반가량을 차지하는 백조든 손톱 절반 정도의 크기로 담긴
호박들이든 거의 같은 힘으로 전해져 온다. 피사체들은 사진
속에서 각자가 차지한 면적만큼의 존재감을 충실히 수행할
뿐이다. 각각의 사진들 속에는 주인공이라 할 만한 피사체가
있지만 그 피사체의 힘은 자신의 면적 안에서만 머물러, 사진
속의 다른 존재들을 점령하려들지 않는다. 모든 피사체들은
헐겁고도 부드러운 동맹을 맺고 있다.

그런데 이렇게 열렬히 평형을 추구하는 것 또한 결국
자연스러운 세계가 아니라 필립 퍼키스가 규정하는 정서적인
틀에 불과하지 않느냐고 물을 수도 있을 것이다. 그러나 그럴
수는 없다. 침묵은 아무리 증폭시켜도 침묵이다. 침묵은 무엇을
주장하거나 강조하지 않는다. 고요함은 앞으로 나서는 순간
또는 어떤 단어로 규정지어지는 순간에 사라져버릴 것이다.
정적은 자신을 내보일 수 없다. 정적은 오로지 끌어들이고
수신한다.

결국 필립 퍼키스가 찍은 사진들의 주제는 일종의
미스터리라고 볼 수 있다. 그의 사진은 지시하거나 가르쳐주는
대신에 수신한다. 묻는다. 필립 퍼키스의 사진이 들려주는
주제는 '당신이 침묵 속에서 홀로 빛나는 세계를 마주했을 때
당신의 마음속에서 들려오는 이야기들'이다. 질문은 답을 얻기

전까지는 완결되지 않을 것이며, 그 답도 하나로 수렴되지는
않을 것이다. 이는 마치 가수 — 그의 사진을 보게 될 이들 —
의 등장을 기다리며 끊임없이 울려퍼지는 베이스 라인 같다.
완결되지 않음으로써 영영 계속될 음악의 골조와도 같은 것.

『한 장의 사진, 스무 날, 스무 통의 편지들』은 그 골조
위에 씌워진 멜로디 중의 하나다. 필립 퍼키스가 자신이 찍은 단
한 장의 사진에 대해 쓴 스무 개의 단상이다. 그러나 이 단상들
속에 정답은 존재하지 않는다. 사진을 찍은 사람, 즉 사진 속에
찍힌 장면을 실제로 바라본 사람이라는 이유로 보다 정확한
증언을 할 수는 없다. 사진은 그 사진을 찍은 이에게조차 매일
달라지는 꿈으로, 그 꿈을 촉발하는 이미지로 작용한다.

대신에 그의 사진에 대한 질문을 하나 더 얻을 수는 있다.
고요한 질서를 찾아다니며 그 흔적을 남기는 데 평생을 천착한
사람이 인화지 위에 영영 고정된 '그 순간'을 지속적으로 반복해
바라본다는 것은 어떤 의미일까?

필립 퍼키스가 자신이 찍은 사진을 바라보며 매번
떠올리는 생각들 사이에는 특별한 연결점이 눈에 띄지 않는다.
각각의 생각들은 한 장의 엽서라는 섬 위에서 자신만의 독립된
영토를 구축한다. 그의 사진 속에서 피사체들이 존재하는
방식과 같다. 하나로 모아지지 않고 평행하게 흩뿌려진
단상들이다. 필립 퍼키스는 한 장의 사진이라는 세계를 다시
스무 장의 엽서 — 언어 — 로 찍은 것이다. 이 글 조각들 중의

일부는 더 길고 복잡한 글의 일부였어야 할 것처럼 느껴지기도
하고, 어떤 조각들은 아이디어인 상태로 영영 남겨질 시의
씨앗처럼 보이기도 한다.

한 장의 사진이라는 세계를 둘러싼 스무 개의
동기(모티프)가 무작위로 연결되면서 빚어내는 아슬아슬한
선율은 이 글을 언제 어떤 상황에서 읽느냐에 따라 서로
다른 감상을 안겨준다. 이는 자연의 소리에 가까운 음악을
들을 때와 비슷하다. 여기서의 자연이란 풀과 숲의 세계를
뜻하지 않는다. 자연이란 아직 일어나지 않았고 어쩌면 영영
존재하지 않을지도 모르는 모든 가능성들을 포함한 우주를
뜻한다. '우리가 무언가를 떠올릴 때 언제나 그것보다 조금 더
커다란 것'이다. 크세나키스의 첼로 독주곡들을 수놓는 빽빽한
불협화음은 전쟁에 참여했던 작곡가의 기억 속을 떠도는
포탄의 파열음일까, 아니면 대지의 깊은 곳에서 전해져 오는
생명의 진동일까? 둘 모두이다. 아마도 은총은 거기서 태어날
것이다. 두 개의 선택 가능한 답(의미) 사이에 남겨진 빈 공간의
떨림 속에서. '사이' 속에서. 필립 퍼키스는 '사진은 (…) 단지
관계들만을 보여줄 뿐이다'라고 말했다.

이 책의 2부에 실린 필립 퍼키스의 최근 사진들을 보면
그가 점점 더 '사이'의 폭을 넓히고 있음을 느낄 수 있다. 초기의
사진에서 볼 수 있었던 보다 탄력적인 피사체의 움직임이나
음악적(또는 수학적)인 피사체 배열은 거의 자취를 감추었다.

331

그가 포착하는 선율은 점점 무조에 가까워지며 템포 역시
점점 느려지고 있다. 이런 변화에 대해 그가 노년에 들어섰기
때문이라고 설명할 수도 있겠다. 육체와 영혼의 활력이
줄어들어 관조하는 자의 시선으로, 보다 정적인 세계로
옮겨갔다고 말이다. 그러나 나는 이 변화가 작가 자신이 추구한
방향에 따른 필연적인 변화라고 생각한다. 그는 떨림을 찾아
빈 공간을 떠도는 순례자였으므로 그 공백의 틈새로 더욱 깊이
들어가는 것은 자연스러운 일이다.

그 틈새는 어디까지 벌어질 수 있을까. 내가 아는 가장
커다란 틈은 커트 보니것(Kurt Vonnegut)이 쓴 소설 『제5
도살장』 속에 있다. 그 소설에 등장하는 외계인은 4차원적으로
사고할 수 있어서 시간 축을 한눈에 바라볼 수 있다. 그들은
자신을 비롯한 모든 생물의 탄생과 죽음, 심지어 우주의 탄생과
죽음까지 모두 이미 보았기 때문에 어떤 사건을 마주해도
놀라지 않는다. 그들은 죽음 앞에서도 '그렇게 가는 거지(So it
goes)'라고 말할 뿐이다. 그런데 이 문장은 중의적인 의미를
갖고 있다. 어떤 현상이나 상태의 종결을 눈앞에 둔 상태에서
사용되는 '가다'는 그 상태가 끝났음을, 즉 멈추었음을
뜻하지만 '가다'는 어딘가를 향해 움직이고 있다는 의미로도
쓰이기 때문이다. 따라서 '그렇게 가는 거지'는 종결을
선언함과 동시에 끝이 없는 움직임을 뜻함으로써 죽음의
찰나와 우주의 모든 시간을 동시에 지시한다.

가장 짧은 시간과 영원한 시간 사이의 틈에는 모든 존재가 들어갈 수 있을 것이다. 그곳은 정확히 지금 이 우주만큼 광활하지만 어떤 각본이나 기대나 운명으로부터도 자유로운(또는 버려진) 빛들로 이루어진 '틈의 우주'다. 빛과 소리의 떨림이(또는 은총의 전달 체계가) 언어를 대체했으므로 모든 피조물들이 의미로부터 벗어나 홀로 자신을 위해 노래하는 곳. 필립 퍼키스는 그곳을 향해 걸어가고 있다. 모두 그저 그 자리에 있을 뿐인 것들 사이로 가기. 틈의 일부가 되기.

"저 자연 속에 존재하는 변화무쌍한 공간, 울림, 빛, 공기, 움직임, 삶과 죽음에 조응하기 위해 내가 할 수 있는 일은 밖으로 나가서 내 '자신'을 찾는 것이다"라고 그는 말했다.

나는 그가 그러하기를, 밖을 향해 영원히 나아가기를 바란다.

어쩌다 보니 내가 여기까지 오게 되었고,

바로 이 자리에서 강물을 바라보게 되었다.

내 위로 하얀 나비가 오직 자신만의 것인 날개를 파닥거리며,

내 손에 그림자를 남긴 채 포드닥 날아간다.

다른 무엇도 아니고, 그 누구의 것도 아닌, 오직 자신만의 것인 그림자를 남긴 채.

– 비스와바 쉼보르스카, 「제목이 없을 수도」에서

필립 퍼키스는 빛들로 이루어진
'틈의 우주'를 향해 걸어가고 있다.
모든 피조물이 홀로 자신을 위해
노래하는 곳. 모두 그저
그 자리에 있을 뿐인 것들
사이로 가기. 틈의 일부가 되기.

『국제정치 이론과 좀비』
『Theories of International Politics And Zombies』, 2012
대니얼 W. 드레즈너 지음, 유지연 옮김, 어젠다, 2013
240쪽, 135×200mm, 13,000원

『내 사진을 찍고 싶어요』
『I Wanna Take Me a Picture』, 2001
웬디 이월드·알렉산드라 라이트풋 지음, 정경열 옮김, 포토넷, 2012
184쪽, 177×229mm, 16,000원

『내가, 그림이 되다』
『Man with a Blue Scarf_ On Sitting for a Portrait by Lucian Freud』, 2010
마틴 게이퍼드 지음, 주은정 옮김, 디자인하우스, 2013
248쪽, 150×229mm, 25,000원

『리흐테르』
『Richter, Ecrits et Conversations』, 1998
이세욱 옮김, 정원출판사, 2005
608쪽, 152×223mm, 27,000원

『마이너리티 클래식』
이영진 지음, 현암사, 2013
576쪽, 148×217mm, 22,000원

『모두를 위한 예술?』
『Kunst Für Alle?』, 2005
우베 레비츠키 지음, 최현주 옮김, 두성북스, 2013
248쪽, 140×210mm, 17,000원

『미야자키 하야오 출발점 1979~1996』
『出發点: 1979~1996』, 1996
미야자키 하야오 지음, 황의웅 옮김, 박인하 감수, 대원씨아이, 2013
560쪽, 155×230mm, 25,000원

『미야자키 하야오 반환점 1997~2008』
『折り返し点: 1997~2008』, 2008
미야자키 하야오 지음, 황의웅 옮김, 박인하 감수, 대원씨아이, 2013
436쪽, 155×230mm, 25,000원

『사각형의 신비』
『Mysteries of the Rectangle』, 2005
시리 허스트베트 지음, 신성림 옮김, 뮤진트리, 2012
316쪽, 153×210mm, 15,000원

『신화, 영웅 그리고 시나리오 쓰기』
『The Writer's Journey(3rd Edition)』, 2007
크리스토퍼 보글러 지음, 함춘성 옮김, 비즈앤비즈, 2013
452쪽, 152×223mm, 22,000원

『안톤 체호프 사할린 섬』
『Остров Сахалин』
안톤 체호프 지음, 배대화 옮김, 동북아역사재단, 2013
576쪽, 152×223mm, 18,000원

『우연한 걸작』
『The Accidental Masterpiece』, 2005
마이클 키멜만 지음, 박상미 옮김, 세미콜론, 2009
336쪽, 142×219mm, 17,000원

『월터 머치와의 대화』
『The Conversations: Walter Murch and the Art of Editing Film』, 2002
마이클 온다체 지음, 이태선 옮김, 비즈앤비즈, 2013
356쪽, 176×215mm, 20,000원

『음악의 기쁨 1』
『Plaisir de la Musique』, 1947
롤랑 마뉘엘·나디아 타그린 지음, 이세진 옮김, 북노마드, 2014
408쪽, 120×186mm, 16,000원

『일본 섹스 시네마』
『Behind the Pink Curtain:
The Complete History of Japanese Sex Cinema』, 2008
재스퍼 샤프 지음, 최승호·마루·박설영 옮김, 커뮤니케이션북스, 2013
568쪽, 188×257mm, 58,000원

『차이코프스키 콩쿠르, 그 숨겨진 이야기』
『チャイコフスキー・コンクール─ピアニストが聴く現代』, 1988
나카무라 히로코 지음, 김경욱 옮김, 음연, 2011
240쪽, 140×210mm, 12,000원

『천재 아라키의 애정 사진』
『天才アラーキー 写真／愛・情』, 2011
아라키 노부요시 지음, 이윤경 옮김, 포토넷, 2013
260쪽, 128×188mm, 16,000원

『침묵의 뿌리』
조세희 지음, 열화당, 1985
264쪽, 152×223mm, 12,000원(품절)

『프루스트와 기호들』
『Proust et les signes』, 1964
질 들뢰즈 지음, 서동욱·이충민 옮김, 민음사, 2004
320쪽, 152×223mm, 15,000원

『한국의 재발견』
임재천 지음, 눈빛, 2013
176쪽, 230×280mm, 40,000원(품절)

『한 장의 사진, 스무 날, 스무 통의 편지들』
『a single photography, twenty days, twenty comments』, 2014
필립 퍼키스 지음, 박태희 옮김, 안목, 2014
90쪽, 280×217mm, 40,000원(안목 홈페이지를 통해서만 구입 가능)

『헤아려 본 슬픔』
『A Grief Observed』, 1947
C. S. 루이스 지음, 강유나 옮김, 홍성사, 2004
128쪽, 140×210mm, 10,000원

『혼자 가는 미술관』
박현정 지음, 한권의책, 2014
232쪽, 145×205mm, 15,000원

『휴먼 선집』
최민식 지음, 눈빛, 2012
592쪽, 153×210mm, 29,000원

(도서 제목 가나다순)